YOUNG AGENTS

ANDREAS SCHLÜTER

YOUNG AGENTS

Der dritte Fall – Codewort »Inferno«

BAND 3

EDEL KIDS BOOKS

Young Agents
Codewort »Inferno«
Band 3
ISBN 978-3-96129-164-9

Edel Kids Books
Ein Verlag der Edel Germany GmbH

Neumühlen 17, 22763 Hamburg
www.edel.com

2. Auflage 2020

Text: Andreas Schlüter
Lektorat: Nina Schnackenbeck
Coverillustration: Max Meinzold
Umschlaggestaltung: Antje Warnecke, www.nordendesign.de
unter Verwendung von Illustration und Gestaltung von
© Max Meinzold
Layout und Satz: Uhl + Massopust, Aalen
Herstellung: Frank Jansen
Druck und Bindung: GGP Media GmbH, Pößneck

Printed in Germany

INHALT

EIN GANZ NORMALER SCHULTAG

Ich darf das eigentlich nicht tun. Ich soll mich in der Schule »normal« verhalten, nicht auffallen, auf keinen Fall auch nur ansatzweise meine antrainierten außergewöhnlichen Fähigkeiten preisgeben. So haben sie es uns auf der Agentenakademie eingebläut. Und so mahnt mich auch immer wieder mein direkter Vorgesetzter, den ich nur »den Prof« nenne. Schön und gut. Ich habe mich bisher dran gehalten. Auch wenn es manchmal schwerfällt. Aber weder unsere Ausbilder in der Agentenakademie noch der Prof müssen in der Schule mit Typen wie Gonzo auskommen. Gonzo ist der ätzendste Typ in meiner Klasse, vermutlich der gesamten Schule. Keine Gelegenheit lässt er aus, andere zu mobben, zu terrorisieren, zu bedrohen oder sonst wie Ärger zu machen. Besonders mich hat Gonzo auf dem Kieker. Klar, in seinen Augen bin ich der Schwächste in der Klasse, die größte Niete auf diesem Planeten. Logisch, dass er das denkt, weil ich ihm und allen anderen genau diesen Schwächling vorspielen muss, um meine wahre Identität geheim zu halten.

Wie gesagt, bisher hat das einigermaßen gut geklappt. Aber seit kurzer Zeit ist Gonzo noch verbissener hinter mir her, weil er eifersüchtig ist. Wir haben nämlich eine neue Mitschülerin: Abena ist aus Ghana nach Deutschland gekommen, spricht für die kurze Zeit, die sie hier ist, erstaunlich gut Deutsch und hat mich als ihren ersten Ansprechpartner in der Klasse auserkoren. Das hatte sich so ergeben, weil sie zufällig neben mir sitzt. Mir ist das ganz recht, denn Abena ist ausgesprochen nett. Und genau das wurmt Gonzo, der vom ersten Tag an ein Auge auf sie geworfen hat. Aber Abena will nichts von ihm wissen, was auch wieder sehr für sie spricht. Nun sitzt Gonzo aber genau hinter uns und nervt die ganze Zeit: mich, eben weil er eifersüchtig ist, und Abena, weil er einfach nicht von ihr ablässt.

Gestern Nachmittag habe ich nach Schulschluss noch ein knappes Stündchen mit Abena im Klassenraum verbracht, um mit ihr Deutschvokabeln zu lernen. Und deshalb will Gonzo mich heute Morgen verprügeln! Einfach so. Da ich mich einerseits nicht von ihm verhauen lassen will, andererseits mich nicht anständig wehren und *ihn* verprügeln darf, bin ich gerade mal wieder auf der Flucht vor diesem Blödmann. Ich bin einfach in eine Toilettenkabine gerannt. Nicht besonders einfallsreich, und klar, dass er mich hier findet. Soll er auch. Die Tür habe ich deshalb auch nicht verriegelt.

Ich muss nicht lange warten. Schon höre ich, wie er angepoltert kommt.

Da steht er auch schon vor mir.

»Hab' ich dich!«, ruft er und grinst mich voller Vorfreude an, mir gleich eine verpassen zu können. »Für so dämlich hab' ich dich gar nicht gehalten, dass du vergisst, die Tür abzuschließen.«

»Du täuschst dich«, antworte ich, »ich schließe noch ab.«

Gonzo lacht. »Aber ...«, will er sich gerade über mich lustig machen. Da packe ich ihn blitzschnell am Kragen, ziehe ihn nah zu mir, drehe mich mit ihm um 180 Grad und werfe ihn auf die Kloschüssel. Gonzo fällt, kann sich zwar gerade noch an der Schüssel festhalten, doch schon bin ich draußen aus der Kabine, ziehe die Tür von außen zu und schließe sie ab.

In der Agentenakademie habe ich das *Öffnen* von Schlössern aller Art gelernt. Aber das funktioniert auch umgekehrt. Mit meinem Türöffner-Agententool kann ich Türen auch *verschließen.* An dem Schloss gibt es nämlich einen kleinen, versteckten Riegel, an den man auch von außen herankommt, um die Tür zu verschließen. Um herauszukommen, müsste Gonzo über den versifften Toilettenboden unter der Tür hindurchrobben. Wie gesagt: Eigentlich darf ich das nicht. Hat aber viel Spaß gemacht.

»Tschüss, Gonzo«, rufe ich ihm zu, während er von innen gegen die Tür bollert.

»Ey, die Tür hat sich verhakt«, ruft er. »Lass mich raus!«

Aber da bin ich schon draußen.

Auf dem Weg zum Klassenraum bekomme ich eine Nachricht aufs Handy: Shiona will uns sehen.

»*Uns*«, das sind Naomi aus Paris, Charles aus London und ich. Wir drei bilden das YOUNG-AGENTS-Team, das derzeit in meiner Heimatstadt Hamburg stationiert ist. Unser aktueller Auftrag lautet: den Obergangster mit dem Spitznamen »Boss« zu überführen. Was uns nach drei Anläufen leider noch immer nicht gelungen ist. Aber wir konnten einen seiner engsten Komplizen hinter Gitter bringen: Thorsten Maffei, Shionas Vater.

Natürlich ahnt Shiona nichts davon, dass wir Agenten sind. Naomi, Charles und ich sind nur in ihre Musikband eingestiegen, um heimlich ihren Vater auszuspionieren. Diesen Auftrag haben wir erfolgreich abgeschlossen.

Und eigentlich hätten wir den Kontakt zu Shiona anschließend sofort abbrechen müssen. Persönliche Bindungen zu Gangstern und ihren Familien dürfen wir Agenten uns natürlich nicht erlauben. Aber in diesem Fall hat uns der Prof gebeten – besser gesagt: befohlen –, den Kontakt aufrechtzuerhalten und weiter mit Shiona in der Band zu spielen. Darum schreibt sie uns also noch. Verständlicherweise ist Shiona völlig fertig. Sie hat allein mit ihrem Vater – und einigen Leibwächtern – in einer riesigen Villa gelebt. Ihre Mutter hat die Familie vor längerer Zeit schon verlassen, wir wissen aber nicht, warum eigentlich und wo sie sich aufhält. Sie hat also niemanden, außer ihrer besten Freundin Kati, die Bassistin der Band, und uns, von denen sie nicht ahnt, dass wir ihren Vater in den Knast gebracht haben.

Warum wir weiterhin in ihrer Nähe bleiben sollen? Weil ihr Vater als Kronzeuge gewonnen werden sollte.

Natürlich hätte ein Gangster wie Thorsten Maffei eigentlich niemals seine Komplizen oder gar seinen Boss verraten. Ehrenkodex. Und Angst vor Rache. Allerdings: Wenn er jemals in Freiheit seine Tochter wiedersehen will, *muss* er kooperieren. Denn die Anklagepunkte sind beachtlich und würden ihm eine Gefängnisstrafe von mehrfach lebenslänglich einbringen. Für den Fall aber, dass er bereit ist, als Kronzeuge gegen den Boss auszusagen, hat man ihm seine Freiheit mit neuer Identität versprochen.

Maffei – so hat der Prof uns berichtet – ist tatsächlich auf den Handel eingegangen. Und seit diesem Moment in höchster Gefahr. Denn auch im Gefängnis hat der Boss seine Leute, die Maffei nun nach dem Leben trachten könnten.

In den nächsten Tagen soll Maffei darum in den Sicherheitstrakt verlegt werden. An sich ein guter Plan. Das Problem ist nur: Wenn der Boss und seine Bande nicht mehr so leicht an Maffei selbst herankommen, ist vorhersehbar, dass seine Tochter in Gefahr ist. Also Shiona.

Deswegen muss sie im Auge behalten werden, und das können wir drei YOUNG AGENTS am besten, weil wir als ihre »Freunde« direkten und ungehinderten Zugang zu ihr und ihrem Haus haben.

Darum kann ich jetzt auch nicht wie geplant in den Unterricht, Shiona hat Vorrang. Offenbar ist irgendetwas passiert, denn sonst würde sie nicht uns alle vier, inklusive Kati, anpiepen und uns zu sich rufen.

Halt! Stimmt nicht. *Natürlich* würde Shiona das tun. Shiona macht sich nämlich höchst selten Gedanken um andere und deren Bedürfnisse. Eigentlich geht es bei ihr immer nur um sie selbst.

Ich schaue mich um, ob ich unbeobachtet bin.

Bin ich nicht.

Ich muss mich erst mal in eine stille Ecke verziehen. Die Schultoilette wäre ein guter Ort, aber da sitzt ja Gonzo fest und randaliert oder kriecht gerade über den versifften Boden, um sich zu befreien. Also verschwinde ich in einen der Büsche am Rande des Pausenhofs, ziehe mein Handy mit den Geheimdienst-Apps aus meiner Geheimtasche und nehme Kontakt zu Naomi und Charles auf, um nachzufragen, ob es wirklich so dringend ist, jetzt sofort bei Shiona aufzutauchen.

Ach so, ich trage seit einiger Zeit meistens zwei Smartphones bei mir. Ein ganz normales in meiner Hosentasche wie die meisten Schüler. Es würde einfach auffallen, wenn ich keines hätte. Und dann mein »richtiges« Smartphone, besonders klein und flach, aber hochleistungsfähig und abhörsicher, das ich von der Zentrale bekommen habe und das die ein oder andere Sonderfunktion besitzt. Das verstecke ich aber in einer geheimen Tasche unter meinem Gürtel. Auch, damit es nicht Typen wie Gonzo oder meinem Nachbarn Murat in die Hände fällt, wenn sie mich mal wieder abziehen wollen.

Die Antwort ist prompt und kurz. Von Naomi. Sie lautet:

TM wird morgen verlegt

Ich verstehe. »TM« steht für Thorsten Maffei. »Verlegt« heißt: Er kommt an einen unbekannten Ort, an dem er bis zum Prozess in Haft bleibt.

Es geht also los. Shiona ist ab sofort in höchster Gefahr. Denn spätestens (!) jetzt kann sich der Boss denken, dass Maffei als Kronzeuge aussagen will. Und das ist auch genau der Grund, weshalb wir YOUNG AGENTS wieder aktiv werden sollen. Nicht, weil wir plötzlich zu Leibwächtern der Familienangehörigen von Schwerverbrechern geworden sind, sondern: Wenn Shiona etwas zustößt, wird ihr Vater nicht als Kronzeuge aussagen.

Ich wühle mich wieder aus dem Gebüsch heraus und – vor mir steht Abena.

»Was tust du?«, fragt sie, wobei sie auf den Busch zeigt.

»Äh…« Für jeden Agenten kann es lebenswichtig sein, im richtigen Moment schlagfertige Antworten parat zu haben und sich aus dem Stegreif glaubwürdige Ausreden einfallen zu lassen. Auch das kann man trainieren. Doch in diesem Moment, vor Abenas Augen und ihrem verdutzt fragenden Gesicht, fällt mir einfach nichts ein. Gut, ich hätte sagen können, dass ich pinkeln war. Aber das wäre mir vor ihr dann doch zu peinlich gewesen.

»B...B...B...Ball«, stottere ich stattdessen.

Abena glaubt offenbar, sie hätte das Wort nicht verstanden, zieht die Stirn kraus, eine Augenbraue nach oben und fragt zögerlich nach: »Ball?«

»J...J...Ja«, stottere ich weiter. »T...T...Tennisball. M...M...Muss dort hineingeflogen sein.« Ich drehe mich unbeholfen um und zeige auf den Busch. Meine Güte, was für eine dämliche Ausrede! Aber ich kann nicht mehr zurück.

Abena schaut auf meine leeren Hände. »Nicht gefunden?«

»N...N...Nein«, mehr fällt mir nicht ein.

In dem Moment sendet mir das Schicksal die Erlösung in Form eines recht schmutzigen und – wie ich vermute – auch stinkenden Gonzos, der mit hochrotem Kopf in feuchtem Shirt angerast kommt.

»BILLYYYYY!«, brüllt er mir zu. »RACHEEEEEE!«

Dann senkt er den Kopf wie ein wilder Stier und stampft auf mich zu.

»Sorry«, rufe ich Abena noch zu.

Dann rase ich los.

Jetzt bin ich zwar schon wieder auf der Flucht vor

diesem Holzkopf, aber immerhin kann ich so weiteren Nachfragen von Abena entgehen. Hat eben alles seine Vor- und Nachteile.

Ich kann nicht direkt aus der Schule raus und zu Shiona laufen, Gonzo bekommt es fertig und folgt mir bis dorthin. Wenn der einmal wütend ist, vergisst er alles um sich herum. Also muss ich ein Ablenkungsmanöver starten. Verdammt, das nervt.

Ich renne zum Lehrerparkplatz, ducke mich hinter den erstbesten Wagen, der dort parkt, schleiche gebückt weiter, krieche unter einen anderen Wagen, rolle mich dann seitlich zum nächsten und bleibe darunter liegen. In Anbetracht dessen, dass mich nur Gonzo verfolgt, ist es hier fast schon gemütlich. Denn ich hab mich auch schon unter Autos verstecken müssen, als meine Verfolger deutlich gefährlicher waren und mir nach dem Leben trachteten.

Aus meinem Versteck heraus sehe ich Gonzos Füße über den Parkplatz laufen. Er bleibt stehen, sieht sich jetzt bestimmt um. Er fragt sich sicherlich, wo ich abgeblieben bin. Dann rennt Gonzo die Reihe parkender Autos ab, weil er wohl hofft, ich würde zwischen zweien hocken und mich erwischen lassen. Meine Reihe! Ich muss also gleich hier weg!

Doch da erscheint plötzlich noch ein Paar Füße. An den Schuhen erkenne ich, dass es unser Schuldirektor ist. Doch, doch, so was merke ich mir, ohne dass ich es mir ausdrücklich einprägen muss. Als Agent habe ich gelernt, auf Details zu achten. Das läuft mittlerweile so automatisch bei mir ab, dass ich die Schuhe also sofort erkenne: braune Halbschuhe mit einem Muster, schlecht geputzt, mit schwarzen Schnürsenkeln, die überhaupt nicht zum Schuh passen.

Der Direktor ruft Gonzo zu sich und schickt ihn unverzüglich in den Klassenraum, denn der Unterricht hat bereits begonnen. Bestens. Gonzo zieht ab, der Direktor steigt in seinen Wagen und fährt los. Ich bin wieder allein auf dem Schulparkplatz, krabble unter dem Wagen hervor, entstaube notdürftig meine Hose und gehe zum Fahrradunterstand. Ich schwinge mich auf mein E-Bike und düse los zu Shiona, deren Villa am anderen Ende der Stadt liegt. Fast vierzig Minuten brauche ich dorthin, was aber schon extrem schnell ist mit dem Rad.

Als ich ankomme, öffnet mir wie immer nicht Shiona selbst die Haustür, sondern der uns wohl bekannte Leibwächter, den wir YOUNG AGENTS unter uns den »Gorilla« nennen, weil er einen ähnlichen Körperbau hat: riesengroß, breitschultrig, muskulös, ein Mann wie ein Felsbrocken. Und genauso gesprächig wie ein Stein.

»Hallo«, grüße ich freundlich. Keiner von uns kennt seinen richtigen Namen. Ich kann mich auch nicht erinnern, dass Shiona ihn uns genannt hätte.

Wie immer grüßt der »Gorilla« nicht zurück, sondern zieht die Tür nur einen kleinen Spalt weiter auf, sodass ich so eben hindurchschlüpfen kann.

Shionas eigenes Musikstudio und der Bandübungsraum

liegen in der obersten Etage der Villa. Der »Gorilla« weiß, dass ich das weiß, und so lässt er mich ohne weitere Anweisungen zum Fahrstuhl gehen und hinauffahren.

Oben angekommen, empfängt mich Shiona gleich mit einem Vorwurf: »Wo bleibst du denn so lange?«

Ich sehe im Hintergrund, dass Naomi und Charles schon da sind.

»Äh …«, sage ich und fühle mich für einen kurzen Moment schon wieder so unbeholfen wie vorhin vor Abena. Dieses Mal aber bin ich schlagfertiger. »Mein Lehrer hat mich noch aufgehalten, bevor ich abhauen konnte.«

Shiona nimmt meine »Entschuldigung« hin, indem sie gar nichts dazu sagt. Sie dreht sich einfach um und geht ins Studio, wo auch Naomi und Charles noch unschlüssig herumstehen.

»Weshalb sollten wir so dringend herkommen?«, frage ich.

Shiona schaut mich verdutzt an.

»Hallo?«, antwortet sie, »wir spielen gemeinsam in einer Band. Wir müssen proben!«

»Jetzt?«, frage ich. Ich bin ehrlich verwundert, dass Shiona kein Wort über ihren Vater verliert. Ich war mir sicher, er sei der Grund, weshalb sie uns zusammengerufen hat. Aber ich darf sie nicht dazu ausfragen, denn offiziell wissen wir natürlich nichts von der Verhaftung von Thorsten Maffei.

»Wieso *nicht* jetzt?«, antwortet Shiona.

»Ähem«, setze ich erneut an, »weil wir Schule haben?! Darum proben wir doch immer am Nachmittag. Und wo ist eigentlich Kati?«

Shiona winkt verächtlich ab. »Ach, Schule.«

Shiona geht auf ein kleines, privates Elitegymnasium. Das hat sie uns zumindest erzählt. Und laut Recherche unseres Geheimdienstes ist sie dort tatsächlich angemeldet. Allerdings war sie, solange wir sie kennen, wohl kaum dort.

»Die Schule bringt einen nicht weiter«, setzt Shiona in betrübtem Tonfall noch eins drauf. Ihre Stimme klingt zittrig. Ihre Augen werden feucht. Und dann bricht es aus ihr heraus. Sie fängt hemmungslos an zu heulen. So haben wir sie noch nie erlebt.

Ich muss mir schnell in Erinnerung rufen, was für ein mieser und brutaler Schwerverbrecher ihr Vater ist, sonst bekomme ich glatt ein schlechtes Gewissen, dass wir ihn in den Knast befördert haben. Die Villa, in der wir gerade stehen, mit all ihrem Luxus, den teuren Limousinen vor der Tür, den edlen Möbeln, den Marmorbädern, Shionas eigenem privatem Tonstudio … Alles bezahlt aus kriminellen Geschäften mit Waffen, giftigem Elektroschrott, Schutzgelderpressung, Hehlerei, Bedrohungen, Drogen. Bei eigentlich allem, was man sich an kriminellen Geschäften vorstellen kann, hat Shionas Vater seine Hände im Spiel.

Nach außen zeigen wir natürlich Mitgefühl.

»Was ist denn los?«, frage ich zart.

Und nun sprudelt es aus Shiona heraus. Sie erzählt uns, was wir drei natürlich längst wissen: dass ihr Vater verhaftet wurde und so weiter. Und sie endet, indem sie beteuert: »Dabei ist er völlig unschuldig!«

Naomi, Charles und ich ziehen gleichzeitig die Augenbrauen hoch. Wir haben schon vermutet, dass Shiona nichts von den dunklen Geschäften ihres Vaters weiß. Aber nichts zu wissen bedeutet ja noch lange nicht, ihn auch tatsächlich für unschuldig zu halten. Sehr oft wissen die engsten Familienmitglieder der Mafiabosse nichts von deren kriminellen Geschäften, weil sie wohlweislich nicht eingeweiht werden. Dennoch ahnt die Familie meist, dass ihr Clanoberhaupt nicht täglich acht Stunden in einem Büro sitzt und Formulare ausfüllt. Einfache Büroangestellte besitzen keine Reichtümer und haben auch keine Leibwachen.

Was glaubt Shiona wohl, woher all das Geld stammt?

Ehrlich verwundert frage ich erstaunter nach, als ich es vorgehabt habe: »Unschuldig?«

Sofort braust Shiona auf. »Ja, was denkst du denn? Hältst du meinen Vater für einen Verbrecher, oder was?«

Für einen Moment bin ich perplex. Ich *halte* ihn nicht nur dafür, ich *weiß*, dass er einer ist. Und zwar von der schlimmsten Sorte.

»Natürlich nicht«, wiegle ich aber schnell ab. »Ich wollte nur sagen, wenn er unschuldig ist, wieso sitzt er dann im Gefängnis? Ich dachte, das muss man … äh … nur bei schweren Verbrechen oder Fluchtgefahr.«

»Das weiß ich doch nicht«, blafft Shiona mich giftig an. »Sie halten ihn eben einfach fest, die Arschlöcher, und ich darf ihn nicht besuchen. Ich weiß noch nicht mal, in welchem Gefängnis er einsitzt. Das … ich meine … das geht doch nicht!«

Erneut fängt Shiona zu heulen und zu schluchzen an. Während sie ihr Gesicht in den Händen vergräbt, schauen Naomi, Charles und ich uns über ihre Schulter hinweg unsicher an.

Was sollen wir jetzt tun? frage ich mich. Und offenbar nicht nur ich. Auch Naomi und Charles machen hilflose Gesichter. Was hat der Prof uns da eingebrockt? Wir sind dafür ausgebildet worden, zu spionieren, Verbrecher aufzuspüren und sie zu überwältigen und zu überführen. Aber doch nicht, um ein weinendes Teenie-Girl zu trösten und zu beruhigen. Ich stehe total auf dem Schlauch.

Zum Glück übernimmt Naomi.

»Ich glaube«, sagt sie mit sanfter Stimme, »im Moment können wir leider wenig tun. Außer …« Sie bricht ab.

Shiona hebt den Kopf und sieht sie mit verweinten Augen an.

»Außer was?«, fragt sie nach.

»Na ja«, setzt Naomi erneut an. »Genau das zu tun, was du dir offenbar auch schon gedacht hast. Sonst hättest du uns nicht zu dir gerufen. Musik machen. Zu proben.«

Über Shionas Gesicht huscht ein leichtes Lächeln.

»Du hast recht«, sagt sie. »Vermutlich ist Ablenkung im Moment das Beste.«

ENTFÜHRT

Zwei Stunden haben wir mit der Band geprobt. Es hat sogar Spaß gemacht, obwohl ich eigentlich keine Zeit dafür hatte. Gut, natürlich habe ich Zeit, denn es gehört zu unserem Auftrag, die Band weiter am Leben zu halten. Aber ehrlich gesagt hatte ich gehofft, nach der Verhaftung von Shionas Vater eine Weile etwas mehr Ruhe und mal Zeit für mich zu haben. Besser gesagt: für die Schule. Ich bin zwar ein hervorragender Spitzenagent, aber kein Wunderkind. Für den Unterricht muss ich genauso viel lernen wie meine Mitschüler. Außer, dass ich mit Hilfe spezieller Methoden und ausgeklügelter technischer Hilfssysteme der Agentenakademie schon einige Fremdsprachen gelernt habe und gerade noch Arabisch und Türkisch dazukommen, weiß ich vom meisten Stoff, den wir in der Schule durchnehmen, auch nicht viel mehr als die anderen. Mathematik zum Beispiel haben wir in der Agentenakademie so gut wie überhaupt nicht durchgenommen. Meine Eltern können mir auch nicht helfen. Die haben beide keinen höheren Schulabschluss und von Mathe keine Ahnung. Natürlich habe ich beim

Prof nachgefragt, wieso sie mir nicht mit dem Autosuggestionstraining Mathe eintrichtern können, denn so habe ich schließlich auch die Fremdsprachen und im Rekordtempo das Gitarrespielen gelernt. Aber der Geheimdienst hat einfach abgelehnt. Ist das zu fassen? Da verbringt man den größten Teil seiner Schulzeit damit, Verbrecher zu jagen und das Land zu schützen, aber wenn man selbst etwas braucht, heißt es Nein. Meine Empörung hat natürlich nichts gebracht. In zwei Tagen schreiben wir eine Mathearbeit, und der Prof erwartet, dass ich mindestens mit einer Drei abschneide. Na toll! Also muss ich lernen. Bloß: Wann?

Heute Abend also.

Am Nachmittag komme ich zu Hause an. Wie immer steht ein Topf mit Gulasch auf dem Herd. Meine Eltern wissen, dass ich ein YOUNG AGENT bin, aber sie kennen keine Details meiner Aufträge und wissen deshalb auch nie, ob und wann ich nach Hause komme. Deshalb sorgt meine Mutter dafür, dass wirklich immer etwas zu essen auf dem Herd steht. Nur für mich. Mein Vater darf das Gulasch nicht anrühren.

Jedes Mal, wenn ich nach Hause komme, und wenn es nur aus der Schule ist, freut meine Mutter sich, als wäre ich wochenlang auf Reisen gewesen. Manchmal bin ich das ja auch. Meine Mutter freut sich also vor allem darüber, dass ich da bin und nicht irgendwo durch die Stadt, durch Deutschland oder Europa düse, um gefährliche Verbrecher zu jagen.

Auch jetzt springt sie vom Küchentisch auf, nimmt mich in den Arm und drückt mich wie einen Verschollenen, der soeben wie durch ein Wunder durch die Tür hereinspaziert kommt. Und sie sagt, was sie immer zur Begrüßung sagt: »Schön, dass du da bist. Es steht Gulasch auf dem Herd.«

Über ihre Schulter hinweg sehe ich, womit sie sich am Küchentisch beschäftigt: offene Rechnungen!

»Kommt ihr klar, Mama?«, frage ich.

Sie nickt. »Ja.«

»Das Geld, das ich euch für die Mietschulden gegeben habe, habt ihr doch noch, oder?«, frage ich nach. Ich hatte ihnen eine größere Menge Geld besorgt, um in Raten einen dreijährigen Mietrückstand abzuzahlen.

Meine Mutter nickt wieder. »Ja.«

»Bestimmt?«, hake ich nach. Bei meinen Eltern weiß man nie. Ich schaue mich unauffällig um, ob ich etwas Neues in der Wohnung entdecke: eine teure Küchenmaschine etwa oder einen neuen Riesenfernseher. Irgendetwas, wofür sie das Mietgeld verschleudert haben könnten. Aber ich entdecke zum Glück nichts.

»Das sind nur die üblichen Abrechnungen«, teilt meine Mutter mir mit. »Strom, Gas, Heizung, Wasser, Müll … Seit Papa wieder arbeitet, kommen wir zurecht.«

»Schön«, sage ich. »Wo steckt er denn?«

»Im Keller«, antwortet meine Mutter. »Er hat schon wieder etwas mitgebracht.«

Mein Vater arbeitet seit Kurzem als Hilfsarbeiter bei

der Stadtreinigung und ist momentan auf einem Recyclinghof beschäftigt. Er kann überhaupt nicht fassen, was die Leute alles an funktionierenden Geräten, intakten Möbeln und so weiter in den Müll werfen. Ständig bringt er davon etwas mit nach Hause.

»Aber das ist illegal«, sage ich. »Dafür kann er entlassen werden.«

»Nur weil er rettet, was andere Leute achtlos wegwerfen?«, fragt meine Mutter entsetzt. »Das ist doch absurd.«

Da hat sie recht. Trotzdem: Die Gesetze sind, wie sie sind. Nimmt mein Vater sich etwas von dem Müll mit, so gilt das offiziell als Diebstahl. Als würde man in ein Kaufhaus einbrechen und von dort etwas mitgehen lassen. Das ist völlig bescheuert, aber Gesetz!

Ich gehe in mein Zimmer, um Mathe zu lernen.

Während ich meine Mathesachen aus der Tasche krame, muss ich ständig hinüberschauen zu meinem eingerahmten Ronaldo-Poster. Es sieht nur so aus, als wäre ich ein begeisterter Fußballfan. In Wahrheit stecken im Rahmen ein Hochleistungscomputer, in Ronaldos Augen zwei Kameras und in seinem Mund ein Mikro. Über dieses Bild kann mich der Prof nicht nur jederzeit über einen geheimen Kanal erreichen, sondern auch nonstop überwachen, wenn er will.

Ehrlich, Mathe lernen an sich ist ja schon doof, aber wenn man dabei noch das Gefühl hat, ununterbrochen vom Geheimdienstchef beobachtet zu werden, geht es gar nicht. Da fällt mir etwas ein. Einen Hauseingang weiter wohnt Zehra. Sie geht in meine Parallelklasse, und soweit ich weiß, haben die ihre Mathearbeit letzte Woche geschrieben. Interessanterweise bei demselben Mathelehrer. Ich wette, wir werden in unserer Klausur zumindest ein paar der Aufgaben bekommen, die auch ihrer Klasse gestellt wurden. Blitzschnell packe ich meine Sachen zusammen, rufe meiner Mutter zu, dass ich rübergehe in die Nachbarschaft, renne aus der Tür, runter aus dem Haus, will rüber zu Zehra und – pralle fast gegen Gonzo.

Oh verdammt! Was macht der denn hier? Okay, er ist der Neffe unseres Hausmeisters und treibt sich deshalb öfter hier herum, als mir lieb ist. Aber wieso muss ich ihm dann auch noch ständig begegnen?

»Hab ich's mir doch gedacht«, sagt Gonzo und kommt auf mich zu, als hätte er auf mich gewartet.

»Was?«, frage ich und kann mir wirklich überhaupt nicht denken, wovon er spricht.

»Tu nicht so!«, blafft Gonzo mich an. »Dass du dich heimlich mit Abena triffst.«

»Hä?« Wie kommt er darauf? Und überhaupt: »Wieso heimlich? Abena und ich können uns auch nicht-heimlich treffen, so oft wir wollen.«

»Aha!«, ruft Gonzo, als hätte er mich entlarvt. »Das wollte ich nur von dir hören. Also doch. Jetzt hast du's selbst zugegeben.«

»Du spinnst doch«, sage ich und will an Gonzo vorbeigehen.

Doch er packt mich am Arm und hält mich fest.

»Ich hab dich im Auge«, droht er mir. »Lass deine Finger von Abena. Verstanden?«

»Du kannst mich mal«, antworte ich, stoße ihn beiseite und gehe weiter.

Vermutlich hätte Gonzo mich wieder aufgehalten und möglicherweise sogar eine Prügelei begonnen. Doch unverhofft kommt meine Rettung um die Ecke: Murat. Einer von Zehras älteren Brüdern. Weil ich ihm gegenüber mal behauptet habe, Gonzo würde Zehra in der Schule mobben, ist Murat überhaupt nicht gut auf Gonzo zu sprechen. Gonzo weiß das und verzieht sich stets sofort, sobald er Murat nur aus der Ferne sieht. So wie jetzt.

»Glück gehabt«, sagt Gonzo. Ein Satz, den er immer sagt, wenn er mir bei einer Auseinandersetzung unterlegen ist.

Er lässt von mir ab und verschwindet eilig im Hauseingang, in dem sein Onkel sein Hausmeisterbüro hat. Murat ist zwar wirklich nicht der hellste Kopf unter der Sonne, oft auch ziemlich rüpelhaft und ein Angeber, wie er im Buche steht. Aber seit er weiß, dass Zehra und ich uns gegenseitig in der Schule unterstützen, komme ich mit ihm ganz gut klar. Allerdings überwacht auch er mich mit Argusaugen. Gemeinsam für die Schule zu lernen, ist in Ordnung. Aber auf keinen Fall mehr, fordert Murat. Als ob er seiner Schwester irgendetwas zu sagen hätte. Das hätte er wohl gern. Und so sieht er auch seine Rolle als großer Bruder. Aber seine Eltern sehen das ganz anders. Die sind nämlich viel fortschrittlicher als Murat und halten sein Großer-Bruder-Gebaren für genauso aufgeplustert, wie es Zehra auf die Nerven geht.

»Merhaba Murat! Nasılsın? Seninle her şey net?«, frage ich. Ich warte schon lange darauf, meine ersten türkischen Sätze anbringen zu können. Besonders bei Murat. Denn das Kuriose ist, dass Murat von seiner gesamten Familie am meisten den Türken mimt, aber – ich glaube sogar, als einziger – so gut wie kein Wort Türkisch spricht. Er und alle seine Geschwister sind in Deutschland geboren und aufgewachsen. Aber während die anderen die Sprache ihrer Eltern, vor allem aber ihrer Großeltern, fleißig gelernt und gepflegt haben, hat Murat das irgendwie versäumt.

Murat bleibt stehen und sieht mich entsprechend verblüfft an: »Was laberst du da?«

Ich wiederhole die Sätze, mit denen ich mich einfach nur erkundige, wie es ihm geht und ob mit ihm alles klar ist.

Ich weiß nicht, ob Murat es verstanden hat. Zumindest hat er die Sprache erkannt.

Er kommt drohend auf mich zu, packt mich am Kragen, schiebt sein grimmiges Gesicht dicht vor meines und fragt: »Seit wann sprichst du Türkisch, du Opfer?«

»Äh, ich lerne es gerade nur ein bisschen. Von Zehra.«

Was nicht gelogen ist. Ich lerne zwar Türkisch für den Geheimdienst, und zwar per Autosuggestionstraining, aber ich nutze meine Bekanntschaft zu Zehra, um das Gelernte in der Praxis zu testen.

»Lass das sein, Digga!«, warnt Murat mich und lässt mich los. »Niemand will, dass du Türkisch laberst.«

»Zehra gefällt das«, sage ich.

Und schon hat Murat mich wieder am Kragen. »Finger weg von meine Schwesta!«

»Ja, Murat. Alles gut. Wir lernen nur für Mathe. Wenn du willst, kannst du mitmachen.«

Murat lacht kurz und trocken auf, gibt mir einen Klaps gegen den Hinterkopf und sagt: »Bissu blöd? Ich lern nicht Mathe, ich lern höchstens Geldzählen. Hast du verstanden, Schwachkopf?«

»Ne, is klar, Murat. Guter Plan. Weiter als bis hundert musst du dann auch nicht zählen können.«

Diesen Witz voll auf seine Kosten versteht er zum Glück nicht. Wir gehen gemeinsam zu ihm in die Wohnung, wo es reichlich, reichlich eng ist. Zwar hat die Familie eine Vierzimmerwohnung, aber eben auch fünf Kinder, drei Jungs und zwei Mädchen. Zehra belegt ein Zimmer mit ihrer älteren Schwester. Die macht gerade ein Schülerpraktikum in einer Tierarztpraxis, sodass Zehra und ich Zeit und Ruhe für uns haben, um Mathe zu lernen. Ohne dass ich etwas sagen muss, zieht Zehra einen Zettel aus ihrer Schultasche. »Ich habe mir aus der Erinnerung die Aufgaben aus unserer Mathearbeit notiert. Ich dachte, das könnte dir nützen.«

»Und ob!«, rufe ich freudig aus. »Zehra, du bist ein Engel.«

»Oh, wäre ich ein Engel nach dem Islam, könntest du

mich gar nicht sehen. Und du dürftest mich auch nicht anbeten. Also bleib lieber dabei, dass ich deine nette Nachbarin bin, und überschütte mich mit irdischem Lob«, antwortet Zehra und lacht.

»Mache ich«, verspreche ich. »Zehra, du bist ... äh ... super.«

Zehra lacht erneut. »Ein Poet wird aus dir auch nicht mehr.«

Dann widmen wir uns den Matheaufgaben.

Am nächsten Morgen merke ich, wie viel mir der Nachmittag mit Zehra gebracht hat. Zehn Aufgaben müssen wir in der Matheklausur lösen. Fünf davon stammen aus der Klausur der Parallelklasse, die ich gestern mit Zehra durchgegangen bin. Die halbe Miete habe ich also schon in der Tasche. Gonzo hat sich krankgemeldet. Offenbar hat er noch größere Angst vor der Matheklausur als ich und keinen zum Lernen gefunden. Wen wundert's?

Mathe geschafft und Gonzo nicht da – besser kann der Tag eigentlich nicht laufen. Hinzu kommt, dass wir heute keine Bandprobe haben. Ich kann es gar nicht glauben, aber so wie es aussieht, habe ich nach der Schule frei! Frei, so wie alle anderen Schüler auch.

Draußen ist ein herrlicher Spätsommertag. Ende August. Blauer Himmel. 24 Grad warm. Dieser Tag ist ein Traum! Was fange ich nur mit diesem Tag an? Auf so viel Freizeit bin ich gar nicht vorbereitet.

Jetzt nach Schulschluss schlendere ich über den Hof,

schaue mich um, ob ich Nelly irgendwo entdecke. Nelly ist eines der nettesten Mädchen in der Klasse. Sie und ihre Freunde treffen sich oft im Schwimmbad. Schon öfter hätte ich mitgehen können, wurde sogar ausdrücklich von ihr eingeladen. Aber jedes Mal kam etwas mit den YOUNG AGENTS dazwischen. Das konnte ich Nelly natürlich nie sagen, sondern musste mir immer irgendwelche Ausreden einfallen lassen. Inzwischen fragt sie mich schon gar nicht mehr. Ich sehe sie auch jetzt leider nirgends. Ich weiß nicht einmal, ob die Freibäder überhaupt noch geöffnet haben. Vermutlich ist die Badesaison schon vorbei.

Ich gehe ein paar Schritte weiter, bleibe wieder stehen und schaue mich erneut um. Dieses Mal nach Abena. Auch sie kann ich nirgends entdecken. Mist! Ich hab verpasst, sie zu fragen, was sie heute Nachmittag vorhat, als sie eben in der Klasse noch neben mir saß. Das ist mal wieder typisch für mich. Da habe ich nach ich weiß nicht wie langer Zeit mal wieder einen ganzen Nachmittag frei, und dann ist niemand da, mit dem ich den Tag verbringen kann. Klar, ich könnte Charles und Naomi anrufen. Aber mit denen meine Freizeit verbringen? Das klappt nie. Sofort würden wir wieder in unsere Agentenrollen fallen und irgendetwas für den Geheimdienst tun. Aber bei dem schönen Wetter allein zu Hause rumzuhocken – nein, das will ich auf gar keinen Fall.

Ich schlurfe weiter über den Schulhof und überlege, was ich mit dem Nachmittag anstellen könnte, da – steht plötzlich Shiona vor mir.

»Was machst du denn hier?«, frage ich sie. Gleichzeitig sehe ich mich unauffällig um. Ist jemand hier, der uns zusammen sieht? Das wäre zwar einerseits nicht so schlimm, würde aber andererseits zu Fragen meiner Mitschüler führen, vermutlich bis hin zum Gerücht, ich hätte eine Freundin, die älter ist als ich. Gegen den Klatsch und Tratsch auf einem Schulhof sind die Paparazzi-Storys der TV-Promisendungen ja schon fast seriöse Nachrichten.

Aber die Luft scheint rein zu sein.

»Ich hatte gehofft, euch hier zu treffen«, antwortet Shiona.

»Euch?«, entfährt mir die Frage, noch ehe mir einfällt, dass Shiona ja davon ausgeht, Charles, Naomi und ich würden in dieselbe Klasse gehen. »Ich meine … äh … ach ja?«

»Ja«, sagt Shiona. »Wo sind denn die anderen?«

»Schon nach Hause«, antworte ich schnell. »Wir hatten früher Schluss. Ich musste nur noch etwas mit dem Lehrer besprechen.«

»Ach, Mist!«, sagt Shiona. »Wollen wir sie schnell anrufen? Weit können sie ja noch nicht sein.«

»NEIN!«, sage ich lauter, als ich wollte. »Ich meine … äh … Wieso? Was ist denn los?«

Meinen freien Nachmittag sehe ich vor meinem geistigen Auge schon dahinschmelzen wie Eis in der prallen Mittagssonne. Aber was soll's? Hatte ja sowieso nichts vor.

»Ich will neue Noten kaufen. Und ich dachte, wir suchen die am besten gemeinsam aus.«

»Noten?«, frage ich ehrlich verwundert. »Wo?«

»Na, wo schon?«, fragt Shiona zurück. »Im Musikgeschäft natürlich.«

»Ich hätte jetzt eher aufs Internet getippt«, gebe ich ehrlich zu.

Doch Shiona winkt ab. »Bei den meisten Anbietern muss man sich erst registrieren, anmelden und so. Hab ich keine Lust zu. Und auch nicht, die Noten selbst auszudrucken«, erklärt mir Shiona. »Ich will richtige Notenhefte von den aktuellen Charts.«

»Na schön«, seufze ich. Das war's dann wirklich mit meinem freiem Nachmittag. Denn ich darf eines nicht vergessen: In Gegenwart von Shiona bin ich immer ein YOUNG AGENT. Kein Freund, kein Musiker ihrer Band, sondern immer ein Agent im Einsatz. Das ist der einzige Grund, sie überhaupt zu kennen und zu treffen. Das darf ich nie vergessen. Das ist übrigens fast das Schwierigste an der ganzen Agententätigkeit. Dass man Freundschaften, persönliche Beziehungen, seine Empfindungen und so weiter vollständig hintenanstellt und sich auf seine Aufgabe konzentriert.

Ich zeige zum Parkplatz, wo mein Rad steht.

»Kannst du mich auf dem Rad mitnehmen?«, fragt Shiona.

»Klar«, antworte ich. »Gehen wir.«

Shiona geht voraus, sodass ich den kurzen Moment

hinter ihrem Rücken nutzen kann, um Naomi per Nachricht zu informieren, ohne dass Shiona es mitbekommt.

Kurz darauf steigen wir beide auf mein E-Bike, und ich düse los.

Ich habe ehrlich gesagt gar keine Ahnung, wo sich das nächste Musikgeschäft befindet. Aber Shiona hat mich als Gitarristen kennengelernt, der Musik über alles liebt. Also muss ich meine Unkenntnis ein wenig überspielen.

»In welchen Laden gehst du denn am liebsten?«, frage ich.

»Na, in welchen wohl?«, fragt sie zurück, als gäbe es in der knapp Zweimillionenstadt Hamburg nur ein einziges Musikgeschäft. »In den Bunker.«

Glück gehabt. So muss ich nicht peinlich nach der Adresse fragen. Jeder in Hamburg weiß, was mit »Bunker« gemeint ist: der große Bunker gleich neben dem Fußballstadion des FC St. Pauli. Bis dorthin ist es mit dem Rad eine ganz ordentliche Strecke.

»Sitzt du gut?«, frage ich.

»Ja, bestens«, kommt die Antwort hinten vom Gepäckträger. »Und du? Geht's?«

»Klar!«, rufe ich nach hinten. »Das ist ein E-Bike, da muss ich ja selbst kaum treten.«

Auch die Strecke ist okay. Zuerst einmal quer durch den Stadtpark, dann an der Alster entlang, kurz durch den Innenstadtbereich, und nach 35 Minuten sind wir da.

»Hier ist es!«, ruft Shiona mir ins Ohr, als ob man den riesigen Bunker übersehen könnte.

Ich schließe das Rad an den Fahrradständern an, während Shiona schon ein paar Schritte vorausgeht zum Bunker. Eigentlich brauche ich das Rad nirgends anzuschließen, denn ohne dass ich es mit meinem Daumenabdruck freischalte, kann es niemand fortbewegen. Aber diese technische Feinheit meines Agentenrads will ich Shiona nicht offenbaren. Während ich also pro forma mein Rad anschließe, hopst Shiona fröhlich auf das Geschäft zu. Ihre Trauer darüber, dass ihr Vater in U-Haft sitzt, scheint sie – zumindest für diesen Moment – recht gut verarbeitet zu haben. Ich sehe noch schnell nach, ob es eine Antwort von Naomi gibt.

In dem Augenblick höre ich hinter mir quietschende Reifen. Die meisten Menschen denken bei dem Geräusch entweder an einen Angeber, der es nötig hat, mit seinem PS-starken Auto zu protzen, oder sofort an einen Unfall. Für mich bedeutet das Geräusch quietschender Reifen in meiner ersten Reaktion: Überfall!

Im Bruchteil einer Sekunde sind alle meine Sinne geschärft. Ich wende mich ruckartig zum Eingang des Ladens, und da sehe ich schon, wie ein vermummter Mann aus einem schwarzen Van herausspringt, sich die völlig verdutzte Shiona schnappt und sie ins Auto zerrt. Das Ganze geschieht so rasant schnell, dass Shiona erst zu einem Hilfeschrei ansetzt, als sie schon fast in den Wagen geworfen wird.

Aber ich war durch meine erste Intuition vorbereitet. Als der Mann Shiona schon halb durch die Schiebetür des Vans gepresst hat, bin ich bereits an ihm dran, verpasse ihm einen Tritt in die Kniekehle. Der Mann knickt ein, lässt Shiona sogar los, die aber schon von einem Komplizen im Van gepackt und hineingezogen wird. Der Vermummte fällt leider nicht, sondern fängt sich, dreht sich mit derselben Bewegung zu mir und verpasst mir mit seinem Ellenbogen einen Schlag gegen das Kinn. Ich kann zwar noch reaktionsschnell meinen Kopf zurückziehen, aber nicht weit genug. Sein Ellenbogen streift mich und streckt mich zu Boden. Der Vermummte will es dabei belassen, springt in den Van, der sofort Vollgas gibt und losdüst. Aber ich bin schneller. Noch ehe die Typen die Schiebetür schließen können, bin ich wieder auf den Beinen und hechte mit einem Kopfsprung in den Van hinein. Zum Anhalten haben sie keine Zeit, mich rauszuwerfen schaffen sie nicht, weil ich mich festhalte und wehre. Nun haben wir auch schon ein zu hohes Tempo erreicht. Die Tür schließt sich also hinter mir, der Van düst durch die Stadt, mit Shiona und mir als Gefangenen. Wir wurden soeben auf offener Straße am helllichten Tage entführt!

ABGESCHIRMT

Verdammt! Wie konnte ich das zulassen? Lediglich drei Männer sind es, die uns entführen. Zwei sitzen mit uns hinten, um uns zu bewachen, einer fährt den Van. Hätte ich besser aufgepasst, hätte ich es verhindern können. Ach, was sage ich: Ich hätte es verhindern *müssen!* Mit zwei Verbrechern wäre ich bestimmt noch fertig geworden. Zumindest hätte ich sie so sehr beschäftigen können, dass Shiona hätte abhauen können. Deshalb hat der Geheimdienst uns YOUNG AGENTS doch weiter auf Shiona angesetzt. Wir sollten genau das verhindern, was jetzt geschehen ist. Mist, verdammter!

Die Männer haben uns die Hände mit Kabelbindern auf den Rücken gebunden. Hätten sie es nicht auch bei Shiona so gemacht, ich hätte vermutet, sie wüssten, wer ich bin. Aber es ist wohl nur eine völlig überzogene Sicherheitsmaßnahme: zwei Kinder mit Kabelbindern zu fesseln, obwohl sie von zwei *bewaffneten* Profigangstern bewacht werden. Also wirklich! Ohne es zu wissen, haben die beiden Verbrecher aber genau das Richtige getan. Ich kann bei dem Gangster, der mir gegenübersitzt, die Pistole im Holster unter der Jacke gut erkennen. Wäre ich nicht gefesselt, wäre es *ein* schneller Griff gewesen, und ich hätte beide Entführer schnell unter meiner Kontrolle. So aber kann ich nur untätig rumsitzen und mich ärgern.

Shiona und ich sitzen auf der Rückbank in Fahrtrichtung nebeneinander. Vor uns, auf der gegenüberliegenden Sitzbank, die beiden Männer, ihre Blicke auf uns gerichtet. Ich schaue mir die beiden genau an und versuche, in ihrer Mimik zu lesen: Wissen oder ahnen die etwa, dass ich ein YOUNG AGENT bin? Unmöglich. Niemand weiß von uns.

Der Van fährt Richtung Innenstadt. Doch dann ist es plötzlich vorbei. Mehr kann ich nicht beobachten. Denn jetzt ziehen die Männer uns schwarze Säcke über die Köpfe, damit wir nicht mitbekommen, wohin sie uns fahren.

Verdammt!

Von außen wird uns niemand sehen, da die Scheiben dunkel getönt sind. Von Passanten können wir also keine Hilfe erwarten. Das Einzige, was mir bleibt, ist, genau hinzuhören. Uns die Ohren mit Watte zuzustopfen, auf die Idee sind sie zum Glück nicht gekommen. Vielleicht also kann ich verräterische Geräusche wahrnehmen: eine Kirchturmuhr, die schlägt, beispielsweise. Oder irgendeine öffentliche Durchsage. Möglicherweise an einem Bahnhof. Die Geräusche des Straßenverkehrs. Vielleicht kann ich heraushören, ob wir auf einer ein-

oder mehrspurigen Straße fahren. Oder ist Schiffstuten zu hören?

Da ich direkt aus der Schule komme, habe ich meinen Agentenrucksack nicht dabei. Aber vielleicht ist es auch gut so. Den hätten sie mir bestimmt abgenommen und darin herumgeschnüffelt. Immerhin haben sie mein Agentensmartphone in meiner geheimen Tasche im Hosenbund noch nicht entdeckt, nur mein normales Schülerhandy. Das haben sie natürlich sofort einkassiert. Aber mit meinem Smartphone könnte ich den Weg, den wir fahren, leicht aufzeichnen. Wenn ich nur drankäme. Die Bedienung meines Handys kann ich aber im Moment vergessen. Deshalb mache ich es auf die alte Methode: Ich zähle die Minuten.

Als wir am Ziel sind und die hintere Schiebetür aufgeschoben wird, komme ich auf zwanzig Minuten Fahrtzeit. Aber in welche Richtung? Auf jeden Fall befinden wir uns noch innerhalb der Stadtgrenze.

Unmittelbar nachdem sie uns geschnappt und auf die hintere Sitzbank geworfen hatten, fing Shiona an zu weinen. Und hat bis jetzt nicht aufgehört. Zwischendurch schluchzte sie immer wieder mit zitternder Stimme: »Wer sind Sie?«, »Was wollen Sie?«, »Wir haben Ihnen doch nichts getan!«

Unsere Entführer haben natürlich kein Wort gesagt. Und ich auch nicht. Ich weiß, wie man auch aus scheinbar bedeutungslosem Geplapper Informationen herausziehen kann. Deshalb gibt es im Beisein von Entführern nur zwei Möglichkeiten: entweder überhaupt nichts sagen oder die Entführer in ein Gespräch verwickeln, in dem man nichts von sich preisgibt, aber gleichzeitig so viel wie möglich über sie erfährt. Letzteres habe ich nicht für nötig gehalten, weil ich sicher bin zu wissen, von wem wir entführt wurden: vom Boss. Denn er braucht Shiona als Pfand, damit ihr Vater nicht als Kronzeuge aussagt.

Obwohl Shionas Vater im Gefängnis sitzt, die Anklagepunkte gegen ihn mehr als eindeutig sind und er als Kronzeuge aussagen soll, scheint Shiona es aber immer noch nicht begriffen zu haben. Sie scheint nach wie vor fest davon überzeugt zu sein, dass ihr Vater mit der Unterwelt nichts zu tun hat. Sonst würde sie doch nicht solche Fragen stellen!

Für Shiona ist es ein großes Glück – von dem sie allerdings nichts ahnt –, dass sie in mir einen ausgebildeten Agenten als Beschützer an ihrer Seite hat.

Ich hoffe sehr, dass ich gleich einen unbeobachteten Moment erwische, um mit meinem Handy unsere Position zu orten und Naomi und Charles zu informieren. Noch aber stecken unsere Köpfe in den Kapuzen. Einer der Entführer gibt mir von hinten einen Stoß. Ich stolpere aus dem Van und weiter voran. Ich höre Shiona hinter mir kieksen, wahrscheinlich, als auch sie unsanft aus dem Auto gestoßen wird. Der Entführer packt mich nun von hinten grob an den Armen und dreht mich etwas, um meine Laufrichtung nach links zu korrigieren. Auf diese Weise geführt, bleiben wir nach wenigen Schritten wieder stehen.

Dann geht es drei Stufen hoch.

Eine Tür wird geöffnet. Wir betreten ein Haus, wie ich vermute. Denn nach Lager, Fabrik oder Ähnlichem klingt es nicht.

»Wer ist *er*?«, fragt als Nächstes eine tiefe Männerstimme.

Damit bin wohl ich gemeint.

»Er war dabei, wollte ihr helfen«, lautet die Antwort eines unserer Entführer.

»Idiot!«, bekommt er zu hören.

»Was hätte ich machen sollen? Ich kann doch nicht …«, will der Entführer sich verteidigen.

Doch seine Erläuterung wird abrupt abgeschnitten. »Halt die Schnauze!«

Unser Entführer verstummt augenblicklich.

Wir werden ein paar Schritte weiter voran geschoben. Dann links herum.

»Vorsicht, Treppe!«, lautet eine knappe Anweisung.

»Hoch oder runter?«, frage ich.

»Runter!«

»Ist es nicht leichter für alle, wenn Sie uns die Kapuzen abnehmen?«, versuche ich mein Glück, bekomme aber die gleiche Antwort wie unser Entführer zuvor: »Halt die Schnauze!«

Vorsichtig schiebe ich einen Fuß vor, um die erste Stufe zu ertasten.

»Einfach nur die Treppe runtergehen. Als ob ihr aufs Smartphone glotzt. Dabei guckt ihr doch auch nie, wohin ihr latscht«, behauptet die tiefe Stimme. »Also los!«

»Das ist ja wohl ein Unterschied«, widerspricht Shiona. »Also, wenn ich auf mein Smartphone …«

»Quassel nicht! Geh!«

»Tu ich ja! Aber ich will nicht die Treppe runterfallen – HEY!«, quiekt Shiona plötzlich auf. »Loslassen!«

Der Mann mit der tiefen Stimme scheint sich Shiona geschnappt zu haben und trägt sie einfach die Treppe hinunter.

Ich gehe hinterher. Mir macht das nichts aus. Ich könnte eine Treppe mit verbundenen Augen im Vollspeed runterrasen. Tu ich aber natürlich nicht. Im Gegenteil: Ich gehe betont langsam und extra wackelig. Die sollen nicht den Schimmer einer Idee bekommen, mit wem sie es hier wirklich zu tun haben.

Als wir unten ankommen, werde ich unsanft in einen Raum geschoben.

»Ihr könnt jetzt die Säcke abnehmen«, knurrt der Mann mit der tiefen Stimme, wartet dies aber nicht ab, sondern zieht sie uns selbst vom Kopf.

Ich sehe mich um.

Wir stehen in einer kleinen Zelle. Das wird mir auf den ersten Blick klar. Dies ist kein Zimmer, sondern eine Gefängniszelle. In einem Keller. Ohne Fenster. Mit kahlen, grauen Betonwänden. In der Mitte der Decke ist ein Lüftungsgitter eingebaut, daneben baumelt eine nackte

Glühbirne am Kabel von der Decke. Die einzige Lichtquelle in diesem Raum. In einer Ecke entdecke ich eine Toilettenschüssel, nur halb verdeckt durch einen dünnen Paravent aus Bambus und Stoff. Daneben ein schlichtes, kleines Waschbecken an der Wand, auf dem ein Seifenspender steht, quer darüber liegt ein sauberes, zusammengefaltetes Handtuch. An der gegenüberliegenden Wand ist eine Pritsche aufgebaut mit einem frisch bezogenen Bett. Auch hier ist deutlich zu erkennen: alles ist für *eine* Person eingerichtet, für Shiona.

»Oh nein!«, jammert sie wie auf Kommando. »Es ist doch wohl nicht Ihr Ernst, dass wir hier …«

»Stell dich nicht so an, Prinzessin. Es ist nur für ein paar Tage«, sagt der eine Entführer, der uns hier hinuntergeführt hat. Die anderen Männer sind offenbar oben geblieben. Es scheint ihn nicht zu stören, dass wir ihn erkennen. Jedenfalls hat er sich nicht die Mühe gemacht, sich zu maskieren. Wichtig war wohl nur, dass wir den Weg hierher nicht sehen. Aber ihm können wir ruhig ins Gesicht blicken und uns sein Aussehen einprägen. Er weiß also, dass Shiona nicht zur Polizei gehen wird. Aber: Selbst wenn, Shiona könnte nichts beweisen. Trotzdem merke ich mir sein Erscheinungsbild, das sich fast nicht von dem unterscheidet, wie man sich klischeehaft einen Türsteher oder Leibwächter vorstellt. Ein Hüne von einem Mann, breitschultrig, kräftig, muskulös, mit einem Stiernacken und Stoppelhaarschnitt. Sein Blick eher dumpf als wach und intelligent. Sein Kinn sauber rasiert. Seine Augenbrauen mittelbraun, auch sonst eher ein heller Hauttyp. Keine sichtbaren Tattoos. Aber ein besonderes Merkmal: eine recht lange, schrägverlaufende Narbe über dem rechten Auge. Vermutlich das Andenken an eine Messerstecherei. Keine Ringe an den Fingern, aber eine goldene, protzig große Uhr am linken Handgelenk, daneben ein ebenfalls goldenes Gliederarmband. Das gesamte Kraftpaket steckt in einem schwarzen Anzug mit weißem Hemd und hellblauer Krawatte. Es ist die »Berufsuniform« aller Bediensteten des Bosses, ob Chauffeur oder Bodyguard.

Vor einiger Zeit war ich ja dem Boss sehr dicht auf den Fersen. Ich hatte mich in den Sommerferien als Schülerpraktikant in eine seiner Firmen geschmuggelt und war sogar an Geheimdokumente in seinem Safe herangekommen. Als ich dabei entdeckt wurde, konnte ich gerade noch rechtzeitig abhauen. Aus dieser Zeit weiß ich jedenfalls, dass immer, wenn der Boss persönlich in der Firma auftauchte, auch der jeweilige Chauffeur und sämtliche Bodyguards in genau derselben »Uniform« zu sehen waren.

Und noch etwas ist interessant: »Es ist nur für ein paar Tage«, hat der Bodyguard zu Shiona gesagt. Wie kommt er darauf? Der Prozess, in dem Shionas Vater aussagen soll, findet frühestens in zwei Monaten statt. Und das ist schon optimistisch gerechnet. Normalerweise dauern die Vorbereitungen für solche Gerichtsverhandlungen erheblich länger. Eigentlich müsste der Boss Shiona doch bis zum Abschluss des Prozesses gefangen halten, andernfalls würde er Gefahr laufen, dass ihr Vater doch noch aussagt.

Wieso also spricht der Bodyguard von nur wenigen Tagen?

Vielleicht ist es eine Lüge. Ich vermute aber, er sagt die Wahrheit. Für mehrere Monate würde der Boss Shiona doch nicht in solch einem kargen Verlies festhalten, eher luxuriös in einer seiner Villen im Ausland unterbringen, wo sie aber ebenso wenig weg könnte. Immerhin ist ihr Vater der engste Vertraute und Komplize des Bosses.

Shiona im vollen Luxus als »Gast« in sein Haus einzusperren, sie als Pfand und Druckmittel gegenüber ihrem Vater aber jederzeit zur Verfügung zu haben, wäre eigentlich der beste Plan, den der Boss haben könnte.

Vielleicht kommt das noch? Vielleicht ist der Ort hier nur eine Übergangslösung, die auf die Schnelle zur Verfügung stand. Shiona wird also möglicherweise in den nächsten Tagen woandershin transportiert.

Oder der Boss führt noch etwas anderes im Schilde.

»Was soll das heißen?«, beschwert sich Shiona weinend und mit zitternder Stimme, aber doch empört. »Sie können mich doch nicht in so ein Loch einsperren! Wenn Sie Lösegeld wollen: Mein Vater kann Ihnen zurzeit keines zahlen. Er sitzt im Gefängnis.«

Der Bodyguard lacht kurz und bitter auf.

»Nein?«, antwortet er sichtlich amüsiert. »Im Gefängnis? Na, sieh mal an, wer hätte das gedacht?«

Mit diesen Worten geht er aus dem Raum, schlägt die Stahltür von außen zu, und wir hören, wie der Schlüssel im Schloss zweimal umgedreht wird. In der Tür gibt es eine kleine Klappe auf Augenhöhe, die man nur von außen öffnen kann, um hineinzuschauen oder Essen hineinzureichen. Es ist eine klassische, alte Gefängnistür. Wo immer wir sind, der Boss hat sich eine private Gefängniszelle einbauen lassen. Und deshalb vermute ich auch, dass wir uns entweder beim Boss zu Hause oder in einer seiner Firmen befinden, wo im Keller dieses geheime Privatgefängnis liegt.

Shiona stürmt an die verschlossene Tür und bollert mit den Fäusten dagegen.

»Hey, kommen Sie zurück! Glauben Sie mir, mein Vater ist im Gefängnis.«

»Beruhige dich, er kommt gleich zurück«, sage ich zu Shiona.

Sie stoppt mit dem Hämmern an die Tür, dreht sich zu mir um und fragt: »Wie kommst du darauf?«

Ich zeige auf das Handtuch und das Bett.

»Alles ist für eine Person eingerichtet. Hast du oben nicht zugehört? Es war nicht geplant, mich auch zu entführen. Sie wollten nur dich«, erkläre ich ihr.

»WAS?«, jammert Shiona sofort wieder los. »Bloß weil mein Vater Geld hat und ...«

»Auf jeden Fall wird gleich wieder jemand kommen. Dann wird entweder ein zweites Bett für mich aufgestellt, oder sie holen mich ab.«

»Holen dich ab?«, fragt Shiona verdattert dazwischen. »Wohin denn?«

»Entweder in eine andere Zelle, wenn es denn noch eine zweite geben sollte, oder sie lassen mich frei.«

»Dich freilassen?« Es klingt fast vorwurfsvoll. »Und mich nicht? Was wollen die von mir? Ich hab ihnen doch gesagt, dass mein Vater im Moment nicht an sein Geld herankommt.«

»Shiona, hör mir mal zu.« Ich versuche es im sanftesten und einfühlsamsten Ton, der mir möglich ist. »Ich weiß, du hältst deinen Vater für unschuldig.«

»Ja, natürlich!«

»Aber diese Leute offenbar nicht. Sie wollen nichts von *dir.* Sie wollen etwas von deinem Vater.«

»Sag ich doch«, bestätigt Shiona. »Sein Geld.«

»Nein«, widerspreche ich. »Sein Schweigen. Und du dienst dafür als Pfand.«

Shiona verstummt. Sie zieht die Augenbrauen zusammen, sieht mich finster und misstrauisch an, kommt einen Schritt näher und sagt: »Hä? Soll das heißen, du hältst meinen Vater für einen Verbrecher?«

»Ich nicht«, winde ich mich heraus. »Aber offenbar die, die dich entführt haben. Sie glauben, dass dein Vater etwas aussagen kann. Und dass er auch aussagen *wird,* wenn er dafür mildernde Umstände bekommt oder sogar freigelassen wird, um bei dir sein zu können. Und genau das wollen die verhindern. Verstehst du? Dein Vater soll schweigen, sonst tun sie dir etwas an.«

»Spinnst du?«, faucht Shiona mich an. »Hast du zu viele schlechte Krimis gesehen oder was? Mein Vater hat doch mit diesen Verbrechern nichts zu tun. Woher sollte er die kennen? Und was soll er bitte schön aussagen können? Das ist doch alles Quatsch! Die wollen Lösegeld, das ist alles.«

In dem Moment öffnet sich die Tür.

FLUCHT?

Der Bodyguard tritt ein. Unter dem einen Arm trägt er eine zusammengeklappte Liege, unter dem anderen eine Decke. Beides wirft er mir vor die Füße.

»Dein Bett«, sagt er nur. Und will gleich wieder weggehen.

»Können wir bitte etwas zu trinken bekommen? Und Hunger haben wir auch«, halte ich ihn auf.

Der Bodyguard sieht mich einen Augenblick stumm an, schaut dann einmal kurz durch den Raum, als könne er nicht glauben, dass kein Trinkwasser bereitsteht, und zieht murrend ab. »Ich komme gleich wieder.«

Shiona läuft ihm nach. »Warten Sie! Mein Vater kann Ihnen im Moment kein Geld geben. Das hier hat alles keinen Sinn, verstehen Sie?«

Bam! Vor ihrer Nase schlägt die Stahltür zu.

Ich sage nichts. Schließlich habe ich Shiona bereits alles erklärt. Jetzt muss sie es nur noch glauben.

Stattdessen klappe ich die Liege auf und baue mir mein Bett.

»Du willst ernsthaft hier übernachten?«, fragt Shiona

vorwurfsvoll, als ob ich es mir gerade ungefragt in ihrem Zimmer gemütlich machen würde.

»Hast du eine andere Idee?«, frage ich sie.

Shiona winkt ab. »Auf jeden Fall nicht hierbleiben.«

»Gut«, stimme ich ihr zu. »Wie sieht dein Plan aus?«

»Welcher Plan?«, fragt sie zurück.

»Na, wenn du nicht hierbleiben willst, brauchst du einen Fluchtplan. Ohne zu fliehen kommen wir hier nicht raus. Das ist dir doch wohl klar.«

»Leck mich!«, schimpft Shiona, winkt ab und hockt sich schmollend auf ihr Bettgestell.

Mir ist klar, dass sie nicht wirklich wütend auf mich ist, sondern auf die Situation, in die wir geraten sind. Und ich denke, allmählich begreift auch sie, dass wir diese missliche Lage ihrem Vater zu verdanken haben. Die Unschuldsvermutung beginnt offenbar zu bröckeln.

Kurz nachdem ich mein Bett fertig aufgebaut habe, erscheint der Bodyguard wieder. Dieses Mal hat er einen Korb dabei. Darin zwei Flaschen Sprudelwasser, ein paar Bananen, zwei Äpfel und ein Handtuch für mich.

»Danke«, sage ich und nehme den Korb entgegen.

»Essen gibt's in drei Stunden«, teilt der Bodyguard uns mit.

Shiona verzichtet dieses Mal darauf, ihn anzubetteln und herumzujammern. Sie hat ihre Strategie geändert. »Wenn mein Vater erfährt, wie Sie uns hier behandeln, können Sie sich auf etwas gefasst machen!«, faucht sie den Bodyguard an.

Überraschenderweise wirkt ihre Drohung.

Hatte der Bodyguard sich vorhin noch über sie lustig gemacht, denkt er jetzt mit ernstem Gesichtsausdruck kurz nach und antwortet dann: »Ihr habt hier alles, was ihr braucht. Und wie gesagt: Es ist nur ein kurzer Übergang.«

Fast schon entschuldigend, wie er das gesagt hat. Dann geht er und schließt wieder die Tür von außen.

Natürlich habe ich gerade darüber nachgedacht, ihn zu überwältigen und Shiona und mich zu befreien. Aber ich weiß nicht, wie viele Personen sich im Erdgeschoss aufhalten. Allein würde ich eine Flucht vielleicht riskieren, aber mit Shiona im Schlepptau ist es zu gefährlich und zu unsicher. Außerdem muss ich mich selbst in dieser Lage noch vorsehen, meine wahre Identität nicht zu verraten. Denn wenn ich während der Flucht offenbaren würde, dass ich ein gut ausgebildeter Agent bin, wird Shiona spätestens hinterher Fragen stellen, wer ich wirklich bin, wieso ich in der Lage bin, Profigangster auszuschalten und so weiter. Und sie ist immerhin die Tochter eines Schwerstkriminellen. In Nullkommanix flöge nicht nur meine Identität, sondern die aller YOUNG AGENTS auf. Das wäre das sichere Ende unserer Abteilung. Nein! Ich muss äußerst vorsichtig agieren. Auch wenn es mir verdammt schwerfällt.

In diesem Moment läuft Shiona doch wieder auf die Tür zu und tritt wutentbrannt dagegen. Aber der Bodyguard ist schon längst verschwunden.

»Verdammt!«, flucht sie zornig, verfällt aber sofort wieder in einen weinerlichen Tonfall. »Wie konnte das passieren?«

Ratlos und verzweifelt wendet sie sich an mich. »Glaubst du denen, dass wir nur kurz hier sind?«

Darüber brauche ich nicht lange nachzudenken. »Ja. Vermutlich hat er die Wahrheit gesagt.«

»Wo werden die uns dann hinbringen?«, fragt Shiona ängstlich nach.

Ich zucke mit den Schultern, tue ahnungslos und frage im Gegenzug: »Kennst du den Vorgesetzten deines Vaters?«

»Vorgesetzten?«, wiederholt Shiona. »Du meinst, seinen Chef?«

Ich nicke.

»Er hat keinen«, versichert Shiona mir. »Mein Vater ist sein eigener Chef. Und zwar von mehreren Unternehmen. Das weißt du doch auch.«

Ich nicke. Ja, stimmt. Offiziell weiß ich das. Inoffiziell aber weiß ich noch viel mehr. Nämlich dass die meisten seiner Unternehmen vor allem Geldwaschanlagen sind. Und für seine Haupteinnahmequelle, nämlich aus der Organisierten Kriminalität, hat er sehr wohl einen Boss, nämlich *den* Boss.

Ich belasse es aber dabei und sage nichts mehr. Sie wird schon sehen, dass sie in einer seiner Villen landen wird. Nur: Wir YOUNG AGENTS wüssten auch gern, wohin sie Shiona bringen, damit wir sie von dort befreien können. Denn solange Shiona gefangen gehalten wird, wird ihr Vater nicht aussagen. Und ich gehe fest davon aus, dass sie Shiona allein von hier wegbringen werden.

»Jetzt lass uns erst mal schlafen, Shiona«, schlage ich besänftigend vor.

»Spinnst du?«, faucht sie mich sofort wieder an. »Wie soll man denn hier schlafen?«

Sie will ihr Smartphone aus der Tasche ziehen, aber da ist natürlich keines mehr. Jetzt merkt sie es auch. »Oh Scheiße!«

Ich habe meines noch. Also, mein Geheimdiensthandy, das ich in einer eingenähten Tasche unter dem Gürtel im Hosenbund versteckt halte. Der Bodyguard hat es nicht gefunden. Ich fürchte nur auch hier, wenn ich es herausziehe, wird Shiona zu viele Fragen stellen. Deshalb lasse ich es vorerst in seinem Versteck und versuche es später, wenn Shiona hoffentlich schläft. Wahrscheinlich ist diese Zelle im Keller ohnehin so sehr abgeschirmt, dass ich keinen Empfang habe. Somit kann ich weder jemanden anrufen, noch per GPS nachschauen, wo wir uns befinden.

Das Türschloss habe ich auch schon inspiziert. Fast schon instinktiv, denn meine Türöffner-Tools habe ich nicht dabei. Zudem: Es ist kein einfaches Schloss, sondern der Boss hat diesen Raum als Gefängniszelle konzipiert, und er hat ganze Arbeit geleistet. Entsprechend ist die Tür gesichert. Hier saßen wohl schon ganz andere Kaliber von Gaunern fest. So leicht also kommt man nicht hinaus.

Aber wir müssen atmen. Deshalb gibt es in der Decke eine Lüftung. Vermutlich führt dahinter aber kein Lüftungsschacht nach draußen, wie man das aus so vielen Thrillern kennt, sondern nur ein dicker Lüftungsschlauch, durch den man nicht entkommen kann. Kurzum: Wir sitzen tatsächlich fest.

Trotzdem habe ich bereits einen Plan, wie ich zumindest für eine kurze Zeit hier rauskomme, um zu peilen, wo wir überhaupt sind, und vielleicht auch, um zu sehen, wie viele Personen uns bewachen. Ich werde Shiona aber nicht in meinen Plan einweihen. Ich weiß weder, wie gut sie ein Geheimnis bewahren, noch, wie gut sie lügen kann.

»Weißt du, wie spät es ist?«, fragt sie mich jetzt.

Ich schaue auf meine Armbanduhr.

»Halb fünf«, antworte ich knapp.

»Ts«, macht Shiona.

»Was?«

»Und du wolltest schlafen«, erinnert sie mich mit einem verächtlichen Ton.

»Hast du eine bessere Idee, was wir hier unten machen sollen?«, frage ich zurück. »Das Beste in einer solchen Lage ist einfach, Ruhe zu bewahren.«

»Ach ja, klar«, sagt sie. »Du musst es ja wissen. Kennst dich voll aus mit Entführungen, oder was? Wie oft bist du denn schon gekidnappt worden?«

»Ich hab's gelesen«, erwidere ich und versuche, einen möglichst unterwürfigen Tonfall hinzubekommen. Schließlich bin ich der Loser der Schule. Und auch in der

Band nur der Gitarrist, der nichts zu sagen hat. Shiona ist der Kopf der Band. Sie bestimmt alles. Aber jetzt ist die Situation eine andere. Bloß: Sie weiß das nicht.

»Schön, was du so alles liest«, raunt sie. Ihre anfängliche Angst und ihr Gejammer schlagen immer mehr um in Wut und Bockigkeit. Denn sie glaubt noch immer, ihr Vater bräuchte einfach nur Lösegeld zu bezahlen, und wir beide kämen frei.

»Hoffentlich fordern sie nicht zu viel«, murmelt sie vor sich hin. »Ich meine, sooo viel Geld hat mein Vater auch nicht.«

Ich sage nichts dazu, sondern fange leicht an zu stöhnen und mir den Bauch zu halten. Das gehört zu meinem Plan.

Shiona blickt auf und fragt irritiert: »Was hast du?«

»Mein Magen«, behaupte ich. »Das ging heute Morgen schon los. Ich wäre fast früher von der Schule nach Hause gegangen. Aber dann wurde es wieder etwas besser. Und dann kamst du und hast mich abgeholt.«

»Mach keinen Scheiß«, sagt Shiona. Schützend hält sie sich den Ärmel vors Gesicht. »Werd' jetzt bloß nicht krank.«

»Das kann man sich doch nicht aussuchen!«, erwidere ich augenrollend.

»WAS?«, kreischt Shiona auf. »Du wirst wirklich krank? Echt jetzt?«

»Ich weiß nicht«, sage ich. »Ich glaub nicht. Vielleicht war die Wurst von meinem Schulbrot nicht mehr gut.«

»WAS?«, kreischt Shiona wieder. »Wie kann man denn Gammelfleisch essen? Das … schmeckt man doch.«

Ich sage nichts mehr, sondern stöhne noch lauter, wanke hinter den Paravent, aber nur, damit Shiona nicht sieht, wie ich mir den Finger in den Hals stecke. Ja, auch das haben wir auf der Agentenakademie trainiert: mutwilliges Übergeben. Wieso? Na ja, um es in Situationen wie dieser anzuwenden.

Ich muss gestehen, ich war darin nie besonders gut. Und auch jetzt fällt es mir echt schwer. Ich muss den Finger noch tiefer in den Hals schieben. Ich würge, huste, röchle, aber – es kommt nichts. Komm schon …

»Oh neee!«, höre ich Shiona klagen.

Und dann klappt es endlich.

Ich übergebe mich! Und zwar nicht in die Kloschüssel, sondern absichtlich daneben.

Das ist eklig. Aber leider notwendig. Sonst würde mein Kotzanfall ja keine Spuren hinterlassen. Muss er aber. Sonst funktioniert mein Plan nicht.

Shiona tut das, was ich vermutet habe. Sie rennt zur Tür und bollert dagegen.

»HEY!«, schreit sie. »Kommen Sie schnell! Billy ist krank und kotzt! Hallo!«

Keine Reaktion.

Shiona wiederholt ihre Rufe und bollert erneut gegen die Tür.

Ich schaue mir mein Malheur an und finde, es reicht noch nicht. Also wiederhole auch ich meine Prozedur, stecke mir den Finger erneut so tief wie möglich in den Hals.

Und breche noch mal.

Daraufhin werden Shionas Rufe noch lauter.

»HALLOOOOOO! HIERHEEEEER!«, schreit sie.

Dann endlich: Von außen wird der Schlüssel im Schloss gedreht.

Der Bodyguard kommt und bringt gleich das angekündigte Essen mit. Er trägt ein Tablett auf der einen Hand. Darauf sehe ich mehrere Hamburger und Pommes frites. Alles noch in den typischen Pappschachteln. Also gibt es vermutlich einen McDonald's in der Nähe. Offenbar sind wir nicht vollkommen abgelegen.

»Was ist denn hier los?«, fragt der Bodyguard verblüfft.

»Er hat sich übergeben!«, jammert Shiona und zeigt auf mich. »Er ist krank. Bestimmt etwas Schlimmes und Ansteckendes. Darmgrippe oder so. Ich will hier raus!«

Jetzt bin ich allerdings doch verwundert. Natürlich war mein Plan, dass *ich* rausgeholt werde, damit ich mich draußen umsehen und eventuell sogar Hilfe rufen kann. Jetzt schlägt Shiona glatt vor, *sie* rauszuholen und mich allein im Kerker zu lassen, was uns natürlich keinen Schritt voranbringen würde.

Zum Glück geht der Bodyguard nicht auf sie ein.

»Mitkommen!«, brummt er, zieht mich am Kragen mit sich hinaus und schlägt die Tür hinter uns zu. Während er sie abschließt, höre ich, wie Shiona von innen wieder dagegenbollert und schreit: »Sie können mich in dem Gestank hier doch nicht allein lassen! Iiiiiigitt! Ich muss auch gleich brechen bei dem Geruch!«

Ich nutze den kurzen Moment, in dem der Bodyguard mit dem Türschloss beschäftigt ist, greife mir unter die Gürtelschnalle und aktiviere auf meinem Geheimdienst-Handy die GPS-Ortung. Jetzt wird es nicht nur aufzeichnen, wo ich mich befinde, sondern meinen Standort gleichzeitig lautlos direkt an Naomi und Charles senden. Sobald es ein GPS-Signal empfängt, versteht sich. Ich hoffe, oben wird es damit klappen.

Der Bodyguard packt mich am Arm und zieht mich die wenigen Schritte bis zur Treppe mit sich. Dann befiehlt er: »Du wartest hier.«

Er steigt die Treppe hinauf.

Mist! Jetzt stehe ich in diesem Miniflur zwischen Zellentür und Treppenaufgang. Einen anderen Weg gibt es nicht nach draußen. Mein Smartphone hat noch keinen Empfang, wie ich mit einem schnellen Blick auf mein Display enttäuscht feststelle.

Was soll ich tun?

In den Augen der Entführer bin ich ein ganz normaler und etwas schmächtiger Schüler, der nur zufällig und ungewollt von einem der Entführer mitgeschleppt wurde.

Und was tun ganz normale Schüler? Nicht gehorchen. Genau.

Also gehe ich ebenfalls die Treppe hinauf. Selbst wenn sie mich oben erwischen, werden sie nicht argwöhnisch werden, sondern mich nur für ungehorsam halten; vielleicht noch für frech oder dumm, sicher aber nicht für gefährlich.

Oben angekommen, lege ich ein Ohr an die Tür.

Und höre niemanden. Das bedeutet, dass vermutlich auch niemand in der Nähe ist. Ich öffne also die Kellertür einen Spalt, die – wie ich es mir gedacht habe – nicht verschlossen ist, und linse in den Flur, der auf der einen Seite zum Ausgang führt, auf der anderen Seite zu einer weiteren Zimmertür, die zum Glück nicht offen steht. Bevor ich mich raustraue, werfe ich noch mal einen Blick auf mein Smartphone. Immer noch kein GPS-Empfang. Und auch kein Mobilfunknetz. Verdammt! Ist etwa das gesamte Haus abgeschirmt? Ich muss also noch raus aus dem Haus.

Ich öffne die Tür ein bisschen weiter, schleiche hinaus auf den Flur, bleibe stehen, lausche. Als ich immer noch nichts höre, husche ich zur Haustür. Leise betätige ich die Klinke, um sie zu öffnen – und stelle fest: Sie ist verschlossen. Scheiße!

Ich drehe mich um. Die Zimmertür gegenüber ist immer noch zu. Geräusche oder gar Stimmen höre ich nicht. Ich habe also gute Chancen, dass mich in den nächsten Sekunden niemand stören wird, und könnte es wagen, vorn auszubrechen. Anders als unsere Zellentür besitzt die Haustür ein normales Türschloss. Wäre kein Problem, sie zu öffnen – wenn ich meine Türöffner-Tools dabeihätte. Hab ich aber nicht, weil ich meinen Agentenrucksack nicht bei mir habe. Ich habe *gar* nichts bei mir, womit ich das Schloss knacken könnte. Keinen Draht, keinen spitzen Gegenstand, einfach nichts.

Vielleicht durch das Zimmer hinter mir? Ich nehme an, diesen Weg ist der Bodyguard gegangen. Denn er wollte ja gleich zurückkommen und wird mich kaum allzu lange unten im Keller stehen lassen wollen. Ich lege mein Ohr an die Zimmertür, höre aber immer noch nichts. Wenn der Bodyguard allein im Haus wäre, wäre er doch nicht ohne mich hochgegangen. Der wollte sich doch mit Sicherheit mit jemandem absprechen, was er mit mir machen soll. Wäre er vor die Haustür getreten, um dort zu telefonieren, hätte er die Tür nicht hinter sich abgeschlossen. Also muss er sich hinter dieser Zimmertür befinden. Wieso aber höre ich nichts? Keine Stimmen, nicht mal eine, die vielleicht telefoniert. Nichts. Absolute Stille.

Es nützt nichts: Wenn ich herausbekommen will, was hier vor sich geht, muss ich nachsehen. Langsam – sehr, sehr langsam – drücke ich die Klinke hinunter. Warte einen Augenblick. Drücke dann die Tür ein ganz klein wenig auf. Sie ist nicht verschlossen.

Noch immer höre ich nichts.

Ich stoße die Tür noch einen Tick weiter auf.

Warte.

Nichts.

Noch ein Stückchen.

Bis ich sie soweit habe, dass ich mein Gesicht vorschieben und in den Raum hineinlinsen kann.

Er ist leer. Komplett leer. Und fensterlos.

Täusche ich mich? Bin ich gar nicht im Erdgeschoss, sondern noch unter der Erde? Ist es etwa ein zweistöckiger Keller? Nein. Die Haustür war eindeutig eine Haustür; führt also nach draußen; ich bin also im Parterre.

Dieser Raum hat nur einfach kein einziges Fenster. Seltsam. Ich könnte gar nichts sehen vor lauter Dunkelheit, würde nicht in der Mitte der Decke eine kahle Glühbirne brennen. Genauso wie unten bei uns in der Zelle. Ist das hier etwa auch eine Gefängniszelle? Die Tür spricht dagegen. Es ist eine normale Tür.

Ich trete ein, schließe die Tür sanft hinter mir und sehe dann, dass in der Wand rechts von mir eine weitere Tür abgeht, die ein wenig offensteht. Durch den Spalt dringt etwas Licht zu mir. Ebenfalls Kunstlicht, wie ich vermute.

Ich tripple auf Zehenspitzen neben die Tür. Wenn jetzt jemand vom Nebenraum rüberkommt und dabei die Tür öffnet, wäre ich hinter ihr versteckt.

Nun höre ich endlich auch Stimmen. Während ich lausche und versuche, etwas zu verstehen, ziehe ich mein Handy aus der versteckten Tasche, sehe aufs Display und stelle enttäuscht fest, dass ich immer noch keinen Empfang habe. Ich ahne, wieso: Dieses Haus ist gar kein Haus, sondern ein alter Bunker! Deshalb gibt es auch kein einziges Fenster. Die Mauern sind so massiv, dass es keinen Funkkontakt nach außen gibt.

»Der Plan steht«, höre ich da plötzlich jemanden sagen. Der Stimme nach zu urteilen, unser Bodyguard.

»Fehlt nur noch Maffei.«

»Dass der Boss ihm noch vertraut…«

»Tut er nicht. Deshalb haben wir doch seine Tochter. Aber der Boss braucht ihn. Ich denke, bis zum Abschluss der Aktion wird sie darum bei uns bleiben müssen.«

»Und der Junge?«

»Setz ihn aus. Und mach ihm ein bisschen Angst. Wenn jemand fragt, wo er war, soll er sagen, er hat noch irgendwo mit Kumpels abgehangen. Dem glaubt doch sowieso keiner, dass er entführt wurde.«

»Okay. Dann bring ich ihn jetzt weg.«

Scheiße! Die reden über mich. Ich muss weg hier. Schnell!

Ich düse so schnell und leise wie ich kann zurück zur ersten Zimmertür, husche hindurch und höre schon, wie der Bodyguard den Nebenraum verlässt, um mich aus dem Keller abzuholen. Ich also ab durch die Kellertür und die Treppe hinunter. Unten höre ich, wie Shiona immer noch gegen die Zellentür trommelt und tritt und laut und verzweifelt verlangt, sie freizulassen.

Schon kommt der Bodyguard die Treppe runter. Ich tue natürlich so, als hätte ich die ganze Zeit brav hier unten gewartet.

Der Bodyguard sieht sich kurz um, wahrscheinlich, um zu sehen, ob ich in der Zwischenzeit irgendwo hingekotzt habe, stellt zufrieden fest, dass das nicht der Fall ist, greift in seine Hosentasche, zieht einen dunklen Sack hervor und stülpt ihn mir über den Kopf.

»Wir gehen«, ist alles, was er sagt.

»Wohin?«, frage ich.

»Weg von hier.«

»Wohin?«, frage ich noch mal. »Vielleicht brauche ich einen Arzt. Ich bin krank!«

»Wenn ich dich absetze, kannst du hin, wohin du willst.«

»Absetzen? Was meinen Sie mit ›absetzen‹?«

»Sei still und komm mit. Vorsicht: Stufen!«

FREI!

Dieses Mal muss ich während der Autofahrt nicht die Minuten mitzählen. Mein Smartphone ist ja jetzt aktiviert. In dem Moment, als ich zusammen mit dem Bodyguard einen Fuß vor die Tür ins Freie gesetzt habe, müsste mein Smartphone wieder Empfang gehabt haben und damit erstens meine Nachrichten an Naomi und Charles abgeschickt und zweitens die Fahrt per GPS aufgezeichnet haben.

Nach einer geschätzten halben Stunde Autofahrt halten wir an. Der Bodyguard lässt den Motor laufen, steigt aber aus, öffnet hinten die Tür, zerrt mich aus dem Wagen, geht mit mir noch etwa fünfzig Schritte, bleibt stehen und sagt: »Ich gehe jetzt. Du bleibst hier stehen und zählst bis hundert. Dann kannst du den Sack vom Kopf nehmen und bist frei. Wenn dich jemand fragt, wo du so lange warst, sagst du, du hast nach der Schule noch rumgetrödelt oder mit 'nem Kumpel abgehangen oder so. Kein Wort von der Entführung. Verstanden? Wir wissen, wo du wohnst.«

»Okay«, sage ich und nicke. Ich versuche dabei, meine

Augen extra weit aufzureißen und etwas zu zittern, damit er mir abnimmt, dass ich auch wirklich Angst habe.

Der Bodyguard geht.

Ich warte ab. Ich zähle natürlich nicht bis hundert, sondern warte nur, bis ich höre, dass der Wagen losfährt. Als der Bodyguard Gas gibt, ziehe ich mir sofort den Sack vom Kopf und schaue mich rasch um.

Ich stehe mitten in einem Wald. Keine Ahnung, in welchem. Aber das wird mir mein Smartphone gleich mitteilen.

Ich hole es hervor – und bin entsetzt. Das kann doch nicht sein! Die Fahrt wurde nicht aufgezeichnet. Das …

Ich begreife. Offenbar ist nicht nur der Bunker komplett vom Mobilfunknetz abgeschirmt, sondern auch der Wagen, in dem ich gefahren bin. Der Weg vom Bunker zum Auto war zu kurz. Ehe das Smartphone ein GPS-Signal empfangen konnte, saß ich schon drin.

Verflucht, bin ich blöd! Damit hätte ich rechnen müssen. Ist doch klar, dass die Entführer Vorkehrungen getroffen haben, damit sie nicht von der Polizei per Bewegungsprofil verfolgt werden können.

Ich hätte meinen Gang vom Bunker zum Auto irgendwie verzögern müssen, um meinem Handy Zeit genug zu geben, ein Signal zu empfangen. Mist! So aber habe ich keinen Schimmer, wo Shiona festgehalten wird. Ein wirklich dummer Anfängerfehler von mir. Peinlich, wenn ich das Naomi und Charles beichten muss.

Und als wäre das noch nicht blöd genug, habe ich auch hier im Wald keinen Empfang. Und damit nach wie vor keine Ahnung, wo ich mich befinde.

Okay. Das kann ich leicht lösen. Ich gehe einfach dem Sandpfad nach, den der Wagen eben entlanggefahren ist. Der wird sicher gleich auf eine Asphaltstraße führen, und dort stehe ich dann nicht mehr unter dichten Baumkronen und werde Empfang haben. Mit Blick auf mein Display gehe ich los.

Schon nach nicht mal zwanzig Metern empfange ich ein Signal. Na, immerhin. Und ich sehe auch sofort, wo ich bin: im Naturschutzgebiet Moorgürtel. Das ist wirklich mitten in der Pampa. Luftlinie zwar nur knapp zwölf Kilometer südwestlich von Hamburgs Zentrum entfernt, aber so, wie ich es sehe, gibt es hier keine Buslinie in der Nähe, geschweige denn eine Bahnstation.

Wie soll ich von hier fortkommen? Ich stöhne laut auf. Wohl oder übel muss ich laufen. Was soll's. Zuallererst informiere ich Naomi und Charles aber darüber, was passiert ist.

Kurz darauf klingelt mein Handy. Naomi ist dran.

»Liam!« Naomi nennt mich am Telefon mit meinem Agentennamen. »Was machst du denn für Sachen? Entführt? Meine Güte. Konntest du zusammen mit Shiona fliehen?«

Ich berichte Naomi knapp und präzise, was passiert ist; auch die Peinlichkeit, dass ich Shionas Aufenthaltsort nicht weiß, und ende mit:

»Wir müssen uns treffen. Sofort! Irgendetwas ist mit Maffei geplant.«

»Okay. In der Zentrale?«, fragt Naomi.

»Nein!«

Auf keinen Fall will ich den Eindruck vermitteln, als wüssten wir nicht weiter. Das tut es nämlich schnell, wenn man mitten in einem Auftrag in der Zentrale auftaucht.

Und unser Auftrag ist nun mal, Shiona zu beschützen. Das ist uns gründlich misslungen. Shiona ist gefangen und somit ein Druckmittel, damit ihr Vater nicht als Kronzeuge aussagt. Unser Chef, der Prof, wird kochen vor Wut. Da müssen wir ihm nicht noch absichtlich unter die Augen treten und unser Versagen in einem persönlichen Gespräch eingestehen.

»In der Schule«, schiebe ich darum hinterher.

In einem Abstellraum des Schulkellers, in dem nur das Personal der Gebäudereinigungsfirma seine Sachen abstellt, habe ich mir heimlich ein kleines Büro eingerichtet. Das Reinigungspersonal denkt, es gehöre dem Hausmeister, und der Hausmeister glaubt, es diene dem Putzpersonal. Durch dieses immerwährende Missverständnis habe ich meine Ruhe.

»Alles klar«, bestätigt Naomi. »Wie lange brauchst du?«

»Gute Frage. Ich habe, ehrlich gesagt, keine Ahnung. Wart mal…«, denke ich laut nach. »Eine halbe Stunde Fußmarsch bis zur nächsten Bushaltestelle, mindestens zwanzig Minuten auf den Bus warten, damit bis zur nächsten Bahnstation, dann zweimal umsteigen, wieder zu Fuß ...«

»Ist ja gut, ist ja gut«, unterbricht mich Naomi. »Das dauert viel zu lange. Ich hol dich mit der Drohne ab.«

»Was?«, frage ich verwundert. »Ich dachte ...«

Die bemannte Drohne des Geheimdienstes ist so geheim, weil noch gar nicht offiziell erfunden, geschweige denn zugelassen, dass sie eigentlich niemand benutzen darf. Fast niemand. Bei unserem letzten Einsatz, der schließlich zur Verhaftung von Shionas Vater geführt hat, durften wir sie ausnahmsweise fliegen. Der Wahnsinn!

»Ich hab das mit dem Prof und der Zentrale geregelt«, erklärt mir Naomi, ich höre regelrecht, wie sie zufrieden grinst. »Weil wir Kinder sind, dürfen wir noch kein Auto fahren. Klar. Aber es kann doch nicht sein, dass wir zu spät kommen, wenn's drauf ankommt, weil wir nur mit dem Fahrrad unterwegs sein dürfen. E-Bike hin oder her ... Lange Rede, kurzer Sinn: Ich hab mich durchgesetzt. Die Drohne gehört jetzt zu unserem Fuhrpark.«

»Autofahren dürfen wir nicht, aber eine Drohne fliegen?«, wundere ich mich.

»In der Drohne begegnet uns doch niemand«, antwortet Naomi lachend. »Also bleib, wo du bist, ich bin in zehn Minuten bei dir.«

»Naomi, du bist genial«, lobe ich sie.

»Weiß ich«, sagt Naomi und beendet das Gespräch.

Zehn Minuten später höre ich tatsächlich das leise Surren der Drohne, die eigentlich nur für eine Person ausgelegt ist – eine *erwachsene* Person. Wenn wir uns ein bisschen drängeln, passen aber zwei von uns YOUNG AGENTS hinein. Das klappt mit Naomi übrigens besser als mit Charles, mit dem ich die Drohne auch schon mal geflogen bin.

Weil Naomi nicht mitten auf der Straße landen will, sucht sie sich eine Lichtung, die ein paar Minuten Fußweg von mir entfernt ist. Als ich erkenne, wo sie landen wird, renne ich los.

Naomi ist in der Drohne sitzen geblieben und wartet auf mich.

Ich komme leicht außer Atem bei ihr an, steige ein.

Naomi startet sofort.

Solange wir in der Luft sind, hält uns jemand von unten entweder für die Drohne eines hochmodernen Paketdienstes oder für den Testflug eines Flugtaxis, das einige Politiker lieber heute als morgen einführen würden. Noch aber sind wir froh, einen freien Luftraum vor uns zu haben, und fliegen auf direktem Weg zur Schule.

Jetzt, am späten Abend, ist dort niemand mehr außer dem Hausmeister, der auf dem Schulgelände zusammen mit seiner Frau einen kleinen Bungalow bewohnt.

»Du kannst hinten auf dem Sportplatz landen«, teile ich Naomi mit. »Das kriegt der Hausmeister vorn nicht mit.«

»Was ist mit der Turnhalle?«, fragt sie nach. »Trainiert dort jetzt niemand?«

Ich zucke mit den Schultern. »Keine Ahnung.«

»Dann sehen wir erst mal nach«, sagt Naomi.

Kurz darauf erscheint unter uns die Schule. Schon von hier oben ist ein Lichtschein aus der Turnhalle zu erkennen. Naomi zoomt mit der Drohnenkamera dicht an die Turnhalle heran, senkt die Drohne etwas ab, sodass wir seitlich durch die großen Scheiben in das beleuchtete Innere schauen können. Tatsächlich spielt eine Kindermannschaft darin Fußball: Trainingsstunde.

»Blöd!«, sagt Naomi und zieht die Drohne wieder hoch, ihr Blick schweift über das Schulgelände, und schließlich entscheidet sie: »Ich lande hinten auf dem Schulhof, vor den Pavillons. Den kann der Hausmeister von seiner Wohnung aus auch nicht sehen.«

Ich bin einverstanden und gebe Charles per Kurznachricht Bescheid. Denn gerade sehe ich, wie er mit dem Fahrrad vor dem Schultor hält. Ich kann noch erkennen, dass Charles die Nachricht liest, dann verschwinden wir schon hinter den Fachräumen der Schule auf dem kleinen Hof und landen.

Als wir aussteigen, kommt Charles schon mit dem Fahrrad angefahren.

Nach einer kurzen Begrüßung will ich ohne Umschweife sofort mit unserer Lagebesprechung beginnen.

»Gehen wir nicht in deine heimliche Office-Büro?«, fragt Charles.

Ich wollte keine Zeit verlieren, darum habe ich mich kurzerhand doch dagegen entschieden. Naomi ist noch aus einem anderen Grund dagegen.

»Ich würde ungern die Drohne hier so sichtbar stehen lassen, ohne sie im Blick zu haben«, wendet sie ein.

Und um die Drohne zu verstecken, dafür haben wir nun wirklich keine Zeit.

»Hier ist es doch gut«, sage ich. »Niemand sieht oder hört uns. Und der Hausmeister hockt garantiert vor seinem Fernseher. Genauso wie der Hausmeister in unserer Wohnsiedlung. Oder wie meine Eltern.«

Ich schaue Charles und Naomi an. Beide sind einverstanden hierzubleiben.

»Wir müssen Shiona finden. So schnell wie möglich«, eröffne ich die Diskussion. »Der Boss plant einen großen Coup, wozu er Maffei braucht. Und Maffei wird zusagen, solange Shiona in der Gewalt des Bosses ist.«

»Verstanden«, sagt Naomi, und Charles nickt kurz. »Die Frage ist: Wie soll Maffei an dem Coup teilnehmen? Der sitzt doch streng bewacht an einem unbekannten Ort in Haft.«

»So, I think, es kann geben nur die eine Erklärung«, sagt Charles. Er ist Engländer und spricht bei Weitem nicht so gut Deutsch wie Naomi. Die ist übrigens Französin. »Maffei will break out.«

»Ausbrechen?«, wiederhole ich als Frage.

Auch Naomi kräuselt die Stirn. »Wie will er das schaffen? Er ist allein und streng bewacht.«

Charles schüttelt den Kopf. »Nein, I mean, der Boss will get him out aus die Gefängnis.«

»Der Boss wird Maffei befreien?«, überlege ich laut. »Das wäre natürlich möglich.«

»Vorausgesetzt, der Boss weiß, wo Maffei untergebracht ist«, zweifelt Naomi. »Das *kann* er aber gar nicht wissen. Nicht einmal *wir* wissen es. Nur ein ganz kleiner Personenkreis ist eingeweiht.«

»Außer die Policemen, die bewachen ihn«, wirft Charles ein.

Ich nicke.

Und auch Naomi wird sofort klar, was Charles damit sagen will. Entweder einer der Wachleute, die auf Maffei aufpassen, dient dem Boss als Maulwurf. Oder einer auf einer höheren Ebene der Polizei, einer von denen, die bestimmt haben, wo Maffei untergebracht wird.

»Dann weiß der Boss also, wo Maffei steckt«, schlussfolgert Naomi.

»Und er wird sich holen ihn.« Für Charles steht das fest.

Uns dreien ist damit klar: Wir müssen handeln. Und zwar sofort.

Als Erstes informieren wir den Prof.

Noch vom Schulhof aus rufen wir den Prof an. Und der zögert ebenfalls keine Sekunde.

»Wenn es eine undichte Stelle gibt, dürfen wir kein Risiko eingehen«, sagt er. »Ich werde eure Informationen erst mal an niemanden weitergeben. Und ihr müsst sofort dorthin und die Lage peilen. Ich alarmiere währenddessen das Einsatzkommando, damit es in Bereitschaft ist, ohne konkret zu sagen, wo sie womöglich eingreifen müssen.«

»Verstanden«, bestätige ich dem Prof am Telefon. »Und wo ist Maffei in Gewahrsam?«

»Ich spiele euch den Ort auf das Navi in eurer Drohne.«

Von unserem Navi spielen wir Charles den Ort noch auf sein Smartphone. Denn mit der Drohne können sich ja weiterhin nur Naomi und ich fortbewegen.

Charles wird mit dem Rad in die Agentenwohnung fahren, die er gemeinsam mit Naomi bewohnt, und dort für uns am Computer erreichbar bleiben, um bei Bedarf reagieren zu können, Hilfe herbeizurufen oder Ähnliches. Charles stellt sozusagen unsere »Flugsicherung« dar.

Naomi und ich wollen schon einsteigen und losfliegen, als Charles plötzlich ruft: »Achtung!«

Ich drehe mich um. Und sehe, wie von Weitem der Hausmeister auf uns zukommt.

»Verdammt!«, fluche ich. »Was macht der denn hier?«

»Wieso?«, fragt Naomi. »Ich denke, der wohnt hier?«

»Ja, ja«, winke ich ab. »Natürlich. Aber was hat der abends hier hinten auf dem leeren Schulhof zu suchen?«

»Vielleicht ein routinemäßiger Rundgang?«, vermutet Naomi.

»Auf jeden Fall müssen wir weg hier. Er darf mich nicht sehen und schon gar nicht erkennen. Wie soll ich erklären, dass ich neben einer bemannten Drohne stehe?«

»Wir aber können doch die Drohne nicht lassen alone!«, wendet Charles panisch ein. »Sie ist eine Projekt top secret. Angestrengt geheim!«

»Streng geheim«, verbessere ich ihn, obwohl wir jetzt eigentlich Wichtigeres zu tun haben. Denn mir muss blitzartig einfallen, wie wir den Hausmeister loswerden.

Loswerden! Klar. Das ist *die* Idee. Wir müssen ihn ablenken.

»Charles, du fährst mit dem Rad nach Hause wie besprochen.« Ich wähle absichtlich den Befehlston, weil wir keine Zeit für Diskussionen haben.

»Und ihr?«, fragt Charles trotzdem nach.

»Naomi macht die Drohne startklar«, sage ich.

Nun schauen mich beide an. Die Frage steht ihnen ins Gesicht geschrieben.

»Ich lenke den Hausmeister ab, komme zurück, steige zu Naomi in die Drohne, und dann geht's los«, erkläre ich ihnen.

Ohne weitere Worte zu verlieren, renne ich los. Und zwar hinter einen der Pavillons, um an ihm entlangzulaufen und damit im Rücken des Hausmeisters wieder zum Vorschein zu kommen. Ich laufe, so schnell ich kann. Denn ich muss das Schulgebäude, das direkt hinter dem Hausmeister liegt, erreichen, bevor er sich der Drohne zu weit genähert hat.

Ich brauche weniger als eine Minute, um – zwar außer

Atem, aber rechtzeitig – mein Ziel zu erreichen. Dort angekommen, bleibe ich in Deckung, greife mir einen der größten Steine, den ich im Beet neben mir finden kann, hole kräftig aus und werfe ihn mit aller Wucht gegen eine Scheibe im Erdgeschoss des Gebäudes.

Der Stein bollert gegen das Glas. Aber es hält. Wieso das denn? Das ist doch kein Sicherheitsglas. Oder? In jedem Fall ein recht bruchsicheres. Eigentlich nicht dumm, solch ein Glas für eine Schule zu nehmen. Für mich jetzt aber saublöd.

Ich schaue um die Ecke zum Hausmeister. Der hat den Knall nicht einmal gehört. Zumindest marschiert er schnurstracks weiter auf den Hof zu, auf dem die Drohne parkt. Ich suche einen weiteren Stein. Finde aber keinen, der größer ist als der erste.

Verflixt!

Hastig sehe ich mich um. Und entdecke etwas: In der niedrigen Steinmauer, die das Beet umrandet, scheint einer der Natursteine locker zu sein.

Ich trete dagegen. Dann gleich ein zweites Mal und noch mal. Beim vierten Tritt plumpst der Stein aus der Mauer zu Boden. Ich hebe ihn auf.

Verflixt, er ist schwerer, als ich dachte. Ich muss meine ganze Kraft zusammennehmen, um ihn schleudern zu können.

Ich hole aus, werfe ihn.

Der Stein knallt gegen die Scheibe und mit lautem Krachen und Klirren durch sie hindurch. Zum Glück kann sich unsere Schule dann doch kein richtiges Sicherheitsglas leisten. Sofort ziehe ich mich zurück, linse um die Ecke.

Es funktioniert!

Endlich bleibt der Hausmeister stehen, dreht sich um, sucht und hat dann das Loch in der Scheibe entdeckt. Laut fluchend eilt er zurück, weg von der Drohne, hin zur eingeschlagenen Fensterscheibe.

Das ist mein Startkommando. Ich düse los. Denselben Weg zurück, den ich gekommen bin. Auf den Hof, hin zur Drohne. Naomi hält die kleine, gläserne Kuppel auf, sodass ich sofort hineinspringen kann.

»Los! Abflug!«, rufe ich.

Naomi startet die Drohne. Während sie schon abhebt, schließe ich die Glaskuppel über uns. Wir surren in die Höhe, nach hinten, fort vom Hausmeister, über einen weiteren Schulpavillon hinweg, dann um die Schule herum, weiter Richtung Innenstadt, die wir innerhalb weniger Minuten erreichen, sehen die Außen- und Binnenalster von oben, überfliegen das altehrwürdige Hamburger Rathaus, sehen noch einige Touristengruppen, die die beleuchtete Hafencity bestaunen, obwohl ein großer Teil von ihr immer noch Baustelle ist, den gigantisch großen Hafen, überqueren die Elbe und damit auch zwei Kreuzfahrtschiffe, die gerade im Hafen liegen, sehen riesige Containerschiffe, die in den Hafen einkehren, und zwei, die ihn gerade wieder verlassen.

Naomi und ich schauen uns an, und ich weiß, dass

auch sie sich gerade daran erinnert, wie wir gemeinsam einmal heimlich und unfreiwillig mit einem Containerschiff mitgefahren sind, auf dem der Boss illegal Waffen außer Landes schmuggeln wollte. Den Waffenexport konnten wir damals verhindern, der Boss aber ist uns leider entwischt.

Dann überfliegen wir ein Naturschutzgebiet, und ich genieße immer noch die Aussicht. Für einen Moment könnte ich glatt vergessen, dass wir einen wichtigen Auftrag haben und unter Zeitdruck stehen, denn soweit ich die Männer in dem Bunker verstanden habe, steht der Coup vom Boss unmittelbar bevor. Das bedeutet, wenn unsere Theorie stimmt und Maffei befreit werden soll, wird diese Aktion sehr, sehr bald stattfinden. Und trotzdem gönne ich mir den Augenblick, über die Stadt, die Elbe und die Landschaft zu schauen wie ein Tourist bei einem Rundflug.

»So habe ich die Stadt noch nie gesehen«, gestehe ich Naomi. »Wunderschön, oder?«

»Ja«, stimmt Naomi mir zu. »Ich liebe mein Paris, aber Hamburg ist auch nett.« Sie grinst.

Dann zeigt sie auf eine kleine Häuseransammlung hinter dem Deich. So wenige, dass es übertrieben wäre, es Dorf zu nennen. Eine Handvoll Einzelhäuschen, zwei, drei kleine Läden, ein Restaurant, das war's schon. Im Hintergrund und in der Ferne sieht man die Apfelplantagen des Alten Lands.

»Dort?«, frage ich verwundert.

»Das Navi sagt Ja.«

»Man erkennt gar nicht, wo es sein soll«, stelle ich fest.

Naomi lacht. »Das ist der Sinn eines geheimen Aufenthaltsorts.«

Aber dann sehe ich doch etwas, was mir Ungewöhnlich erscheint.

Unter uns fährt ein schwarzer Van die kleine Landstraße entlang. Den kenne ich doch. Ist das nicht… doch! Der gleiche Van, der Shiona und mich entführt hat! Also, wohlgemerkt, der *gleiche,* nicht derselbe. Dieser hat ein anderes Nummernschild.

»Sie sind da!«, rufe ich. »Bleib dran!«

Naomi macht ein paar Aufnahmen mit der Drohnenkamera, um alles zu dokumentieren.

»Wir müssen die Zentrale benachrichtigen«, sage ich. »Das Einsatzkommando kann sich bereit machen.«

»Erst mal abwarten, ob du recht hast«, antwortet Naomi. »Wenn du dich irrst und wir wegen eines harmlosen Lieferwagens ein ganzes Einsatzkommando in Aufruhr versetzen, bekommen wir richtig Ärger vom Prof.«

»Ich sage dir, das ist kein normaler Lieferwagen! In genau so einem sind Shiona und ich entführt worden.«

»Trotzdem«, widerspricht Naomi. »Diesen Van-Typ in Schwarz gibt es tausendfach.«

»Was will der denn hier, wenn's ein normaler Lieferwagen ist? Hier ist doch nichts«, rufe ich aufgeregt.

»Es könnte einfach ein Handwerker sein«, beharrt Naomi.

»Ohne Firmenschild am Wagen, um Werbung zu machen?«, wende ich stirnrunzelnd ein. »Wieso glaubst du mir nicht, Naomi?«

»Ich glaube dir ja«, versichert sie mir. »Aber wir müssen hundertprozentig sicher sein, bevor …«

»DA!«, rufe ich.

Der Van kommt genau vor dem Haus zum Stehen, das der Prof uns als Aufenthaltsort von Shionas Vater genannt hat.

Naomi zieht die Drohne etwas weiter hoch, umkreist das Haus, lässt die Drohnenkamera aber weiter heranzoomen. So bemerkt uns niemand, aber wir können alles genau beobachten.

Naomi achtet mit einem Auge auf die Flugbahn, mit dem anderen schaut sie aufs Display, das uns vergrößert ein Livebild dessen liefert, was sich unter uns auf der Straße abspielt.

»Zwei Männer steigen aus«, kommentiere ich das, was Naomi sowieso sieht.

»Die tragen Uniformen«, stellt Naomi fest und atmet erleichtert auf. »Das sind Polizisten.«

»Sieht so aus«, stimme ich ihr zu.

»Ob der Prof veranlasst hat, Maffei zu verlegen?«, fragt Naomi. »Wäre ja gerechtfertigt. Aber wieso hat er uns nicht darüber informiert?«

»Weil er vielleicht gar keine Verlegung angeordnet hat«,

überlege ich laut. »Was, wenn das gar keine echten Polizisten sind?«

»WAS?«, entfährt es Naomi.

Wir beobachten, wie die zwei Polizisten jetzt das Haus betreten. Sie werden anstandslos reingelassen.

»Sag mal«, spricht Naomi weiter, »die werden dort unten doch wohl überprüfen, ob das echte Polizisten sind, oder?«

»Ich frage jetzt in der Zentrale nach«, entscheide ich, rufe dann aber nicht selbst dort an, sondern melde mich stattdessen bei Charles mit der Bitte, zu checken, ob etwas angeordnet worden ist.

Die Antwort dauert einige Minuten. Solange schweben wir in sicherer Höhe über dem Haus, vor dem sich im Moment ebenfalls nichts weiter tut.

Auch der schwarze Van steht nur da und wartet.

Dann endlich meldet sich Charles: »Es ist keine Überführung von Maffei geplant. Kein police car ist zum Versteck unterwegs, sagt der Prof. Ihr sollt weiter beobachten das Geschehen. Und greifen ein im Notfall.«

»Im Notfall eingreifen?«, wiederhole ich. »Was soll das heißen?«

»Falls Maffei aus die house hinauskommt, sollt ihr stoppen ihn«, wiederholt Charles das, was der Prof ihm kurz zuvor mitgeteilt hat. »Der Prof wird schicken ein Einheit, wenn ihr something suspicious seht.«

»Wenn wir etwas Verdächtiges sehen?«, wiederhole ich schon wieder und will mich gerade über diese schwammige Anweisung beschweren, als Naomi nach unten zeigt und ruft: »Zu spät. Sieh nur!«

Ich schaue runter und sehe, was sie meint.

»Scheiße!«

»What?«, fragt Charles, den ich noch in der Leitung habe.

»Sie holen Maffei raus!«, rufe ich ihm in den Funk. »Er kommt soeben aus dem Haus. Das sind keine Polizisten. Das sind die Leute vom Boss in Verkleidung.«

»Aufhalten!«, ruft Charles. »Stop them!«

»Ja, aber wie?«, frage ich verzweifelt in den Funk.

»Wir müssen sie bekämpfen, ohne uns zu erkennen zu geben«, schlägt Naomi vor.

Das Problem ist, dass unsere Drohne nicht bewaffnet ist. Wir können von hier aus eigentlich gar nichts unternehmen. Und selbst, wenn wir Waffen hätten…

»Wir dürfen Maffei nicht schwer verletzen, schon gar nicht töten. Er muss unversehrt bleiben, schließlich soll er als Kronzeuge aussagen«, mahne ich noch mal an.

Plötzlich zuckt es mir durch den Magen. Naomi hat zum Sturzflug angesetzt.

»Was hast du vor?«, kreische ich.

»Stop them«, wiederholt Naomi Charles' Anweisung.

Unten setzt sich der Van in Bewegung.

»Mann, wie konnten die so dämlich sein und Maffei einfach so rausgeben?«, frage ich mich laut.

»Vielleicht sind sie gar nicht so dämlich«, ruft Naomi.

Ich begreife nicht sofort. »Was meinst du?«

»Ruf einen Krankenwagen!«, antwortet Naomi mir.

Jetzt begreife ich. Möglicherweise wurden die echten Beamten dort unten überwältigt, vielleicht wurde sogar auf sie geschossen? Ich informiere Charles, so schnell ich kann, damit er einen Notarztwagen ruft, während Naomi weiter im Sturzflug auf den Van zuhält.

Wir fliegen jetzt von vorn direkt auf den Van zu. Naomi lenkt die Drohne tiefer und tiefer, bis wir auf Höhe der Windschutzscheibe des Vans sind, und fliegt geradewegs auf die Scheibe zu.

»Oh Gott!«, rufe ich entsetzt. »Naomi! Weißt du, was du tust?«

Natürlich tut sie das. Naomi weiß immer, was sie tut. Und ich weiß, dass sie das weiß. Aber in dem Moment, in dem man in einer illegalen Drohne mit Höchstgeschwindigkeit auf einen fahrenden Lieferwagen zurast, kommen einem doch leichte Zweifel.

Nur noch wenige Meter trennen uns vom Aufprall.

Der Fahrer des Vans weiß natürlich überhaupt nicht, wie ihm geschieht. Nie und nimmer rechnet er damit, dass er von einer Drohne angegriffen wird. Schon gar nicht von einer, die von jugendlichen Agenten gesteuert wird. Vielmehr muss er uns für eine Drohne irgendeines Botendienstes halten, die ihm vielleicht aufgrund eines fürchterlichen technischen Fehlers gleich direkt in die Windschutzscheibe kracht.

Panisch reißt der Fahrer das Steuer herum, während Naomi im letzten Moment die Drohne hochzieht, was der Fahrer aber nicht mehr so richtig mitbekommen haben dürfte. Der Van schlingert, kommt quietschend von der Straße ab, rast holpernd über den Grünstreifen und droht, gegen den Deich zu knallen. Doch der Fahrer handelt reaktionsschnell. Im letzten Moment bekommt er den Wagen wieder in seine Gewalt und kehrt krachend über einen Bordstein zurück auf die Straße.

Naomi hat unterdessen von Neuem ausgeholt, indem sie einen großen Kreis geflogen ist, und kommt nun erneut von vorn. Es geht das gleiche Spiel von vorn los, als würde man sich einem wütenden Stier frontal in den Weg stellen. Da dies unser zweiter Angriff ist, glauben nun auch die falschen Polizisten nicht mehr an einen Zufall oder eine technische Panne, sondern begreifen sehr wohl, dass sie angegriffen werden. Schon klettert der Beifahrer mit dem Oberkörper aus dem Seitenfenster heraus. Die Pistole in seiner rechten Hand ist deutlich zu erkennen.

»Achtung!«, rufe ich Naomi zu. »Der schießt auf uns!«

Schon peitschen erste Schüsse an uns vorbei.

Naomi zieht die Drohne nach rechts und hoch. Nun müsste unser Gegner fast um die Ecke schießen, um uns zu treffen. Doch dadurch geben wir dem Van auch wieder den Weg frei, sodass das Gefährt nun mit Vollgas über die Deichstraße rast.

Naomi fliegt eine scharfe Kurve, setzt dem Van nach, holt ihn auch ein und setzt sich in einem waghalsigen Manöver senkrecht von oben direkt vor die Scheibe des

Fahrers. Das geht nur so lange gut, wie sie es schafft, sich der Geschwindigkeit des Vans exakt anzupassen. Doch der wird schneller, weil er jetzt freie Fahrt hat. Mit seiner Höchstgeschwindigkeit können wir nicht mithalten. Gleichzeitig beugt sich der Beifahrer wieder halb aus dem Fenster, um auf uns zu schießen.

Aber Naomis Manöver genügt, um den Fahrer zu irritieren. Der sieht für einen Moment nichts mehr, kann die Spur nicht halten und hat offenbar noch nicht bemerkt, dass ihm ein überbreiter Traktor auf der Gegenfahrbahn entgegenkommt. Doch diesen Zusammenstoß dürfen wir nicht riskieren. Erstens, um das Leben und die Gesundheit des Bauern nicht zu gefährden, und zweitens auch nicht das unseres Kronzeugen. Drittens müssen wir aus dem Schussfeld des Beifahrers heraus.

Naomi zieht die Drohne also wieder hoch. Die Sicht für den Fahrer wird frei. Er realisiert, dass er schon halb auf der Gegenfahrbahn fährt, mit Höchstgeschwindigkeit auf den Traktor zu, der bereits wild hupt. Der Van zieht nach rechts, schreddert wieder über den Grünstreifen. Zu beiden Seiten der schmalen Deichstraße gibt es nichts als Gras und Schafe, die aufgebracht blökend in alle Richtungen davonlaufen. Während der Fahrer versucht, wieder die Kontrolle über seinen schlingernden Van zu bekommen, was ihm auch gelingt. Der Beifahrer verrenkt sich enorm, um halb aus dem Seitenfenster hängend auf uns zu zielen, und ballert drauf los. Naomi muss einige Kunststücke fliegen, damit wir uns aus seinem Schussfeld manövrieren, bis sie plötzlich feststellt: »Wir müssen zurück nach Hause.«

»Was?«, frage ich fassungslos. »Wieso?«

»Sonst schaffen wir es nicht mehr. Unsere Batterie ist bald leer.«

»Verflucht!«, schimpfe ich. »Was sind denn das für Sch…akkus, die schon nach ein paar Minuten den Geist aufgeben?«

Naomi erinnert mich daran, dass sie mich mit der Drohne bereits aus dem Naturschutzgebiet abgeholt hat, quer über die Stadt zur Schule, dann hierher und schließlich die Angriffsmanöver geflogen ist… Und vor allem: Wir sind zu zweit in einer Drohne, die nur für eine Person konzipiert ist.

»Und wenn schon«, fluche ich immer noch. »Mann, wir haben das 21. Jahrhundert! Da wird man doch wohl mal ein paar leistungsfähigere Akkus bauen können.«

»Offenbar nicht«, stimmt Naomi mir zu. »Aber es bleibt Tatsache: Wir müssen abbrechen.«

»Nein, nein!«, widerspreche ich. »Das Einsatzkommando vom Prof kommt zu spät. Wir dürfen den Van jetzt nicht aus den Augen lassen. Du sagst, der Akku reicht noch für den Weg nach Hause?«

»Ja«, bestätigt Naomi mir.

»Gut. Dann zieh die Drohne hoch«, schlage ich vor. »Wir beenden den Kampf, versuchen aber, den Van solange es geht im Auge zu behalten. Ich wette, der fährt auch ins Zentrum.«

»Gute Idee«, sagt Naomi grinsend. »Aber solange die dort unten die Drohne am Himmel sehen, werden sie bestimmt nicht dorthin fahren, wo sie eigentlich hinwollen.«

»Vielleicht ist ihr Plan B aber auch eine Kurzschlusshandlung oder nicht sicher ausgetüftelt«, antworte ich. »Sie sind unachtsam und räumen uns neue Chancen ein, sie zu stellen.«

»Wieso sollte ihr Ausweichplan nicht sicher sein?«, fragt Naomi nach.

»Weil es sonst nicht ihr Plan B wäre«, entgegne ich grinsend.

Wir haben Glück. Der Van rast auf die Autobahn, tatsächlich Richtung Elbtunnel ins Zentrum. Kurz bevor er in den Tunnel hineinfährt, sagt Naomi: »Wenn sie hinten rauskommen, können wir die Fährte wieder aufnehmen.«

Ich will gerade zustimmen, da habe ich einen Blitzeinfall.

»Nein!«, rufe ich. »Verdammt! Ich weiß, was die vorhaben.«

»Was denn?«

»Erinnerst du dich an den unterirdischen Fluchttunnel von Maffeis Villa? Wir haben ihn auch schon mal benutzt, um ihm zu folgen«

»Natürlich«, antwortet Naomi. »Aber was hat das hiermit… Moment! Du meinst den Elbtunnel?«

»Thorsten Maffei ist ein Tunnelfreak. Wenn er schon

in seinem Zuhause künstlich so einen Fluchtweg angelegt hat, was liegt näher, als einen echten Tunnel dieses Kalibers als unterirdischen Fluchtweg auszunutzen?«, sage ich und nicke in Richtung des Elbtunnels.

»Aber der Elbtunnel ist eine Autobahn«, wirft Naomi ein, »kein kleiner Geheimgang, durch den …«

»Er hat Notausgänge und riesige Zuluftkanäle, zu denen normalerweise niemand Zugang hat«, unterbreche ich sie.

»Oh Mann, wenn du recht hast …«, seufzt Naomi.

»… dann müssen wir dort jetzt rein«, ergänze ich ihren Satz.

»WAS?«, quiekt Naomi kurz auf. »Wo rein? Wie meinst du das?«

»Na los, steuere uns in den Elbtunnel!«, fordere ich sie auf.

»Es-tu stupide?« Naomi ist so erregt, dass sie kurz ins Französische fällt. »Das geht nicht.«

»Du warst die beste Pilotin auf der Agentenakademie. Du kannst das!«

»Und dann?«, fragt sie. »Wenn ich drin bin?«

»Landen. Ich springe raus, du fliegst weiter.«

»Ahhhh!«, kreischt Naomi. »Tu es fou! Du hast sie nicht mehr alle! Ich lande doch nicht auf einer Autobahn!«

Ich merke aber: Während sie sich sträubt und windet, steuert sie gezielt auf den Eingang des Tunnels zu.

»Es dauert nur wenige Sekunden«, spreche ich ihr Mut

zu. »Die Autofahrer werden bremsen, wenn sie nicht sowieso im Stau stehen. Wir fliegen über die Autos hinweg, du hältst kurz, ich steige aus, du fliegst weiter und ich gehe durch eine der Notausgangstüren.«

»Liam!«, brüllt Naomi mich an. »Ich bin kein Schulbus, der dich mal eben irgendwo rauslässt. Wir fliegen eine Drohne in einen Autobahntunnel!«

»YEAH!«, rufe ich. Ich spüre, wie das Adrenalin in mir steigt. »Du bist cool, Naomi. Du packst das!«

»ICH GLAUB EINFACH NICHT, DASS ICH DAS TUE!«, ruft Naomi. Und steuert geradlinig, ohne den geringsten nervösen Schlenker, in dic dritte Tunnelröhre des Elbtunnels, haarscharf über die Abdeckplane eines Zwölftonners hinweg.

»Wow!«, jubele ich, wirklich beeindruckt von Naomis Nervenstärke und Flugkünsten.

»Da vorn«, sagt Naomi, ihre Stimme ist jetzt wieder ganz ruhig und kontrolliert, wie bei einem Chirurgen, der sein Team sicher durch die OP leitet.

»Auf dem roten Lkw mit dem Kastenaufsatz lande ich. Dort steigst du aus.«

»Okay«, antworte ich. Das klingt so spektakulär wie in einem Actionkinofilm, aber wir haben das schon mal gemacht. Ich weiß, dass Naomi das schafft, und sie weiß, dass ich von einem fahrenden Lkw abspringen kann. Obwohl der Lkw im Moment nicht einmal fährt. Denn es herrscht Stop-and-go-Verkehr.

Surrend landet Naomi die Drohne sicher auf dem

Lkw-Dach. Der Fahrer bekommt das vermutlich nicht mit. Aber dafür die Autofahrer, die hinter ihm stehen. Sie ziehen ihre Smartphones aus den Taschen und fangen sofort an, zu fotografieren. Ich werfe mir deshalb schnell die Kapuze meines Hoodies über den Kopf, um unerkannt zu bleiben, öffne die Glaskuppel über uns, springe aus der Drohne und rufe Naomi noch zu: »Wir sehen uns bei euch.«

»Melde dich, wenn's gefährlich wird«, antwortet Naomi und startet die Drohne schon wieder.

Ich beeile mich, von dem Lkw runterzukommen, bevor er wieder anfährt. Vom Dach aus sehe ich noch, dass der schwarze Van ungefähr hundert Meter vor mir steht – direkt vor einer Notausgangstür.

Ja! Ich hatte recht. Ich wette, durch diese Tür ist Thorsten Maffei geflüchtet.

Als ich eineinhalb Meter über dem Boden bin, springe ich vom Lkw ab und renne an der linken Seite der Tunnelröhre entlang. Die Autoschlange rechts von mir setzt sich wieder in Bewegung. Zum Glück noch in äußerst langsamem Tempo, aber schnell genug, dass sich der Van von der Tür entfernt, was mir nur recht ist.

Ich stürze durch die Tür und gelange in den Fluchttunnel für Notfälle: eine endlos lange, graue Röhre mit fahler Beleuchtung, zu beiden Seiten mit Handläufen aus Edelstahl versehen. Auf der einen Seite führt ein großer Plastikschlauch für die Lüftung die gesamte Tunnellänge entlang, wie man das aus Zirkuszelten kennt. Ich drehe mich um. Zu beiden Seiten scheint der Tunnel unendlich lang zu sein.

In welche Richtung soll ich laufen? Nach rechts ist die Fahrtrichtung, also das Zentrum der Stadt. Ich entscheide mich dafür und renne los. Schon nach ein paar Metern merke ich, wie meine Schritte in der Röhre widerhallen. Ich bleibe stehen und lausche. Kann ich auch die Schritte von Thorsten Maffei hören?

Ich meine ja.

Irgendwo vor mir.

Aber wieso sehe ich ihn dann nicht? Ich kann doch unendlich weit in die Röhre hineinschauen. Eine Abzweigung ist nicht zu erkennen.

Doch! Da vorn sehe ich auf einmal eine kleine Tür. Ich renne hin, öffne sie langsam und vorsichtig. Keine Ahnung, ob diese Tür immer offensteht oder sie eben erst von Maffei geöffnet worden ist. Ich muss aufpassen. Vorsichtig schiebe ich den Kopf durch die Tür und – schaue in einen weiteren Tunnel hinein. Dieser ist aber breit und rechteckig. Ein Entrauchungskanal. Bei einem Brandfall im Tunnel würde durch diesen Kanal der Rauch mit riesigen Ventilatoren nach draußen geblasen werden. Zufällig weiß ich, dass jeder einzelne Ventilator eine Motorstärke von vier Porsche Cayenne besitzt. Irgendwo habe ich das mal gelesen. Ist auch egal. Entscheidend ist: Von hier aus führt ein Weg hinaus; nicht nur für die Luft, sondern auch für einen Menschen, zum Beispiel einen Wartungsarbeiter.

Halt! Habe ich da nicht eben einen Schatten gesehen?

Ja, dort! Da läuft jemand. Das muss Maffei sein. Nichts wie hinterher.

Nach rund fünfzig Metern gibt es einen lauten Knall, und etwas peitscht haarscharf an mir vorbei, streift funkend die Wand neben mir. Instinktiv werfe ich mich zu Boden, rolle mich zur Seite, presse mich so flach wie möglich an die Wand. Erst dann wird mir bewusst, was das war. Maffei hat bemerkt, dass er verfolgt wird und – auf mich geschossen!

Ich habe nur meine Luftdruckpistole dabei. Wirksam genug, um einen Gegner außer Gefecht zu setzen. Aber so weit schießt sie nicht. Ich bleibe dennoch auf Abstand. Ich will ja nur wissen, wohin Maffei abhaut. Um dann das Einsatzkommando auf seine Fährte zu schicken. Aber ich darf mich natürlich auch nicht abschießen lassen. Ein zweiter Schuss hallt durch den Kanal und peitscht an mir vorbei. Dann höre ich das laute Krachen einer zufallenden Tür. Maffei hat den Kanal verlassen. Ich springe auf und sprinte hinterher, so schnell ich kann.

Schwer atmend komme ich an der Ausgangstür an. Das gleiche Spiel: langsam öffnen, um die Ecke schielen. Eine weitere Röhre. Nichts von Maffei zu sehen. Ich renne los, wieder in Fahrtrichtung. Bis zur nächsten Tür. Jetzt bin ich wieder in der ersten Röhre. Maffei wollte mich also von Anfang an der Nase herumführen. Ich sehe ihn. Mittlerweile bestimmt zwei-, dreihundert Meter vor mir.

Ich sprinte hinterher, muss aber gleichzeitig aufpassen, dass Maffei sich nicht plötzlich umdreht und erneut auf mich schießt.

Doch er läuft weiter.

Ich auch. Aber immer gebremst durch meine Vorsicht, nicht erschossen zu werden. Von Weitem sehe ich, wie Maffei durch eine Tür verschwindet.

Jetzt kann ich wieder im Vollsprint laufen, erreiche außer Atem und durchgeschwitzt die Tür, öffne sie und – blicke in die Sonne.

Der Tunnel ist zu Ende, ich bin draußen.

Und Maffei ist – weg.

Scheiße!

GEHEIME ERMITTLUNGEN

»Ihr habt es nicht geschafft, anzubringen eine GPS-Insekt an diese Van?«, fragt Charles fassungslos.

Nachdem die Batterieanzeige unserer Drohne rasant gen null tendierte, hat Naomi es gerade noch geschafft, die Drohne im Geheimversteck zu landen. Zugegeben, so geheim ist es gar nicht. Sogar recht öffentlich. Denn die Drohne steht einfach auf dem Dach des mehrstöckigen Hauses in der Nähe der Alster, in dem Charles und Naomi eine kleine, unscheinbare Wohnung des Geheimdienstes bewohnen. Aber niemand von den Bewohnern kommt je aufs Dach, und auch von außen kann man es nicht einsehen. Bestenfalls kommt mal der Schornsteinfeger hier rauf, aber der kündigt sich rechtzeitig an.

Ich habe mir in der Nähe des Elbtunnels ein Mietrad genommen und bin hierher gestrampelt. Wenn man ein superschnelles E-Bike gewohnt ist, ist so ein städtisches Fahrrad wirklich das Lahmste, was man unter den Hintern bekommen kann. Aber zum Glück ist es nicht sooo weit bis zur Agentenwohnung an der Alster.

Nun sitzen wir zu dritt in Charles' Zimmer in der Zweizimmerwohnung, in der wir uns normalerweise nicht zu Besprechungen treffen, und versuchen, unsere erfolglose Aktion auszuwerten. Natürlich sind die beiden Zimmer nicht auf Besuch eingerichtet. Die Küche ist so klein, dass gerade mal ein kleiner Tisch mit zwei Hockern zum Frühstücken hineinpasst. Neben einem ebenso kleinen Bad und einem schmalen Flur gibt es keine weiteren Räume. So sitzt Charles also auf dem Stuhl an seinem Schreibtisch, und Naomi und ich hocken nebeneinander im Schneidersitz auf seinem Bett, über das er eine große Wolldecke als Tagesdecke geworfen hat. Charles steht total auf alte Sachen, am liebsten Antiquitäten, aber die gibt es in der zweckmäßig eingerichteten Agentenwohnung nicht. Trotzdem hat Charles sich sein Zimmer so gut es ging nach seinem Geschmack eingerichtet. Vor sein Bett hat er den antik wirkenden hölzernen Teewagen geschoben, den er während unseres letzten Einsatzes auf einem Recyclinghof entdeckt hat. Darauf steht ein silbernes Teeservice, das stilistisch meiner Meinung perfekt zu seinem gerahmten Bild von Sherlock Holmes passt, das an der Wand über seinem Schreibtisch hängt. Daneben hängt, ebenfalls eingerahmt, eine sehr alt wirkende Schwarz-Weiß-Fotografie eines schlanken, grauhaarigen Herrn. Ich nehme an, das Bild hat die gleiche Funktion wie mein Ronaldo-Poster, was bedeutet: Im

Rahmen verbirgt sich ein Computer, über den der Prof direkt ins Zimmer blicken und mit Charles kommunizieren kann. Ich weiß nur nicht, wer der Abgebildete ist.

Charles sieht, wie ich das Foto angaffe.

»That is Joseph Bell«, erklärt er. »Doctor Joseph Bell, ein schottischer Kinder- und Militärarzt, gelebt von 1837 bis 1911.«

»Aha«, sage ich etwas verwundert. »Und das ist dein Ururopa, oder was?«

»Was für eine Uhr?«, fragt Charles.

»Ich meinte: Ist das ein Vorfahre von dir? Great-great-grandfather?«

»Oh no!«, erklärt Charles lachend. »Leider nicht. Er war das lebende Vorbild von *ihm.*«

Charles zeigt auf das Bild von Sherlock Holmes. Ich staune nicht schlecht, denn bisher dachte ich immer, Sherlock Holmes wäre der Fantasie des Schriftstellers Arthur Conan Doyle entsprungen. Ich wusste nicht, dass er seinen Meisterdetektiv nach einem realen Vorbild entwickelt hat.

»Können wir bitte mal wieder zur Sache kommen?«, mahnt Naomi an, obwohl sie die Information auch sichtlich beeindruckt hat.

»Yes, of course«, antwortet Charles und schenkt uns allen eine Tasse Tee ein, obwohl ich nicht besonders gern Tee trinke. Also wenn, dann lieber reichlich süßen und sehr kalten Eistee, aber damit kann ich Charles nicht kommen. Auch Naomi scheint nicht besonders begeistert von Tee zu sein. Sie riecht an ihm, rümpft ein klein wenig die Nase und fragt direkt nach: »Was ist das für einer?«

»Jasmintee«, sagt Charles und schreitet über den dicken, rotbraunen Teppich, mit dem er die Mitte seines Zimmers ausgelegt hat, zurück an seinen Schreibtisch.

»Also«, setzt er erneut an und wiederholt seine Eingangsfrage: »Ihr habt nicht geschafft, anzubringen eine GPS-Insekt an diese Van?«

Mit »Insekt« meint er »Wanze«, weil er nun mal nicht perfekt Deutsch spricht. Selbst »Wanze« ist eigentlich nicht der richtige Ausdruck, weil man mit dem GPS-Magnetchip nichts abhören, sondern lediglich den Aufenthaltsort verfolgen kann.

»Wie hätten wir das denn machen sollen?«, verteidigt Naomi uns beide. »Wir sind ja nicht mal gelandet, kamen an den Van überhaupt nicht heran.«

»What?«, fragt Charles nach und schüttelt verständnislos den Kopf.

Er zieht eine Schublade an seinem Schreibtisch auf und holt das heraus, was wir YOUNG AGENTS als Waffen benutzen dürfen: Luftdruckpistolen. Nicht zu verwechseln mit den einfachen Luftgewehren, wie man sie vom Jahrmarkt kennt. Unsere sind technisch erheblich ausgefeilter, präziser und effektiver. Und man kann verschiedene Munitionen verwenden, vom Gummigeschoss bis hin zu … ja, Charles hat recht … bis hin zu kleinen, extra für diese Luftdruckpistolen angefertigten Kapseln. Wir hätten damit auf den Van *schießen* können. Die Kapsel hätte sich beim Aufprall weggesprengt, übriggeblieben wäre ein GPS-Magnetchip, der an der Metallkarosserie des Vans haften geblieben wäre.

Naomi und ich schauen uns schuldbewusst an. Wir haben beide nicht an diese Möglichkeit gedacht. Zu unserer Verteidigung: Sie ist noch recht neuartig.

Charles schüttelt wieder den Kopf. »Dann wir hätten gewusst die Ort, where sie sich aufhalten.«

»Du hast ja recht«, gesteht Naomi kleinlaut ein.

»Andererseits«, wende ich ein, »ist es vermutlich gar nicht so ein großes Problem, den Van aufzuspüren. Das wird uns nur nichts nützen. Denn Maffei wird den Van sicher nicht direkt vor seiner Haustür parken. Im Gegenteil: Irgendwo wird er eingestiegen sein, in ein Schiff, seine Jacht, in einen Hubschrauber oder ein anderes Auto, und ist dann in einem Versteck untergetaucht«

»Oder in einem der Verstecke vom Boss«, ergänzt Naomi. »Von denen wir leider immer noch viel zu wenige kennen.«

»Oh yes«, bestätigt Charles seufzend. »Der Boss und Maffei sind von die Displayfläche verschwunden. Wie immer.«

Ich muss einen Augenblick überlegen, ehe ich begreife, dass Charles »von der Bildfläche« meint. Und nicke ihm zu.

»Und in Maffeis private Villa kommen wir auch nicht, solange Shiona nicht da ist«, sagt Naomi resigniert.

»Wenn dort überhaupt im Moment anybody ist«, sagt Charles. »Maffei ist abgetaucht, Shiona gekidnappt. Wer sollte dort wohnen? Die Bodyguards? But sie haben nichts mehr zu bewachen.«

»Du meinst, die Villa steht leer?«, frage ich nach.

Charles zuckt mit den Schultern. »Vielleicht ein oder zwei, die aufpassen«, vermutet er. »Höchstens.«

Naomi kaut nachdenklich auf ihrer Unterlippe.

»Wenn der Boss Thorsten Maffei unbedingt für seinen großen Coup braucht, haben die beiden ihn vor Maffeis Verhaftung sicher gemeinsam geplant«, sagt sie schließlich. »Dann wäre es doch möglich, dass wir in seiner Villa Hinweise darauf finden, was meint ihr?«

»Und im Moment ist es so leicht wie nie, die Villa zu durchsuchen«, führe ich ihren Gedanken weiter. »Vorausgesetzt, Charles hat mit seiner Vermutung recht.«

»Ich denke, das ich habe«, bestätigt Charles. »Wir sollten es wohl versuchen. Sollten wir nicht?«

»Doch, sollten wir«, stimme ich zu. »Gleich heute Nacht?«

Charles und Naomi sehen sich einen Moment lang fragend an und nicken dann.

»Besser früher als zu spät«, antwortet Naomi.

»Nehmen wir die Drohne?«, frage ich. Das haben wir schon mal so gemacht. Ich habe mich von der Drohne aus abgeseilt und bin über den obersten Stock in die Villa eingestiegen. So konnte ich der Videoüberwachung entgehen.

Auch Charles und Naomi halten es für einen guten Plan.

»Damit es schneller geht, machen wir es dieses Mal zu dritt«, schlägt Naomi vor. »Charles fliegt dich hin, Liam, und hält dann draußen die Stellung, während du von oben in die Villa einsteigst. Ich komme ganz normal zum Tor am Haupteingang und sehe mich dort um. Wenn du drinnen bist und die Luft rein ist, machst du mir auf.«

»Einverstanden«, nicke ich kurz.

Wir warten diesmal nicht bis spät in die Nacht, bis wir loslegen, weil wir davon ausgehen, dass die Villa nicht gut bewacht ist. Gegen acht Uhr abends wird es jetzt im Spätsommer bereits dunkel. Das reicht uns als Startschuss aus. Etwa eine Stunde später besteige ich gemeinsam mit Charles die Drohne, natürlich mit voll aufgeladenen Akkus, und wir fliegen los. Naomi hat sich mit dem E-Bike auch bereits auf den Weg gemacht und müsste jeden Moment vor dem Tor des Geländes, das zur Villa gehört, ankommen.

Als Charles und ich die Villa erreichen, sehen wir von oben, dass nur die Außenbeleuchtung an ist, die – wie wir wissen – automatisch geschaltet wird. Ansonsten ist alles dunkel. Vielleicht haben wir Glück und die Villa steht vollkommen leer, sodass wir sie ganz in Ruhe durchsuchen können.

Ich seile mich von der Drohne ab, steige durchs Dachfenster in die Villa ein und gelange wie beim letzten Mal wieder in den Flur, von dem das Musikstudio abgeht.

Alles ist dunkel, alles ist ruhig. Ich könnte also dieses Mal den Fahrstuhl nehmen, um in den Eingangsbereich zu gelangen und Naomi reinzulassen. Doch weil sie uns auf der Agentenakademie immer und immer wieder eingeprägt haben, im Einsatz *niemals* einen Fahrstuhl zu benutzen, wenn es sich irgendwie vermeiden lässt, nehme ich auch jetzt die schmale Treppe hinunter ins Erdgeschoss. Umsehen tue ich mich erst mal nicht hier oben, ich will Naomi nicht zu lange warten lassen.

In der Empfangshalle angekommen, schaue ich mich noch mal zu allen Seiten um. Auch hier ist alles dunkel und nichts zu hören. Ich gehe zum Schaltkasten und will die Alarmanlage ausschalten. Während unserer Bandproben waren wir oft genug hier und haben uns immer wieder heimlich umgesehen. Natürlich wissen wir längst, wie das Sicherungssystem der Villa funktioniert.

Aber die Alarmanlage ist gar nicht scharf gestellt! Dafür gerate *ich* sofort in Alarmstellung. Dann ist doch jemand im Haus? Aber es ist doch alles dunkel! Ich kann mir beim besten Willen nicht vorstellen, dass die Bodyguards vergessen, die Alarmanlage anzuschalten, wenn sie das Haus verlassen. Andererseits: Möglich ist alles.

Über Funk gebe ich Charles Bescheid, dass Naomi auf jeden Fall ungestört irgendwo vorn übers Geländer klettern und übers Gelände bis zur Eingangstür kommen kann, sie aber trotzdem vorsichtig sein soll.

Ich muss jetzt erst einmal die Haustür von innen öffnen. Denn natürlich ist sie verschlossen. Dazu krame ich das Türöffner-Set aus meinem Agentenrucksack, den ich von zu Hause geholt habe, gehe zur Tür und – stoppe!

Was ist das? Im Türschloss steckt ein Schlüssel! Von innen! Mit anderen Worten: Es *ist* jemand im Haus. Instinktiv gehe ich in die Hocke, schleiche mich zur Seite, verstecke mich hinter einer großen Vase und schaue mich nochmals um. Ich kann nichts erkennen. Nichts hören. Alles ist ruhig. Trotzdem: Wenn niemand hier ist, dürfte der Schlüssel nicht von innen stecken.

Da im Moment aber die Luft rein zu sein scheint, husche ich schnell wieder zur Tür zurück, schließe sie von innen auf und öffne sie ein kleines Stückchen. Durch den schmalen Spalt sehe ich Naomi.

»Alles in Ordnung?«, fragt sie.

Ich ziehe die Tür weiter auf.

»Komm rein«, flüstere ich. »Aber schnell und vor allem leise.«

Naomi befolgt meine Anweisungen. Auf Zehenspitzen schleicht sie herein, sieht sich vorsichtig um.

Ich zeige auf die große Vase.

Naomi versteht mich auch stumm. Mit zwei, drei lautlosen, großen Schritten eilt sie zur Vase, versteckt sich dahinter und wartet auf mich, bis ich die Tür wieder verschlossen haben und ihr hinter die Vase gefolgt bin.

»Was ist los?«, fragt sie im Flüsterton.

Ich berichte ihr von dem Schlüssel.

Noch bevor auch Naomi zu rätseln beginnt, was das zu bedeuten hat, hören wir Schritte.

Es ist also tatsächlich jemand im Haus.

Klar hatten wir im Vorwege die Möglichkeit erwogen, dass ein oder zwei Wachposten hier sein könnten. Nur: Wieso hocken die im Dunkeln?

Naomi und ich kauern uns hinter der Vase enger zusammen.

Es ist nicht das beste Versteck hier unten. Ich habe es zu spontan und unbedarft ausgesucht. Das letzte Mal, als ich mich hier im Foyer versteckt habe, war das dort hinten, ein paar Meter weiter, hinter einem Olivenbaum, der in einem großen Pflanzentopf steht. Das war auch schon ein schlechtes Versteck, aber zehnmal besser als unser jetziges.

Die größte Sicherheit gibt uns die Dunkelheit. Solange die Wachposten nach wie vor das Licht nicht anknipsen, sind wir hier halbwegs sicher.

In dem Moment meldet sich Charles in meinem Knopf im Ohr.

»Alles okay, Liam?«, fragt er. »Bist du inside?«

»Funkstille!«, befehle ich leise.

Charles versteht und verstummt.

Doch dann meldet er sich offenbar bei Naomi, was ich aus ihrer flüsternd gefauchten Antwort schließe: »Funkstille, verdammt!«

Da öffnet sich eine Tür im Foyer, von der ich weiß, dass sie zu einem Flur, letztlich auch zum Fahrstuhl und zur Treppe hinauf ins Musikstudio führt. Und im Foyer erscheint – *kein* Wachtposten.

Ich erkenne die Figur nur schemenhaft und nur deshalb, weil sich meine Augen mittlerweile recht gut an die Dunkelheit gewöhnt haben. Ich ziehe langsam und lautlos eine kleine Brille aus meiner Tasche, setze sie auf, drehe an einem Rädchen und kann sie nun als Infrarot-Nachtsichtgerät nutzen. Jetzt sehe ich, wer da ins Foyer gekommen ist: Shiona!

Was macht die denn hier?

Demnach scheint die Befreiungsaktion von Thorsten Maffei abgeschlossen und Shiona wieder freigelassen worden zu sein.

Aber wieso ist sie hier, allein, im Dunkeln?

Wir könnten sie das natürlich persönlich fragen. Morgen. Am Tag. Als Mitglieder ihrer Band, als »Freunde«. Aber jetzt darf sie uns auf keinen Fall entdecken.

Shiona geht zur Haustür, prüft, ob sie verschlossen ist, indem sie an ihr rüttelt.

Glück gehabt! Wäre sie nur wenige Minuten früher gekommen, hätte sie mich erwischt. Wahrscheinlich ist Shiona selbst gerade erst hier eingetroffen und prüft noch mal, ob sie die Tür wirklich abgeschlossen hat. Wäre verständlich. Schließlich wurde sie gerade erst entführt. Darum ist wohl auch noch alles dunkel und kein Bodyguard im Haus. Ja, ich nehme an, Shiona ist selbst erst kurz hier.

Oh Mann, was hätte ich ihr antworten sollen, wenn sie mich gesehen hätte?

Jetzt verlässt Shiona das Foyer wieder durch die Tür, durch die sie gekommen ist.

Naomi und ich warten noch ein wenig ab, bevor wir es wagen, uns zu rühren.

Dann flüstert Naomi mir zu: »Und was machen wir jetzt?«

Gute Frage.

»Jetzt die Villa zu untersuchen, ist jedenfalls zu gefährlich«, antworte ich, ebenfalls im Flüsterton. »Wenn sie uns erwischt, ist es aus mit unserer sogenannten Freundschaft. Und wir haben überhaupt keinen Zugang mehr zur Villa.«

»Stimmt«, pflichtet Naomi mir bei. »Andererseits: Wann werden wir jemals wieder die Villa nur mit Shiona vorfinden, ohne die ganzen Wachtposten und Bodyguards? Es wird nie wieder so leicht sein, das Haus zu durchsuchen.«

Das stimmt natürlich auch wieder.

Die Entscheidung, was wir tun können, nimmt uns Shiona selbst ab. Im Prinzip. Denn genau in diesem Moment vibriert mein Handy. Ich schaue aufs Display und habe eine Nachricht von – Shiona! Ich zeige sie Naomi.

Shiona schreibt:

> Hey Billy!
> Wo steckst du? Geht es dir gut?
> Mich haben sie freigelassen.
> Dich auch?
> Sh

Naomi hat den gleichen Gedanken wie ich.

»Sag, dass du sie treffen willst. Hier! Dann kannst du sie ablenken, während ich das Haus durchsuche.«

Sofort antworte ich Shiona, dass ich wohlauf bin und sie unbedingt sehen will. Ich flunkere ihr noch vor, dass ich gerade bei einem Onkel bin, ganz in ihrer Nähe – so ein Zufall.

Shiona geht drauf ein und antwortet prompt:

Super!
Klingel dreimal.
Ich öffne dann.
Nicht wundern, hier ist noch alles dunkel.
Sh

Ganz offensichtlich fühlt Shiona sich allein nicht wohl in der Villa. Und schreibt lieber mich an als ihre Bodyguards! Sternstunde eines Agenten, würde ich mal sagen.

Ich sende ihr ein »Okay« und teile ihr mit, dass ich in… ich gucke Naomi fragend an, die mir über die Schulter schaut.

»Zehn!«, sagt Naomi.

Ich schreibe weiter: …in zehn Minuten bei ihr bin.

»Ich verstecke mich hier unten im Gäste-WC«, sagt Naomi. »Geh du mit Shiona hoch. Am besten in ihr Zimmer. Dann hab ich Ruhe, die Villa zu durchsuchen. Wenn Shiona ihr Zimmer verlässt, warnst du mich.«

»Warte«, sage ich. »Ich versuche lieber, mit ihr ins Musikstudio zu kommen. Das ist ganz oben. Shionas Zimmer liegt in der zweiten Etage, ebenso wie das Schlaf- und Wohnzimmer ihres Vaters. Im Wohnzimmer sind ein Billardtisch und ein Schreibtisch. Ich vermute, dort hält er sich am meisten auf. Dort hast du also auch die größten Chancen, geheime Papiere zu finden. Fang dort an zu suchen, in Ordnung?«

»In Ordnung«, bestätigt mir Naomi. Sie schaut auf die Uhr.

»Du hast noch acht Minuten, bevor du von draußen läutest. Ich lass dich raus und verzieh mich dann auf das Gäste-WC. Piep mich an, wenn ihr im Musikstudio seid.«

»Oder noch besser«, schlage ich vor, »wir weihen erst mal Charles in den neuen Plan ein und schalten unsere GPS-Ortung ein. Dann kann er genau sehen, wo wir uns befinden, und dich informieren. Ich muss meinen Knopf im Ohr ja rausnehmen.«

»Gut mitgedacht«, lächelt Naomi. »Na dann: los!« Mit diesen Worten steht Naomi auf, wir huschen geduckt zur Eingangstür, und sie lässt mich so geräuschlos wie möglich raus. Ich höre noch, wie sich ganz leise und sacht der Schlüssel wieder im Schloss dreht. Dann warte ich vor der Tür, bis die zehn Minuten um sind.

ÜBERRASCHENDE ENTWICKLUNG

Fast pünktlich drücke ich auf die Klingel. Es dauert eine Weile, ehe Shiona vom zweiten Stock hinunter an die Haustür gelangt und mir öffnet. Ehrlich gesagt hatte ich mit einer verstörten Shiona gerechnet, die mich dankbar begrüßt, weil sie nun nicht mehr allein im Haus sein muss. Doch ich hatte kurz vergessen, dass Shiona eben Shiona ist. Sie schaut zwar erst durch den Spion nach, ob es wirklich ich bin, der vor der Tür steht. Doch als sie mich erkennt, reißt sie die Tür auf und »begrüßt« mich mit den Worten: »Wieso hast du mich im Stich gelassen?«

Ich bin perplex und weiß so schnell nicht, was ich antworten soll. Ich druckse also etwas herum, aber ehe mir einfällt, was ich zu ihrem Vorwurf sagen soll, übernimmt schon wieder sie das Wort: »Was ist? Komm rein!«

Ich betrete das Foyer, überlege immer noch, was ich sagen soll, aber offenbar erwartet Shiona gar keine Antwort. Sie geht voran zur Treppe und plappert sofort los:

»Du glaubst gar nicht, wie mir zumute war, als ihr mich da plötzlich alleingelassen habt.«

»Doch«, erwidere ich zaghaft. »Ich habe dein Rufen und Trommeln an der Tür gehört.«

Shiona bleibt kurz stehen, dreht sich zu mir um und sagt: »Und da hast du mich einfach schreien lassen und nichts unternommen?«

»Ähm …«, stottere ich. »Was hätte ich denn …?«

Shiona hat sich aber schon wieder weggedreht und geht weiter voran, jetzt die Treppe hinauf. Offenbar ist sie an einer Erklärung gar nicht interessiert. Sie will mir einfach nur den Vorwurf machen, dass ich sie alleingelassen habe.

»Wir sind *beide* entführt worden«, erinnere ich sie trotzdem. »Viel wichtiger ist doch die Frage: Weshalb wurden wir entführt? Hast du eine Ahnung?«

Ich bin für Shiona der ganz normale Schüler Billy, der außerdem noch die Gitarre in ihrer Band spielt. Nichts weiter. Im Gegensatz zu ihr, der Tochter eines Obergangsters. Sie müsste doch inzwischen geschnallt haben, dass ich recht hatte und ihre Entführung der Erpressung ihres Vaters diente. Sicherheitshalber helfe ich ihr nach: »Meine Eltern sind immerhin ganz einfache, unbescholtene Leute. Dein Vater hingegen …«

Wieder bleibt Shiona stehen, dreht sich um und schaut zwei Treppenstufen über mir zu mir herunter: »Die wollten Lösegeld von meinem Vater. Ganz einfach. Das hab ich dir doch schon erklärt. Du bist wirklich etwas schwer von Begriff, oder? Zum Glück konnte ich ihnen wohl klarmachen, dass mein Vater kein Geld hat. Jedenfalls nicht, solange er im Gefängnis sitzt. Darum haben sie mich dann ja auch laufen lassen.«

Ich stutze, lasse mir das aber nicht anmerken. Offenbar weiß Shiona nichts davon, dass ihr Vater geflohen ist.

Vorsichtig taste ich mich heran: »Und jetzt, wo du wieder frei bist, kannst du ihn da besuchen? Im Gefängnis, meine ich?«

»Natürlich«, antwortet Shiona. Jetzt wirft sie mir einen mitleidigen Blick zu. »Ich bin schließlich seine Tochter!«

»Ne, klar!«, sage ich schnell. Und habe meine Bestätigung: Shiona hat nicht die geringste Ahnung, dass ihr Vater aus dem Knast befreit wurde. Nun begreife ich auch, weshalb sie hier in der Villa ist. Das hat sicher ihr Vater eingefädelt. Sie soll weiterhin denken, er säße im Gefängnis. Er wird sich erst später bei ihr melden, *nach* dem Coup.

Wie es scheint, halten auch die Behörden geheim, dass ihnen ihr Kronzeuge abhandengekommen ist. Weswegen wir Geheimagenten nun den Auftrag haben, ihn schnellstens wiederzufinden.

Damit Naomi gleich unbehelligt mit ihrer Durchsuchung beginnen kann, frage ich vorsichtshalber noch mal nach: »Bist du denn ganz allein zu Haus, Shiona?«

»Ja«, antwortet sie wie selbstverständlich. »Wieso? Wer soll denn noch hier sein?«

»Na ja«, sage ich, »immer, wenn wir sonst hier waren, hat uns… ich weiß nicht, ein Butler oder so jemand… geöffnet.«

»Das sind Mitarbeiter meines Vaters«, erklärt Shiona. »Wenn der nicht da ist, brauchen sie logischerweise auch nicht zu arbeiten. Aber morgen kommen zwei. Du wirst es nicht glauben, einer hat sogar angerufen und wollte noch heute Nacht kommen. Also echt jetzt. Ich hab ihm natürlich abgesagt. Was bildet der sich ein? Bin aber froh, dass du da bist.«

»Verstehe«, nicke ich. Und bin erleichtert. Und sogar ein bisschen amüsiert. Das wird Maffei nicht schmecken, dass seine Tochter die eigenen Bodyguards aus dem Haus wirft. Shiona weiß offenbar nicht einmal, wie gefährlich sie hier mit ihrem Vater lebt und dass die »Mitarbeiter« nichts anderes sind als Leibwächter und kriminelle Handlanger und Komplizen ihres Vaters.

»Aber…«, setze ich nochmals an, »du bist doch gerade erst entführt worden. Hast du gar keine Angst?«

»*Wir* sind entführt worden«, stellt Shiona klar. »Und wie du gemerkt hast, wissen die jetzt, dass bei uns nichts zu holen ist. Und bei euch auch nicht.«

Okay, Shiona hat keinen Schimmer, was ihr Vater wirklich treibt. Und auch nicht, wo er sich jetzt aufhält. Und ich bin gerade sicher, dass sie wirklich allein im Haus ist. Naomi hätte freie Bahn, wenn ich es schaffe, Shiona aus der zweiten Etage fortzulocken.

»Sag mal…«, beginne ich vorsichtig, »als du mich in

der Schule abgeholt hast, wolltest du doch Noten kaufen.«

Shiona und ich sind jetzt in ihrem Zimmer angekommen.

»Ja, und?«, fragt sie leicht verwirrt, wohl wegen des Themenwechsels.

»Da sind wir ja nun leider gar nicht mehr zu gekommen. Wir können uns die Noten aber doch aus dem Internet ziehen und etwas herumprobieren. Vielleicht findest du das jetzt auch total geschmacklos, aber …«

Shiona schaut mich an, und ich merke, dass ihr die Idee gefällt.

»Du meinst, dann können wir uns ein wenig ablenken von der ganzen Aufregung?«

Ich nicke ihr lächelnd zu. »Also, mich hat das ganz schön mitgenommen. Dich nicht?«

»Klar, und wie. Vor allem dieser gruselige Kerker«, gibt Shiona nun endlich zu. »Gebongt. Wir besorgen uns die Noten und spielen drauflos. Nach all dem wäre ich für etwas, das gut abgeht. Was sagst du?«

»Cool«, stimme ich ihr zu. »Perfekt, um die düsteren Gedanken zu vertreiben.«

»Wollen wir Naomi, Kathi und Charles dazu holen?«

»Nein!«, antworte ich erschrocken und entschiedener, als ich gewollt habe.

»Wieso nicht?« Shiona sieht mich verwundert an.

Weil Naomi gleich dieses Haus durchsucht und Charles in einer Drohne sitzt und auf uns wartet, denke ich, sage aber stattdessen: »Lass uns die Stücke doch erst mal zu zweit probieren und üben. Denn, mal ehrlich, wir beide verstehen doch am meisten von Musik, oder nicht?«

Ich grinse ihr spitzbübisch zu. Zumindest versuche ich es.

Shiona schenkt mir ein Lächeln. »Da hast du auch wieder recht.«

Dann kommt sie mir auf einmal sehr nah.

Und drückt mir einen Kuss auf dem Mund!

Einen Kuss!

Völlig unvorbereitet.

Und nicht etwa ein Küsschen, so wie meine Mutter mir eines gibt, wenn ich mich verabschiede. Nein, einen richtigen, echten und intensiven Kuss. Wow!

Ich erschrecke. Erröte. Mein Puls schlägt mir bis zum Hals. Und mein Kopf wird so heiß, als könnte er jeden Moment explodieren.

Dann endlich lässt sie von mir ab.

Und lächelt mich an.

Ich lächle auch. Aber nicht so selbstbewusst und verschmitzt wie sie.

Mein Lächeln ist eher verlegen. Peinlich. Ich… schaue schnell zur Seite. Und schäme mich für meine rote Birne, die ich bestimmt immer noch habe. Zumindest kocht mein Schädel vor Aufregung.

»Was ist?«, fragt sie mich direkt. »Hat es dir nicht gefallen?«

»Do…do…doch!«, stottere ich. »Na…tü…türlich.«

Shiona hebt eine Augenbraue, schaut mich skeptisch von der Seite an.

»Du … hast doch schon mal jemanden geküsst, oder?«

»Na!«, rufe ich etwas zu spontan und zu laut aus. »W…w…was denkst du denn?«

Sie hat den Nagel auf den Kopf getroffen. Noch nie hat mich ein Mädchen so geküsst. Ich meine, ich bin gerade mal knapp 13 Jahre alt und gelte dank meiner Tarnung in der Schule gemeinhin als Voll-Loser. Wieso sollte mich ein Mädchen küssen? Und dann noch *so?*

Ich gebe zu, als ich mitbekommen habe, wie Abena Gonzo hat abblitzen lassen, hab ich mir einen Kuss mit Abena vorgestellt. Und es gab Situationen, da habe ich sogar kurzzeitig daran gedacht, dass es schön wäre, wenn Naomi mich küssen würde. Aber das waren nur Tagträume. Nie hätte ich daran geglaubt, dass eine von beiden mich wirklich … Und dann kommt Shiona aus heiterem Himmel an und drückt mir einen Kuss auf den Mund. Shiona! Die ist 15! Hatte bestimmt schon mal einen festen Freund. Ist immer voll cool. Will mit der Band durchstarten. Und küsst *mich!*

»Hallooooo!« Shiona schnippt mit den Fingern vor meinem Gesicht. »Raumschiff an Erde: jemand zu Hause?«

Ich schrecke aus meinen Gedanken auf und wieder zurück in die Realität. Und das ist die nun mitleidig lächelnde Shiona direkt vor mir. Ich schmecke noch ihre Lippen auf meinen, rieche den Duft ihres Parfums. Und muss mir anhören, wie sie sagt: »Ich glaub's nicht. Das war echt dein erster Kuss. Gib's zu!«

Peinlich berührt schaue ich hinunter auf meine Schuhspitzen.

»Wusste ich's doch«, sagt sie. »Wenn das so ist …«

Sie tritt wieder sehr nah an mich heran.

»… solltest du nicht versäumen, zu üben.«

Schon klebt sie wieder an meinen Lippen.

Und mir – gefällt's.

Alles, wirklich alles haben wir auf der Agentenakademie gelernt: die größten und stämmigsten Typen mit zwei, drei Griffen aufs Kreuz zu legen; Hubschrauber zu fliegen; Motorboote und Autos zu fahren; zu schießen; zu klettern und einzubrechen. Aber DAS hier: nein. Das stand auf keinem Lehrplan.

Zögerlich lege ich meine Hände auf ihre Hüften. Sofort presst sich Shiona näher an mich heran. Und während mich die Berührung ihres Körpers warm und wohlig durchströmt, melden sich sofort meine antrainierten »Instinkte«, die sich fragen, ob sie mir vielleicht nur deshalb so auf die Pelle rückt, weil sie mir etwas aus der Tasche stehlen will. Mein Geheimagenten-Handy vielleicht? Quatsch! Davon ahnt sie ja gar nichts.

Shiona setzt kurz ab.

»Bleib ganz locker«, flüstert sie mir zu.

Und bevor ich etwas antworten kann, empfange ich bereits den nächsten Kuss, den ich erstmals aktiv erwidere.

Sofort schießen mir wieder tausend Gedanken durch den Kopf. Ob ich alles richtig mache? Ob ich sie enger umarmen sollte? Ob ich den Mund zu weit offen habe oder zu wenig? Was ich eigentlich genau mit meiner Zunge machen soll? Aber irgendwie zeigt mir Shiona alles, beziehungsweise hab ich das Gefühl, es entwickelt sich wie von selbst. Je länger sie ihre Lippen auf meine presst, desto mehr wage ich es, mich darauf einzulassen, etwas auszuprobieren, sie noch näher an mich heranzudrücken, sie enger zu umarmen. Und irgendwann vergesse ich die Zeit und weiß gar nicht, wie lange wir so dastehen und uns küssen.

Bis sie plötzlich aufhört, mich anlächelt und sagt: »Siehst du? Ist doch ganz leicht.«

Dann geht sie einen Schritt zurück, nimmt mich an die Hand und juchzt: »Komm, jetzt machen wir eine kleine Session!«

Ich hoffe innig, dass sie wirklich nur meint, dass wir Musik zusammen machen.

Sie läuft los, zieht mich mit sich; die Stufen hinauf ins Musikstudio, wo sie das Licht anschaltet, alle nötigen Schalter der diversen Instrumente anknipst, nebenbei mit dem Computer vom Mischpult Noten ausdruckt, sich das Mikro schnappt und mir zuruft: »Unplugged. Ich singe. Du begleitest mich auf der Gitarre!«

»Supi!«, sage ich, seufze erleichtert, schnappe mir eine der bereitstehenden Gitarren, setze mich auf einen Barhocker und denke daran, dass ich jetzt dringend Naomi informieren müsste, dass wir wie geplant oben angekommen sind.

Shiona spannt mir die ausgedruckten Noten auf einen Notenständer.

Ich beginne zu spielen. Ich habe im Moment keine Chance, Naomi einen Wink zu geben. Ich kann nur hoffen, dass Charles ihr grünes Licht gibt für die Durchsuchung.

Shiona fängt an zu singen. Und ich kann es immer noch nicht glauben: Die ersten drei leidenschaftlichen Küsse meines Lebens habe ich mit der Tochter eines Schwerverbrechers ausgetauscht, den ich gerade jage, weil er aus dem Gefängnis ausgebrochen ist.

Und erst jetzt, während ich die Akkordfolge vom Blatt abspiele und dabei Shionas schiefem Gesang lausche, bemerke ich, dass sie ein Liebeslied singt. Und wenn mich nicht alles täuscht und ich nicht irgendeinem Wahn verfallen bin, dann hat Shiona eben gerade statt »Babe« »Billy« gesungen.

Die hat sich doch nicht etwa wirklich in mich – verliebt?

Ich habe nicht die geringste Ahnung, woran ich so etwas merken sollte.

Und ich? Bin ich dabei, mich zu verlieben?

Davon habe ich noch weniger Ahnung.

Es folgt der Refrain. Wieder singt Shiona »Billy« statt »Babe«. Diesmal habe ich es deutlich gehört.

Sie lächelt mir zu.

Ich lächle schnell zurück.

Sie zwinkert mir zu.

Und ich – konzentriere mich schnell auf den nächsten Akkord.

GEFÄHRLICHE PLÄNE

Es fällt mir verdammt schwer, mich auf das zu konzentrieren, weshalb wir eigentlich hier sind. Shiona und ich haben jetzt drei Stücke miteinander gespielt. Oder besser gesagt: geprobt. Denn bei uns beiden ging noch ziemlich viel daneben. Ich habe mich einige Male nicht nur im Takt und im Rhythmus, sondern sogar in den Akkorden vertan. Aber auch Shiona hat viele Töne nicht mal ansatzweise getroffen.

Aber ehrlich gesagt macht uns das nicht besonders viel aus. Wir haben Spaß an dem, was wir machen: ebenso leidenschaftlich spielen wie flirten. Ich werfe einen Blick auf meine Uhr und stelle fest, dass wir schon seit einer Dreiviertelstunde hier im Musikstudio zusammen sind.

Eine Dreiviertelstunde! Du meine Güte! Naomi dürfte längst fertig sein mit ihrer Durchsuchung und draußen auf mich warten. Ebenso wie Charles.

Ich muss also baldmöglichst von hier verschwinden, ohne dass Shiona beleidigt ist oder argwöhnisch wird. Um mir eine kleine Denkpause zu verschaffen, wie ich das bewerkstelligen soll, entschuldige ich mich kurz für einen Gang zur Toilette.

Dort angekommen schließe ich ab, ziehe mein Handy aus der Tasche und sehe, dass Naomi bereits *fünfmal* versucht hat, mich zu erreichen.

Ich rufe sie an.

»Was ist los?«, fragt sie sofort. »Wo steckst du?«

Ich antworte nicht auf ihre letzte Frage, denn sie weiß ja, wo ich bin. Nur nicht, warum ich noch hier bin. Ich stelle sofort die Gegenfrage:

»Bist du fertig?«

»Natürlich!«, lautet die etwas patzige Antwort. »Meinst du etwa, ich brauche fast eine Stunde, um *ein* Arbeitszimmer zu durchsuchen?«

»Hast du etwas gefunden?«

»Allerdings. Deshalb warten Charles und ich ja schon seit geraumer Zeit auf dich. Wir müssen uns dringend zusammensetzen. Dringend, hörst du? Was treibst du da die ganze Zeit?«

»Du kennst doch Shiona«, sage ich schnell.

»Ja, eben. Darum wundert es mich auch so sehr, dass du noch dort bist«, erinnert Naomi mich. »Du bist doch allein mit ihr, nicht mit der ganzen Band. Deshalb: Verabschiede dich und fertig. Was trödelst du rum? Es ist sehr, sehr wichtig, dass du kommst. Dass du JETZT kommst!«

»Wieso?«, hake ich nach. »Was ist denn los?«

»Es geht um Sprengstoff«, sagt Naomi nur.

»WAS?« Mir fällt fast das Smartphone aus der Hand vor Schreck. »Es geht um WAS?«

»Mehr kann ich dir jetzt nicht sagen. Nun mach, dass du da rauskommst!«

»Moment mal«, werfe ich ein. »Doch nicht etwa um Sprengstoff hier in der Villa? Du willst doch wohl nicht sagen, dass…«

»Quatsch!«, unterbricht Naomi mich. »Viel schlimmer. Komm! Schnell!«

Um Himmels Willen, was ist da los?

Ich stecke mein Handy zurück in die Tasche unter meinem Gürtel, laufe zurück zu Shiona ins Musikstudio und rufe ihr zu: »Sorry, ich muss los. Meine Mutter ist krank.«

Shiona schaut mich verwirrt an. »Das hast du auf dem Klo erfahren?«

»Ähm…« Daran hab ich nicht gedacht. »Ja… äh… eine Nachricht von meinem Vater.«

»So schlimm? Was hat sie denn?«, fragt Shiona nach.

Wer? hätte ich fast gefragt.

»Hat er nicht genau geschrieben«, kriege ich gerade noch so die Kurve. »Übelkeit wohl. Und Fieber. Ich soll kommen und ein bisschen helfen. Suppe machen und so. Mein Vater ist da… schnell überfordert.«

Shiona schaut auf ihre Uhr, dann sieht sie mich skeptisch an. »Es ist gleich elf Uhr. Abends!«

»Ja, genau. Deshalb muss ich auch so schnell los.«

»Sehen wir uns morgen?«, fragt Shiona mir noch hinterher.

»Klar«, verspreche ich. Und merke, wie sehr ich es im selben Moment tatsächlich bedaure, dass es eine Lüge ist. Wenn Naomi alle Informationen zusammengetragen hat, die wir brauchen, dann haben wir keinen Grund mehr hierherzukommen. Im Gegenteil: Shiona – dessen bin ich mir inzwischen sicher – kann uns nicht weiterhelfen. Sie hat keine Ahnung, wo ihr Vater steckt und was er vorhat. Da weiß ich längst mehr als sie.

»Also dann«, rufe ich ihr zu und will zur Treppe.

»Warte!«, sagt Shiona, kommt auf mich zu und drückt den Fahrstuhlknopf.

»Ich mach dir unten auf und verabschiede dich.«

»Ah ja, klar.« Schon wieder werde ich verlegen.

Denn kaum schließt sich die Fahrstuhltür hinter uns, da umschlingt Shiona mich schon wieder und drückt mir erneut einen Kuss auf.

Ich lasse es zu und mich drauf ein. Unten angekommen, küssen wir uns immer noch und scheren uns nicht darum, dass sich der Fahrstuhl bereits geöffnet hat. Außer uns ist niemand im Haus.

Ich denke an Naomi und Charles, die dringend auf mich warten, kann mich dennoch nicht von Shiona lösen und will es auch gar nicht. Gefühlt minutenlang stehen wir noch eng umschlungen da, küssen uns, ehe irgendwann Shiona sich zärtlich von mir löst und mir zuflüstert: »Echt schade, dass du schon gehen musst.«

»Ja«, sage ich. Und das ist keine Agentenlüge. Ich bedaure es wirklich zutiefst.

Wir beide gehen zur Haustür, Shiona lässt mich raus.

»Bis morgen!«, sagt sie.

»Bis morgen!«, wiederhole ich.

Und dieses Mal halte ich es nicht für eine Lüge. Wenn es sich irgendwie einrichten lässt, werde ich morgen wiederkommen. Obwohl ich die Chance dazu als äußerst gering einschätze.

Fünf Minuten später stehe ich vor dem großen Stahltor, das sich elektrisch öffnet und hinter mir wieder schließt, was bedeutet, dass Shiona mich über die Kameras in der Villa noch immer sieht. Ich bleibe kurz stehen, drehe mich um, winke in die Überwachungskamera, dann gehe ich um die Ecke. Ich kann nur hoffen, dass Shiona glaubt, dass ich dort mein Rad angeschlossen habe. Denn sie wird kaum annehmen, dass ich mit dem Bus gekommen bin. Dass hinter der Villa, auf der anderen Seite, eine bemannte Drohne auf mich wartet, davon ahnt sie natürlich nichts.

Ich gehe noch einige Schritte, bis ich ganz sicher aus dem Blickfeld der Kameras heraus bin, sehe mich um – da taucht Naomi plötzlich aus einem Gebüsch auf und steht vor mir.

»Na endlich!«, empfängt sie mich. »Wir müssen uns zusammensetzen. Schnell.«

»Wieso?«

»Hab ich dir doch gesagt«, erinnert mich Naomi.

»Du hast nur von Sprengstoff gesprochen«, stelle ich klar.

»Ja«, bestätigt Naomi. »Das reicht doch wohl. Während du herumgetrödelt hast und wir auf dich warten mussten, hab ich schon mal in unserem Geheimdienstarchiv recherchiert. Und bin fündig geworden: Im letzten halben Jahr wurden an drei verschiedenen Orten gelatinöse Sprengstoffe gestohlen.«

»Gelatin …?« Ich hab das doch schon mal gehört …

»Sprengstoff, wie man ihn beim Militär, aber zum Beispiel auch zur Sprengung alter Gebäude benutzt«, erläutert Naomi schnell. »Die werden in der Oberlausitz hergestellt, ebenso im Rhein-Sieg-Kreis und im Sauerland. Von allen drei Standorten gingen Meldungen an das BKA, dass Sprengstoff gestohlen wurde. Das BKA hat das geheim gehalten und sofort islamistische Hintergründe vermutet und in diese Richtung ermittelt.«

»Aber …?«

»Ich habe in Maffeis Arbeitszimmer Hotelrechnungen für ihn und ein paar andere Personen, bestimmt seine Mitarbeiter, und Restaurantquittungen gefunden«, erläutert Naomi. »Genau aus den kleinen Gemeinden, in denen die Sprengstofffabriken stehen. Jeweils kurz vor dem Datum, an dem die Diebstähle gemeldet wurden.«

»Mit anderen Worten: Maffei hat den Sprengstoff besorgt«, fasse ich zusammen. »Was haben die damit vor?«

»Genau das müssen wir herausbekommen. Und zwar schnell«, ermahnt mich Naomi.

Ich überlege laut: »Terroranschläge sind doch überhaupt nicht das Geschäft von Boss und Maffei. Damit verdient man doch kein Geld.«

»Was auch immer die gerade planen, harmlos wird es jedenfalls nicht sein. Gelatinöse Sprengstoffe sind keine Silvesterknaller«, warnt Naomi. »Also los jetzt!«

Ihre Hand deutet auf das Gebüsch.

Ich sehe sie fragend an.

»Da steht mein Rad«, erklärt Naomi. »*Du* nimmst es. Ich fliege mit Charles.«

»Wieso?« Ich war davon ausgegangen, dass ich genauso komfortabel nach Hause fliegen werde, wie ich gekommen bin.

»Weil ich mit dem E-Bike schon hergekommen bin.« Naomis Tonfall duldet keinen Widerspruch. »Und weil du es dir die letzte Dreiviertelstunde gemütlich machen konntest. Jetzt bist du dran. Wir treffen uns in einer halben Stunde in der Wohnung.«

»In einer halben Stunde schon?«, frage ich nach. »Das ist aber sportlich.«

»Das ist ein E-Bike«, sagt Naomi mit Betonung auf dem E. »Also bitte!«

Sie geht los. »Wir sehen uns gleich.«

Irgendwie habe ich das Gefühl, dass ich in dieser Nacht nicht mehr zur Ruhe kommen werde. Ich schwinge mich auf das Fahrrad, sehe, dass der Akku nur noch zur Hälfte geladen ist, aber das wird reichen. Muss es auch. Ohne den Elektromotor bräuchte ich viel zu lange. Die zugelassene Höchstgeschwindigkeit für Speed-Pedelecs liegt bei 45 Stundenkilometern. Unsere Agentenräder zählen auch dazu, schaffen aber bis zu sechzig Stundenkilometer, bergab sogar mehr. Damit dürfen wir uns natürlich nicht erwischen lassen, weil die Polizei ja nichts von den YOUNG AGENTS weiß.

Ich setze den Helm auf, den Naomi am Lenker hat baumeln lassen, trete in die Pedale und düse los. Kurz danach überholt mich die Drohne mit Charles und Naomi. Die haben's gut. Andererseits: Mit diesem E-Bike ist das Radfahren auch keine Anstrengung. Ich gebe Vollgas. Um diese Zeit sind die Straßen leer, und wo immer es möglich ist, fahre ich nicht über die holprigen, kaputten Radwege, sondern nutze die Straße.

In der Nacht sieht man von den Autos leider nur die Scheinwerfer und kann nicht erkennen, ob man von einem normalen Pkw oder einem Polizeiwagen überholt wird. Eigentlich dürfte mich überhaupt kein Auto überholen, denn streckenweise fahre ich schneller als die erlaubten fünfzig Stundenkilometer. Trotzdem gibt es nur wenige Fahrzeuge, die hinter mir bleiben oder auf gleicher Höhe fahren. Ich kann nur hoffen, dass keines von ihnen eine Polizeistreife ist.

Mein Weg führt mich durch den Hamburger Stadtpark. Ich könnte natürlich an der Hauptstraße an ihm vorbeifahren, aber erstens finde ich es schöner, durch den leeren Park zu düsen. Und zweitens gibt es hier keine Verkehrskontrollen.

Kurz hinter dem Planetarium biege ich also direkt in

den Park ein und habe eine relativ gerade Strecke vor mir, die an der Freiluftbühne endet. Kurz danach komme ich dann wieder auf die Hauptstraße.

Ich gebe noch mal Vollgas. Oder wie heißt das eigentlich bei einem E-Bike? Vollstrom? Egal, ich jage durch die dunkle Nacht den sandigen Weg entlang, der durch den dicht bewachsenen Park und an einem kleinen Tümpel vorbeiführt. Ich kann ihn im Dunklen nicht sehen, aber ich weiß, dass er da ist. Mein Vorderlicht ist zum Glück stark genug, den Weg vor mir soweit auszuleuchten, dass ich meine Geschwindigkeit halten kann. Als plötzlich ein grelles Licht vor mir aufblitzt. Begleitet von einem ohrenbetäubenden Knall.

Ich bremse so scharf ab, dass mein Hinterrad nach rechts ausschlägt. Ich kann mich gerade noch mit dem linken Fuß abstützen, um nicht hinzuknallen und der Länge nach über den Sandweg zu schliddern.

Was war *das* denn?

Ich sehe in den Himmel, ob sich über mir ein Gewitter zusammengebraut hat. Leider kann ich wegen der vielen Baumkronen nicht viel erkennen. Aber durch den kleinen Ausschnitt funkeln vereinzelt Sterne. Von Gewitterwolken keine Spur. Es ist auch trocken und überhaupt nicht schwül. Im Gegenteil: Es herrscht kühle, frische Nachtluft, und ein lauer Wind weht über den Park.

Ich fahre langsamer weiter, komme am Eingang der Freilichtbühne vorbei. Hinter den Hecken, die das Gelände umranden, steigen Flammen und dunkler Rauch auf. Aus der Ferne höre ich erste Martinshörner. Und über mir ein Surren, das mir vertraut ist.

Ich schaue hoch und entdecke unsere Drohne, die einen Rundflug über das Gelände macht. Sofort greife ich zum Handy und rufe Naomi an.

»Hey, ich sehe euch. Was ist da los?«

»Die Freilichtbühne brennt lichterloh!«, informiert mich Naomi.

»Habt *ihr* die Feuerwehr gerufen?«, frage ich.

»Ja«, bestätigt sie mir und fährt dann fort: »Wir waren schon fast zu Hause, da haben wir von oben zufällig gesehen, wie etwas im Stadtpark plötzlich in Flammen aufging.«

»Habt ihr auch den Knall gehört?«, frage ich.

»Knall?«, fragt Naomi nach. »Nein. Du, Charles?«

Auch Charles hat nichts gehört.

»Was denn für einen Knall?«, fragt Naomi noch mal nach.

Ich beschreibe ihr, was ich gehört habe.

Sofort hakt sie nach: »Also eine Explosion?«

Himmel, ja! Sie hat recht. Natürlich! Ich hatte zuerst an ein Gewitter mit Blitzeinschlag gedacht. Aber es gibt hier kein Gewitter. Allerdings gibt es den Diebstahl von Sprengstoff, über den wir gerade noch gesprochen haben sowie darüber, dass Shionas Vater etwas damit zu tun hat.

Daran hatte ich jetzt ehrlich gesagt überhaupt nicht gedacht. Denn: Welchen Sinn ergäbe es für Shionas Vater oder den Boss, mitten in der Nacht eine leere Freiluftbühne in die Luft zu jagen?

Genau diese Frage stelle ich auch Naomi, während ich nun schon die ersten Blaulichter durch die Büsche hindurchzucken sehe.

Kurz darauf kommen mit Riesengetöse die ersten zwei Feuerwehrwagen angefahren.

Wieso stellen die das Martinshorn nicht ab? frage ich mich. Hier ist um diese Zeit kein Mensch weit und breit unterwegs. Und selbst wenn, wäre das zuckende und kreisende Blaulicht der Wagen in der dunklen Nacht wohl kaum zu übersehen. Wozu also noch das Sirenengeheul? Man versteht sein eigenes Wort am Handy nicht mehr. Ich stecke mir In-Ear-Kopfhörer in die Ohren und fahre mit dem Rad ein Stück weiter.

»Hallo, hallo? Naomi? Hörst du mich?«

»Bin da«, kommt als Antwort.

»Denken wir beide dasselbe? Dass Shionas Vater dahintersteckt?«

Naomi bestätigt mir mit einem kurzen »Jepp« ihre Meinung.

»Aber was sollte diese Explosion bezwecken – wenn es überhaupt eine war?«, frage ich verwirrt nach.

»Vielleicht morgen spielt eine Band, die Maffei gar nicht like«, frotzelt aus dem Hintergrund Charles und kichert über seinen eigenen Witz vor sich hin.

»Das ist nicht witzig«, tadelt Naomi ihn.

»Doch, ich finde«, widerspricht Charles.

Die beiden – er Engländer, sie Französin – kommen in Humorfragen selten auf einen Nenner.

Charles setzt sogar noch einen drauf: »Oder meint der unsere Band? *Wir* spielen doch nicht mit Shiona morgen in das Stadtpark, tun wir?«

»Charles!«, weist Naomi ihn zurecht. »Es reicht. Möglicherweise hat eben dort unten ein Sprengstoffanschlag stattgefunden.«

»Ein Anschlag?«, wiederholt Charles skeptisch. »Auf eine leere stage? Das macht doch keinen Sinn.«

»Abwarten«, sagt Naomi. Und dann: »Ich habe ein paar Fotos gemacht. Die Feuerwehr ist vor Ort. Wir haben hier nichts mehr zu tun. Wir treffen uns gleich wie ausgemacht.«

»Okay«, stimme ich zu. »Wir sollten morgen noch mal hierherkommen und uns nach Spuren umgucken, die die Feuerwehr vielleicht übersieht.«

»Sowieso«, antwortet Naomi. »Aber jetzt erst mal ab zur Besprechung.«

BEDROHUNG!

Kurze Zeit später sitzen wir drei wieder in der Agenten-WG zusammen. Wir brauchen uns gar nicht in etwaige Spekulationen zu stürzen, denn kaum hat Charles für uns eine Karaffe Wasser und Gläser auf seinem Teewagen bereitgestellt, beginnt das Bild von Joseph Bell an der Wand zu blinken.

»The Prof«, sagt Charles. »Um diese Zeit?«

Ich weiß nicht, was daran so ungewöhnlich ist. Wir sind Agenten. Und es ist beileibe nicht das erste Mal, dass der Prof uns mitten in der Nacht aus dem Bett klingelt. Joseph Bell verschwindet aus seinem eigenen Bild, und der Prof erscheint auf dem Bildschirm. Keiner von uns wundert sich darüber, dass er ohne nachzufragen weiß, wo wir uns aufhalten. Solange unsere Agenten-Handys »auf Sendung« sind, kann er uns genauestens orten.

»Vor nicht mal einer Stunde wurde die Freilichtbühne im Stadtpark in die Luft gesprengt«, beginnt der Prof ohne Umschweife und ohne Begrüßung.

»Ja«, antwortet Charles. »Wir haben gesehen es live.«

»Ich weiß«, sagt der Prof. »Und ich bin nicht besonders begeistert, dass ihr ohne unbedingte Notwendigkeit die Drohne benutzt wie ein bequemes Taxi.«

Verlegen schauen wir drei uns an.

»Aber in diesem Fall war es wenigstens gut, dass ihr gleich vor Ort wart und den Anschlag gesehen habt«, fährt der Prof etwas besänftigend fort.

Wir entspannen uns wieder. Glück gehabt. Dieses Mal bekommen wir keinen Anschiss.

»Wir haben sogar die Feuerwehr gerufen«, wirft Naomi ein.

»Ist mir ebenfalls bekannt«, erwidert der Prof ungeduldig. »Die Rüge diente auch nur der Einleitung. Die wichtige Information kommt jetzt: Es gibt ein Bekennerschreiben.«

»Von wem?«, frage ich sofort.

Der Prof zuckt kurz mit den Augenbrauen. »Gut, ich habe mich falsch ausgedrückt: kein Bekennerschreiben, sondern eine schriftliche Erpressung. Ich sende euch hiermit eine Kopie.«

Drei Handys piepen. Wir alle haben die Kopie erhalten.

Ich will sie gerade lesen, da sagt der Prof: »Ihr könnt es später lesen. Der Inhalt ist kurz. Dieser Anschlag war nur eine Warnung. Die nächsten Anschläge passieren auf Wochenmärkten. Oder in Kaufhäusern. Oder bei Konzerten. Oder bei einem Fußballspiel im Stadion. So schreiben sie es. Anders ausgedrückt: Der nächste Anschlag kann überall stattfinden. Und diesmal mit weitaus mehr Publikum.«

»Terroranschläge?«, fragt Naomi. »Seit wann kündigen Terroristen ihre Anschläge an?«

»Kein Terror«, erklärt der Prof. »Zumindest nicht im klassischen Sinn. Ich sprach ja bereits von Erpressung ohne politischen Hintergrund. Die wollen bloß Geld kassieren. Sie verlangen hundert Millionen Euro, oder es wird solche Anschläge geben.«

»Wie viel?«, entfährt es mir. »Hundert Millionen Euro? Sind die nicht ganz dicht?«

»Na ja«, schränkt der Prof ein. »Sie verlangen das Geld vom Staat. Allein der Verteidigungsetat der Bundesrepublik Deutschland lag im letzten Jahr bei über vierzig Milliarden Euro. Da sind hundert Millionen für die Sicherheit der Bevölkerung doch ein Schnäppchen.«

»Ein Schnäppchen?«, wiederholte ich und schnappe nach Luft.

»Originalzitat aus dem Brief, den ihr gleich lesen werdet«, erklärt der Prof. »Sie wissen, dass wir – also der Staat, ich meine, die Stadt Hamburg oder die Bundesregierung – das Geld haben.«

»Aha?«, zweifle ich. »Das heißt, die Regierung wird zahlen, um die Bevölkerung zu schützen?«

Charles und Naomi sehen mich entsetzt an.

Und der Prof schimpft: »Natürlich nicht! Jedes Kind weiß doch, dass es dann nicht dabei bleiben und in Kürze die nächste Forderung auf dem Tisch liegen würde.

Außerdem: Wenn die Regierung zahlen wollen würde, hätte ich nicht *euch* angerufen.«

Ist klar. Das hätte ich mir auch wirklich selbst denken können.

»Da Geld gefordert wird, wissen wir, dass keine politischen Terroristen dahinterstecken. Kurz vor dem Anschlag wurde Thorsten Maffei aus einer geheimen Unterbringung befreit. Es ist also nicht schwer zu kombinieren, auf wessen Konto der Anschlag geht: auf den Boss und seine rechte Hand. Nur, wo stecken die beiden? Ihr wart in Maffeis Villa. Habt ihr etwas herausgefunden?«

Naomi berichtet dem Prof von den Sprengstoffdiebstählen, die sie recherchiert hat, und den dazu passenden Unterlagen in Maffeis Villa.

»Verflixt!«, schimpft der Prof vor sich hin. »Ich hab's gewusst. Habt ihr einen Verdacht, wo Maffei stecken könnte?«

Wir drei müssen bedauernd verneinen.

»Shiona weiß auch nichts?«

»Nein«, antworte ich dem Prof. »Ich war heute Abend bei ihr. Sie hat nicht mal einen Schimmer davon, dass Maffei nicht mehr im Knast sitzt und dass sie seinetwegen entführt worden ist.«

Der Prof nickt mir zu. »Sonst irgendetwas Wissenswertes?«

Ich muss an den Abend mit Shiona denken und befürchte, dass ich gerade etwas erröte. Schnell schüttle ich den Kopf und gebe die Frage weiter an Naomi.

»Nur das mit dem Sprengstoff«, sagt Naomi.

»Gut«, schließt der Prof. »Ihr müsst schnellstens herausbekommen, wo sich Maffei aufhält. Ich gehe davon aus, dass *er* das Sprengstoffdepot verwaltet. Wo auch immer. Also: Findet Maffei!«

»Moment mal«, rufe ich dazwischen. »Wieso macht sich nicht das BKA auf die Suche nach ihm? Oder der Verfassungsschutz? Oder auch einfach nur die Polizei?«

»Tun sie doch«, versichert mir der Prof. »Aber die Polizei weiß nicht einmal, weshalb. Den Erpresserbrief halten wir geheim. Es darf keine Panik in der Bevölkerung entstehen. Ihr drei seid als Jugendliche und noch dazu Freunde von Shiona am unauffälligsten und zudem die Einzigen, die ungehinderten Zugang zu Maffeis Villa haben. Also: Lasst euch etwas einfallen. Wir müssen wissen, wo der Sprengstoff steckt. Und wir brauchen Maffei nach wie vor als Kronzeuge.«

»Aber …«, will ich noch hinzufügen.

Doch der Prof verabschiedet sich bereits, das Bild im Rahmen wird dunkel, und es erscheint wieder Joseph Bell.

»Schöne Scheiße«, sagt Naomi und seufzt.

»Allerdings. Den Boss suchen wir schon seit fast einem Jahr. Und jetzt sollen wir ihn in wenigen Tagen finden?«

»Impossible!«, fügt Charles hinzu.

Wir schweigen. Keiner hat eine Idee.

Bis schließlich Naomi plötzlich fragt: »Was hast du eigentlich so lange bei Shiona gemacht, Liam?«

Wieder läuft meine Birne knallrot an. Oh nein, nicht

auch noch das! Ich habe keine Lust, mit Naomi und Charles darüber zu reden.

Doch auch Charles schaut mich nun erwartungsvoll an.

»Ich …«, beginne ich zögerlich, breche dann ab. Nein, ich will nicht darüber sprechen.

»Ja …?«, bohrt Naomi nach. »Wir hören.«

Ich sage nichts, drehe meinen Kopf verlegen zur Seite. Ein Fehler. Denn Naomi sitzt auf Charles' Bett genau neben mir. Als ich meinen Kopf wegdrehe, um nicht antworten zu müssen, rückt Naomi noch näher an mich heran.

»Was ist *das* denn?«, fragt sie.

»Was?«, frage ich zurück und schaue wieder zu ihr, doch Naomi packt meinen Kopf und dreht ihn wieder so, dass die rechte Seite meines Halses ihr zugewandt ist. Genau auf die hat Naomi es abgesehen. Sie streicht mit dem Daumen über meinen Hals und verkündet wie eine Forscherin, die eine sensationelle Entdeckung gemacht hat: »Das ist ein Knutschfleck!«

Wieder schnelle ich mit meinem Kopf zurück und starre sie an: »Was?«

Erneut dreht Naomi meinen Kopf herum. Ich will mich dagegen wehren, doch sie lässt es nicht zu.

»Lass doch mal!«, sagt sie.

»Nein«, erwidere ich. Doch lasse es zu.

»Und darunter …« Naomi forscht weiter. Wieder streicht sie über meinen Hals, dieses Mal mit dem Zeigefinger, den sie anschließend begutachtet wie eine Laborprobe: »Das ist Lippenstift. Und zwar *Flamingo Kiss.*«

Jetzt reicht's. Ich springe auf.

»Flamingo was?«

Charles klopft sich vergnügt auf die Schenkel und kichert vor sich hin.

»*Flamingo Kiss.* Wonderful!«

»*Flamingo Kiss*«, wiederholt auch Naomi. »Von L'Occitane en Provence. Den hat Shiona mir mal gezeigt. Normalerweise trägt sie aber *Infaillible X3 Born to blush 12.*«

»Die trägt was?«, frage ich nach. »Das kann ich nicht mal aussprechen. Wie kann man denn so etwas wissen?«

Naomi schmunzelt. »Ihr Standardlippenstift stammt aus Paris, so wie ich. Ich kenne mich aus.«

Ich schüttle den Kopf. Aber wenigstens ist das Thema jetzt durch.

Dachte ich jedenfalls.

Doch Naomi lässt nicht locker. »Du hast also heftig mit Shiona geknutscht? Während wir draußen auf dich gewartet haben, um unseren Fall zu lösen?«

»Wir haben uns nur ein bisschen geküsst.«

Naomi lacht schallend auf. »Von ein bisschen Küssen bekommt man keine Knutschflecke, mein Lieber. Als Geheimagent solltest du besser auf Spuren achten, die du mit dir herumträgst.« Sie fasst mir wieder an den Hals, dieses Mal an die andere Seite, und ruft erneut wie eine erfolgreiche Entdeckerin: »Da ist ja noch einer!«

»Ist ja gut jetzt«, wehre ich ab.

»Du hast ein Verhältnis mit Shiona, einem Observationsobjekt von uns!«, stellt Naomi klar.

»Observationsobjekt«, wie sich das anhört.

»Hallo?«, erwidere ich. »Sie ist ein Mädchen, und wir spielen in ihrer Band.«

»Okay«, sagt Naomi. »Hast du als Agent mit ihr geknutscht, damit wir mehr von ihr erfahren? Das wäre in Ordnung. Oder hast du dich etwa in sie verknallt?«

»Verknallt?«, entgegne ich empört. »Spinnst du?«

Worauf Naomi sich an Charles wendet, aber auf mich zeigt. »Ich hab's befürchtet, er ist verliebt.«

»Dieses könnte werden a little problem«, kommentiert Charles.

»Nix *problem!*«, sage ich. »Wir haben uns geküsst. Das war's. Können wir jetzt vielleicht mal weitermachen?«

Naomi und Charles werfen sich vielsagende Blicke zu, und ich weiß, dass das Thema zu einem späteren Zeitpunkt noch mal zur Sprache kommen wird.

»Gut, machen wir weiter«, eröffnet Naomi die neue Diskussion. »Gibt's irgendwelche Vorschläge?«

»Wir wissen, wie schwer es ist, zu finden den Boss und Maffei«, sagt Charles. »Wir es versuchen seit viele Wochen. Zuvor Liam es hat versucht bereits auf eigene – wie heißt es in Deutschland – *Finger?*«

»Faust«, korrigiert Naomi.

»Exactly«, nickt Charles. »Also, er hat versucht es auf die eigene Faust. Es dauerte sehr lange. Ich denke, wir haben nicht diese Zeit. Außerdem, wenn wir sie tatsächlich haben gefunden, wir können noch lange nicht beweisen etwas. Okay, die beiden kommen wegen früherer Delikte in die Gefängnis. Aber wir wissen nicht, wo sind die Sprengstoff. Und ob schon Bomben wurden versteckt, die könnten explodieren zu jede Zeit.«

»Stimmt«, sage ich. Und verstehe, worauf Charles hinauswill. »Du meinst also, wir sollten nicht zuerst nach dem Boss und Maffei suchen, sondern …«

»… die Sprengstoff. Oder die versteckte Bomben«, ergänzt Charles. »Yes.«

»Guter Einwand«, stimmt auch Naomi Charles zu. »Nur: Wie sollen wir das anstellen? Wir können unmöglich in einer Stadt wie Hamburg unter jede Decke schauen. Die Stadt hat immerhin 1,8 Millionen Einwohner.«

»*Wir* können es nicht«, räumt Charles ein.

Und ich nehme an, vermutlich ähnlich wie Naomi, dass sich Charles' Idee damit erledigt hat. Doch weit gefehlt.

»Aber viele Kinder können viel finden«, fügt Charles hinzu.

Naomi und ich schauen uns fragend an.

»You remember?«, fragt Charles, wobei er verschmitzt lächelt.

Kein Zweifel, er hat mal wieder einen Plan im Kopf.

»Erinnern?«, frage ich nach. »Woran?«

»Pokémon«, sagt Charles.

Er sieht uns erwartungsvoll an, als müsste bei dem

Stichwort alle Welt sofort kapieren, was er meint. Ich hingegen kapiere – nichts.

Naomi schon eher. »Pokémons sind Fantasiewesen in einem Spiel, und sie müssen gefunden und gefangen werden. Es gibt dafür Punkte, und man tritt gegeneinander an.«

»Exactly«, sagt Charles wieder und grinst. »Unsere Pokémon sind die Bomben.«

»WAS?«, rufen Naomi und ich gleichermaßen entsetzt. »Du … willst Kinder darauf ansetzen, Bomben zu suchen?«

»Jugendliche«, korrigiert Charles. »Und sie sollen ja nur sie finden, nicht unscharf machen.«

»Entschärfen«, korrigiere ich beiläufig. Und füge dann an: »Aber das ist trotzdem saugefährlich. Das können wir nicht machen.«

»Gefährlich ist«, wiegelt Charles ab, »wenn sie nicht finden die Bomben. Denn dann sie werden explodieren. In Kaufhäusern oder Wochenmarkts and so on. Je mehr sie finden, desto *sicherer.* Sie sollen machen Fotos, Angaben zum Ort und schicken uns.«

»Das … wie … stellst du dir das vor? Für Pokémon Go gibt es eine ausgeklügelte App.«

Charles winkt ab. »Die nicht wir brauchen. Wir brauchen nur eine gute Preis. Sagen wir: Das neueste und teuerste Smartphone plus ein Super-Notebook für jeden, der findet was. Das kostet den Staat nur ein paar Erdnüsse.«

»Peanuts«, korrigiere ich.

»Sag ich doch«, verteidigt sich Charles. »Erdnüsse.«

»Nein, zu ›Peanuts‹ im Sinne von Kleinigkeiten sagen wir auch ›Peanuts‹, wir benutzen den englischen Begriff. Wenn wir ›Erdnüsse‹ sagen, meinen wir nur ›Erdnüsse‹.«

Charles dreht kreisend seinen Zeigefinger vor seiner Stirn. »Die spinnen, the Germans. Wie soll man lernen je diese crazy Sprache?«

»Aber die Idee ist nicht schlecht, Charles«, kommt Naomi wieder auf das Thema zurück. »Nur: Wie sollen wir die Jugendlichen dazu bringen, das Spiel zu spielen? Man kann doch nicht öffentlich dazu aufrufen, nach Bomben zu suchen.«

»Das ist eine Problem«, gibt Charles zu. »In der Tat.«

»In Ordnung«, sagt Naomi. »Wir alle denken darüber nach, wie wir dieses Problem lösen können. Bis morgen. Dann treffen wir uns wieder. Okay?«

»Okay«, sagt Charles.

Ich zögere kurz. Denn morgen wollte ich ja eigentlich Shiona besuchen. Offiziell habe ich dazu im Moment aber keinen Anlass.

»Wann denn?«, frage ich.

Naomi überlegt kurz, schaut fragend zu Charles.

»Sagen wir, morgen Nachmittag? Um 15.00 Uhr. Dann kannst du noch in die Schule gehen, Liam.«

»Okay«, stimme auch ich zu. Und hoffe insgeheim, dass ich es sogar noch kurz zu Shiona schaffe.

Als könnte sie meine Gedanken lesen, fragt Naomi nach: »Gehst du morgen noch mal zu Shiona?«

»Ich, äh … Wie kommst du darauf?«, stottere ich.

»Na, auch, wenn Shiona nichts von dem ahnt, was ihr Vater so treibt, wird sie bestimmt bald erfahren, dass er auf freiem Fuß ist. Und dann wird sie versuchen, ihn zu erreichen. Oder ihr Vater meldet sich bei ihr.«

»Da ist was dran«, stimme ich schnell zu. Dann komme ich morgen ja doch noch zu Shiona! Und das sogar mit offiziellem Auftrag. Perfekt.

»Wir sollten sie morgen anrufen und gleich eine Bandprobe ansetzen«, schlägt Naomi plötzlich vor.

WAS?

»Mit unserer Band?«, frage ich etwas dümmlich nach. »Wieso das?«

»Ganz einfach«, klärt Naomi mich auf. »Weil das unser üblicher Weg ist, in Maffeis Villa zu kommen. Schon vergessen?«

»Äh, nein, natürlich nicht«, antworte ich verlegen.

MIST! So hab ich mir ein Treffen mit Shiona natürlich nicht vorgestellt.

Doch da springt mir unverhofft Charles zur Seite.

»Wenn er hat ein intimes Verhältnis mit Shiona, es ist doch gut für uns«, wirft er ein. »Ich denke, er kann auf diese Art mehr herausbekommen aus sie als wir zu dritt.«

Guter Einwurf, finde ich. Freudig nicke ich ihm zu.

Doch Naomi bleibt skeptisch. »Einerseits hast du recht, Charles. Wenn Liam als *Agent* etwas mit Shiona angefangen hätte. Aber er ist verliebt in sie.«

»Was?«, unterbreche ich sie. »Das stimmt gar nicht.«

»Ach nein?« Naomi schaut mich herausfordernd an.

Ich schweige.

»Siehst du«, triumphiert Naomi. »Das ist ein Problem.«

Puh! Ich gebe zu, ich war überhaupt nicht darauf vorbereitet, mich zu verlieben. Ich weiß auch gar nicht, ob ich es wirklich bin. Nie hätte ich damit gerechnet, dass Shiona auf mich steht. Und dann auch noch so forsch rangeht. Aber mir hat es gefallen. Und ich würde es gern fortsetzen. Ich denke an sie. Und ich gebe zu, ich vermisse sie jetzt schon, obwohl ich vor nicht einmal drei Stunden noch bei ihr gewesen bin.

»Ich denke, wir können Liam trauen, dass er unsere Sache nicht verliert aus die Augen«, macht sich Charles für mich stark.

»Ja! Nein! Äh, ich meine, natürlich nicht. Ihr könnt euch auf mich verlassen. Ich werde alles tun, um herauszubekommen, wo sich Shionas Vater aufhält. Wenn er wirklich den Sprengstoff besorgt hat, dann finden sich in der Villa vielleicht doch noch Hinweise darauf, wo er gelagert ist.«

»Soll das heißen, ich habe die Villa nicht gut genug durchsucht?«, ereifert sich Naomi.

»Quatsch, soll es nicht«, wiegle ich ab.

»Ich hab ja im Arbeitszimmer alles gefunden, was wir brauchen, während du mit etwas *anderem* beschäftigt warst. Er wird kaum noch irgendwo seine Visitenkarte mit seiner neuen Adresse hinterlegt haben«, fügt Naomi bissig hinzu und schielt dabei unübersehbar auf meine Knutschflecke.

Mir fällt ein, dass ich die auch zu Hause verbergen sollte. Keine Lust auf zu viele Fragen meiner Mutter. Wenn man als Dreizehnjähriger mit Knutschflecken nach Hause kommt, gibt es garantiert Fragen.

»Aber möglicherweise gibt es noch versteckte Dateien irgendwo in der Villa. Oder vielleicht sogar ein geheimes Lager, wo der Sprengstoff lagert«, führe ich meinen Gedanken aus.

»Das könnte bedeuten, dass Shionas Daddy kommt nach Hause, um den Sprengstoff zu holen«, schlussfolgert Charles. »Unter diese Bedingungen es ist optimal, wenn Liam vor Ort ist, als ... sagen wir ... Freund des Hauses.«

Naomi und ich müssen gleichzeitig lachen.

»Freund des Hauses wohl eher weniger«, kommentiert Naomi noch immer lachend. »Eher: Freund der Hausdame.«

Jetzt lacht auch Charles. »Yes! Das hatte ich sagen gewollt.«

»Gut!« Naomi klatscht in die Hände. »Es ist spät. Wir haben morgen viel vor. Machen wir Schluss. Liam, komm gut nach Hause.«

Ich verabschiede mich von den beiden. Wir machen aus, dass wir uns am nächsten Nachmittag um drei hier wieder treffen. Wir wollten die Agentenwohnung zwar nicht zum allgemeinen Treffpunkt erklären. Aber Naomi und Charles wohnen ohnehin hier, und es fällt nicht weiter auf, wenn ich ab und zu dazukomme.

Auffallend wäre allerdings, dass die beiden Jugendlichen allein hier wohnen. Um das zu tarnen, kreuzt ab und zu der Prof auf, mit Einkaufstüten und so, als wäre er ihr Vater, der viel auf Geschäftsreisen ist. Mit Bedacht hat der Geheimdienst einen Wohnblock ausgesucht, in dem es ziemlich anonym zugeht und die Nachbarn sich kaum umeinander kümmern. Das ist eigentlich natürlich sehr bedauerlich, als Agentenwohnung aber ideal.

Als ich spät nachts nach Hause komme, ist alles wie immer. Meine Eltern schlafen bereits. Auf dem Herd steht der obligatorische Topf mit Gulasch.

Meine Eltern haben natürlich nicht mitbekommen, was ich für einen aufregenden Tag hinter mir habe, an dem ich unter anderem entführt worden bin und einen hochkriminellen flüchtigen Straftäter durch die halbe Stadt gejagt habe. Leider vergeblich. Und meine Eltern ahnen, wie der Rest der 1,8 Millionen Hamburger, auch nichts von der Bedrohung, der sie ausgesetzt sind, weil offenbar übers gesamte Stadtgebiet verteilt Bomben versteckt wurden. Und einer von denen, die dieser Bedrohung Einhalt gebieten sollen, ist *ihr* Sohn – also ich –, der sich gerade im achten Stock einer Sozialwohnung mitten in der Nacht einen Topf Gulasch aufwärmt.

Meine Mutter hat ein Gehör wie ein Wolf. Vermutlich hat sie selbst im Tiefschlaf wahrgenommen, dass ich heimkomme, als ich noch im Treppenhaus die Stufen hinaufgekeucht bin (keine Fahrstühle, wenn vermeidbar, ich erwähnte es bereits).

»Hallo, Billy«, begrüßt mich meine Mutter im Bademantel. »So spät noch Hunger?«

»Ja«, antworte ich. »Super, dass immer etwas da ist, Mama.«

Meine Mutter lächelt, setzt sich an den Küchentisch und zündet sich eine Zigarette an. Entschuldigend sieht sie mich an.

»Stört es dich?«

»Generell ja«, antworte ich. »Aber jetzt im Moment ist es okay.«

Ich begreife wirklich nicht, weshalb sie immer noch raucht. Abgesehen von der Gesundheitsschädigung können sich meine Eltern ein solch teures Laster gar nicht leisten.

Meine Mutter nimmt einen tiefen Zug, steht kurz auf, öffnet das Küchenfenster einen Spalt, setzt sich wieder und fragt:

»Wie war dein Tag?«

»Frag nicht«, antworte ich, fülle mein Gulasch auf und setze mich zu ihr.

»Ja, ich weiß«, sagt meine Mutter. »Dann warst du heute wieder als Agent unterwegs?«

»Kann sein«, sage ich. »Frag nicht.«

»Weil, heute war ein Mädchen hier«, erzählt meine Mutter.

Ich unterbreche mein Essen und schaue sie staunend an. Etwa Shiona? Woher weiß sie, wo ich wohne? Bisher hat sie sich nicht dafür interessiert und deshalb auch nie gefragt. Doch bevor ich aufgeregt nachfragen kann, redet meine Mutter weiter:

»Abena heißt sie, hat sie gesagt. Geht wohl in deine Klasse. Ein nettes Mädchen.«

A-be-na?

»Was wollte die denn hier?«

»Hausaufgaben mit dir machen.« Meine Mutter grinst vielsagend und legt eine dramaturgische Pause ein. »Hat sie gesagt.«

»Was gibt es da zu grinsen?«

»Ich grinse nicht, ich schmunzle«, stellt meine Mutter richtig. »Es ist wie früher bei uns.«

Ich verstehe nicht ganz. »Was?«

»Na ja«, sagt meine Mutter, wiegt den Kopf hin und her, als müsste ich wissen, was sie meint, zieht noch mal an der Zigarette und erläutert weiter: »Auch wir haben die Hausaufgaben als Ausrede benutzt, um Jungs zu treffen, die wir toll fanden. Allerdings war es zu meiner Zeit meistens umgekehrt. Da klingelten die Jungs bei *uns* an der Haustür. Mit Schulbüchern in der Hand.«

Meine Mutter schaut leer in den Raum, tief hinein in ihre Vergangenheit, und grinst süffisant vor sich hin. »Aber in die Schulbücher haben wir dann nie reingeschaut.«

»Mama!«, widerspreche ich. »Bei mir hat noch nie ein

Mädchen an der Haustür geklingelt, schon gar nicht unter einem Vorwand.«

»Na ja, du kommst jetzt in das Alter«, behauptet meine Mutter.

»Wahrscheinlich brauchte sie wirklich Hilfe bei den Hausaufgaben«, stelle ich klar.

»Klar«, sagt meine Mutter. Noch immer grinsend drückt sie ihre Zigarette im Aschenbecher aus, steht auf, klopft mir auf die Schulter und verabschiedet sich ins Bett.

»Ich geh wieder schlafen. Es ist sehr spät, und ich muss früh raus. Wirklich sehr nett, diese Abena. Und sehr hübsch.«

Ich sehe meiner Mutter nach. Sie winkt mir zu, ohne sich dafür nochmal umzudrehen, und ruft: »Gute Nahacht! Träume süß!«

Abena war hier. Wieso das? Wegen Hausaufgaben? Meines Wissens haben wir gar keine auf. Hat meine Mutter etwa recht? Nein, das kann nicht sein. Erst Shiona, die mich aus heiterem Himmel mit einem Kuss überfällt, und jetzt Abena? So etwas passiert einem doch nicht zweimal. Schon gar nicht an ein und demselben Tag. Und schon gar nicht mir.

GONZO, EINE GEFAHR?

Am nächsten Tag hat mich der Alltag wieder. Vor dem Schultor wartet Gonzo auf mich. Für gewöhnlich treffe ich ihn immer erst im Klassenraum. Wenn er vor Unterrichtsbeginn hier herumsteht, dann aus einem Grund: Er wartet auf mich. Das kann ich im Moment wirklich nicht gebrauchen. Ich habe genug um die Ohren. Ich muss sehen, wie es mit mir und Shiona weitergehen soll und gleichzeitig mal eben eine Millionenstadt vor Bombenanschlägen bewahren.

Gonzo an sich wäre nicht das Problem. Wenn er und ich allein wären, würde ich ihm ordentlich eine verpassen und es wäre endlich Ruhe. Aber ich bin spät dran, wie die meisten Schüler. Die Massen strömen gerade durchs Schultor. Ich darf mich nicht selbst entlarven, habe in der Schule nämlich das Image des Schwächlings, des typischen wehrlosen Opfers. Eine Rolle, die sich der Prof für mich ausgedacht hat, weil es am unauffälligsten ist, und an die ich mich nun halten muss. Wenn ich gewusst hätte, was das in der Realität bedeutet, hätte ich damals protestiert und es lieber so gemacht wie Naomi. Als sie Gonzo das erste Mal begegnet ist, hat sie sich ihm gegenüber gleich als taffes Mädchen präsentiert, mit dem man sich besser nicht anlegt.

»Hey, Bratzbirne!« Gonzo stellt sich mir demonstrativ in den Weg, als ich an ihm vorbeigehen will. »Ich hab doch gesagt, Abena gehört mir.«

»Ach ja?«, antworte ich. »Hast du es *ihr* auch schon gesagt?«

Das hat er natürlich nicht. Abenas Antwort wäre nämlich vermutlich mindestens eine saftige Ohrfeige. Schon öfter ist er bei ihr abgeblitzt. Aber das will er nicht wahrhaben.

»Es geht dich gar nichts an, was wir miteinander besprechen, klar?« Gonzo holt aus und will mir eine kleben. Wie immer ziehe ich schnell den Kopf zurück, und Gonzo schlägt ins Leere. So weit lasse ich es dann doch nicht kommen. Gonzo hat mich noch nie getroffen.

»Wieso lädst du sie zu dir nach Hause ein?«, fragt er in scharfem Ton.

»Wie kommst du darauf?«, frage ich skeptisch. Jetzt wird's wirklich interessant. Auch für mich als Agent.

»Tu nicht so«, blafft Gonzo mich an. Weil er vorbeigeschlagen hat, packt er mich jetzt am Kragen und zieht mich zu sich heran. »Ich weiß, dass sie gestern bei dir war.«

Das habe ich mir gedacht: Gonzo verfolgt und beschattet Abena. Und wenn Abena mir einen Besuch abstattet, beschattet er automatisch auch *mich*. Und das kann ich nun wirklich nicht zulassen. Deshalb sage ich ihm auch nicht die Wahrheit. Dass ich nämlich gar nicht zu Hause gewesen bin. Das wäre schon zu viel Information.

Stattdessen antworte ich: »Wunderst du dich etwa, dass sie nicht mit dir Hausaufgaben machen will?«

Ich weiß ja, wie schlecht Gonzo in der Schule ist. Doch er bezieht meine Bemerkung gar nicht auf seine miesen Schulleistungen. Wie Naomi am Vorabend hat auch er die Knutschflecke an meinem Hals entdeckt. »Nachhilfe, ja? Ich weiß auch, worin.«

Gonzo streckt sein Bein aus und schubst mich gleichzeitig nach hinten. Ich soll rücklings über sein Bein fallen und stürzen. Den Gefallen tu ich ihm natürlich nicht. Da ich mir antrainiert habe, im Zweikampf jede kleinste Berührung und leiseste Bewegung wahrzunehmen, steige ich einfach über sein Bein hinweg. Aber blitzschnell und mit viel Schwung, während ich gleichzeitig seinen Gürtel packe, ihn mit mir ziehe und so bewirke, dass Gonzo über sein eigenes Bein stolpert. Ich löse seinen Griff von mir, springe beiseite, und Gonzo fällt vor mir bäuchlings in den Staub.

Genau in dem Augenblick steht Abena neben uns, was ich nicht vorhersehen konnte.

»Huch!«, ruft sie. »Was ist denn hier los?«

»Das Übliche«, sage ich schulterzuckend. »Gonzo wollte mich verkloppen und ist dabei hingefallen.«

»›Verkloppen‹?«, fragt Abena. »Was ist ›verkloppen‹?«

»Schlagen. Verprügeln«, übersetze ich.

Abena schaut entsetzt.

Gonzo rappelt sich auf, putzt sich den Dreck von der Hose und läuft mal wieder rot an vor Wut.

»What's your problem?«, geht Abena nun auf Gonzo los. »Lass Billy in Ruhe! Er ist my friend.«

Abena hakt mich unter und zieht mich von Gonzo fort.

Wow! Ich vermute, die Doppeldeutigkeit dessen, was sie gesagt hat, ist ihr nicht bewusst. Sicher hat sie »Freund« nur gemeint im Sinne von »guter Klassenkamerad«.

Gonzo versteht den »Freund« aber sicher als »Geliebter«, als wären wir ein Paar.

Als Schüler Billy hätte ich sogar nichts dagegen, auch wenn mein Herz gerade für Shiona schlägt. Aber als Agent Liam muss ich auf der Hut sein. Nichts wäre schlimmer als ein eifersüchtiger Dummkopf, der mich auf dem Kieker hat.

Zumindest im Unterricht habe ich dann meine Ruhe. Zwar kann ich körperlich spüren, wie sehr es Gonzo in den Fingern juckt, mich erneut anzugreifen. Aber er wird es nicht tun, denn neben mir sitzt Abena. Und vor dem Schultor eben hat er ein weiteres Mal zu spüren bekommen, dass ich gewissermaßen unter ihrem persönlichem »Schutz« stehe.

Ich weiß, es klingt verrückt. Abena, das zierliche, neue Mädchen in unserer Klasse als Schutzengel eines in einer harten dreijährigen Ausbildung geschulten und gestählten jugendlichen Geheimagenten. Ich könnte es, wenn ich wollte, mit der gesamten Schulklasse gleichzeitig aufnehmen. Das weiß bloß keiner; auch Abena nicht. Und so nutze ich die günstige Situation, die sich ergeben hat. Denn Gonzo wird nicht aufgeben, bei Abena landen zu wollen. Aber er weiß, dass jede Aktion gegen mich seine Chancen bei ihr deutlich verschlechtert. Und so lässt Gonzo *mich* bis auf Weiteres zufrieden.

Aber leider nicht Abena. Im Gegenteil: Alles mögliche unternimmt er, damit sie sich mit ihm am Nachmittag verabredet. Eben hat er ihr heimlich eine SMS geschickt, doch Abena schaut während des Unterrichts nicht auf ihr Handy. Nun fliegt ein zur Kugel gerolltes Stück Papier nach vorn und landet – auf meinem Tisch.

Ich nehme es.

Sofort zischt es von hinten:

»Hey, das ist nicht für dich, Bratzbirne. Gib es Abena!«

Postwendend folgt der Anschiss vom Lehrer: »Walter! Bitte Ruhe, ja?«

Walter, so heißt Gonzo mit richtigem Namen. Alle nennen ihn Gonzo, weil er aussieht wie diese Figur mit der irre langen Nase und dem wirren Blick aus der Muppet Show.

Ich reiche den Zettel wirklich weiter, aber Abena beachtet ihn gar nicht.

Plötzlich vibriert mein Handy. Heimlich sehe ich nach. Ich muss dabei besonders vorsichtig sein. Denn dank Gonzo hat der Lehrer unsere Ecke jetzt besonders im Blick. Außerdem würde Gonzo mich sofort verpetzen, wenn er etwas bemerkt. Nur um mir eins auszuwischen.

Unter dem Vorwand, meinen Schuh zuzubinden, tauche ich unter den Tisch und lese die Nachricht.

Naomi hat sich gemeldet.

> Wir haben eine Lösung.
> Treff: Schultor, 10.00

Eine Lösung? Was für eine? Augenblicklich schießt das Adrenalin durch meine Adern.

Kaum bin ich mit dem Kopf wieder aufgetaucht und habe das Handy unauffällig zurück in meine Tasche geschoben, da vibriert es wieder.

Oh Mann, Naomi! Kannst du nicht alles in *einer* Nachricht schreiben?

Ich schiele schräg unterm Tisch aufs Display und erkenne: Diese Meldung ist gar nicht von Naomi, sondern von Shiona. Sie fragt, ob ich heute Nachmittag zu ihr komme. Um 14.00 Uhr.

Shit! Wie soll das gehen? Wenn's eine Lösung gibt, werde ich heute Nachmittag keine Zeit für ein Rendezvous haben.

Es läutet zum Stundenende. Prima, das passt mir gut. Dann kann ich Shiona und Naomi antworten. Bloß: Was soll ich Shiona sagen? Dass ich heute länger Unterricht habe? Die ist imstande und kommt her, um mich in der Pause zu überraschen oder mich abzuholen.

Gerade will ich aufstehen, um nach draußen zu gehen, da hält Abena mich am Arm fest. Aus den Augenwinkeln sehe ich, dass Gonzo Richtung Ausgang geht, uns aber nicht aus den Augen lässt. Am Papierkorb neben der Tür bleibt er stehen und beobachtet uns.

»Ich war gestern bei dir«, erzählt mir Abena.

»Ich weiß«, sage ich. »Hat meine Mutter mir erzählt. Wieso?«

Abena lächelt. »Mein Portfolio und meine Präsentation.«

Abena ist erst vor Kurzem aus Ghana nach Deutschland gekommen, weil ihre Eltern hier beruflich zu tun haben, und wurde direkt auf unsere Schule geschickt. Ihre Mutter arbeitet im ghanaischen Konsulat. Als sie mir das erzählte, musste ich innerlich schmunzeln. *Vielleicht*, dachte ich spaßeshalber, *ist ihre Mutter ja auch Agentin.*

Für die wenigen Wochen, die Abena erst hier ist, spricht sie fantastisch Deutsch. Sie selbst ist da allerdings anderer Meinung: Sie sagt, sie verstehe es gut, spreche es aber schlecht. Was nicht stimmt. Sie spricht deutlich besser als zum Beispiel Charles. Und am schlimmsten sei ihr schriftliches Deutsch. Sagt sie. Und genau deshalb brauche sie auch meine Hilfe bei der Vorbereitung ihrer Präsentation und vor allem auch beim Portfolio.

Ich muss sofort daran denken, welche Vermutungen meine Mutter gestern Nacht angestellt hat …

Und auch Gonzo scheint in dieselbe Richtung zu denken.

Bis gestern Morgen hätte ich mir über Abenas Anfrage nicht die geringsten Hintergedanken gemacht, aber jetzt … Was hat sie vor?

»Können wir uns nicht mal zusammensetzen?«, fragt Abena mich in einwandfreiem Deutsch. »Vielleicht heute Nachmittag? Um drei bei mir? Meine Eltern sind nicht da.«

Hölle! Das ist meine dritte Verabredung für heute Nachmittag!

»Eigentlich total gern, aber ich muss erst noch etwas checken«, antworte ich. »Ich sage dir nachher Bescheid, in Ordnung?«

»Klar«, sagt Abena und lächelt.

Ich verlasse den Klassenraum. Mein Weg führt dicht an Gonzo vorbei, der immer noch am Papierkorb steht. Da Abena aber nicht weit entfernt hinter mir geht, wagt er nicht, mich erneut blöd anzumachen.

Stattdessen geht er jetzt auf Abena zu. »Hey. Ich wollte dich mal etwas fragen.«

Abena geht einfach weiter. »Später, okay?«

Schon ist sie an ihm vorbei und aus der Tür.

Ich wende mich um und sehe, wie sich Gonzos Miene verfinstert. Sein böser Blick gilt aber offenbar nicht Abena, sondern mir. Ich muss vorsichtig sein. Den werde ich wohl noch eine ganze Zeit lang an den Hacken haben.

EINE ZWEITE EXPLOSION

Große Pause nach unserer Doppelstunde. Von unserem Schulhof aus kann ich zum Haupteingang sehen. Zu meiner Überraschung wartet dort Naomi bereits auf mich. Und auch Charles ist schon da. Ich schaue mich schnell um, in der Hoffnung, dass niemand – nicht einmal Gonzo – auf mich achtet. Abena ist Richtung Schulkiosk gegangen, und ich vermute, Gonzo ist lieber ihr statt mir gefolgt. Insofern ist der Moment günstig, auf Naomi zuzugehen.

»Was tust du jetzt schon hier? Es ist doch gerade erst fünf nach halb zehn«, frage ich sie.

»Es gibt neue Erkenntnisse, das konnte nicht warten«, erklärt Naomi mit großen Augen. »Eine zweite Bombe ist hochgegangen.«

»Oh nein! Wo?«

»In einem Waggon in der Hochbahn-Werkstatt in Barmbek. Nicht weit entfernt vom Stadtpark also«, berichtet Naomi. »Zum Glück wurde niemand verletzt.

Die Täter scheinen genau ausgekundschaftet zu haben, dass zu dem Zeitpunkt keine Arbeiter an dem Wagen beschäftigt waren. Es war wieder nur eine Warnung. Offiziell wird dieses Mal ein Unfall in der Werkstatt vermutet: Gasflasche explodiert oder so. Aber *wir* wissen: Die Bedrohung nimmt zu.«

»Verstehe«, nicke ich. »Gibt es irgendwelche Spuren?«

»Es ist noch zu früh, das zu sagen. Aber wenn, dann vermutlich nur wenige. Wir wissen ja, wer dahintersteckt: der Boss und Thorsten Maffei. Beide absolute Vollprofiverbrecher.«

»Da hast du wahrscheinlich leider recht«, stimme ich zerknirscht zu. »Und was heißt das jetzt für uns?«

»Charles und ich haben dem Prof vorgeschlagen, unser ›Spiel‹ sofort zu starten«, erzählt Naomi.

»Und du musst verwanzen Maffeis Villa«, ergänzt Charles.

»Ja, äh, gut.« Ich fühle mich ein wenig überrumpelt. »Und was ist nun die Lösung, von der du geschrieben hast für den Start unseres Spiels? Wo soll der stattfinden?«

»Hier!« Mit einer ausladenden Armbewegung zeigt Charles übers Schulgelände. »In deiner school du gewinnst die ersten Teilnehmer. Von hier aus soll beginnen eine … wie heißt es?«

Hilfesuchend sieht er Naomi an.

»Mund-Propaganda«, springt sie ein und übernimmt die weitere Erklärung. »Ich habe am Computer einen

Aufruf zum Spiel verfasst und gestaltet, den wir ab sofort über WhatsApp und Twitter verbreiten. Du musst nur einige deiner Mitschüler darauf aufmerksam machen, die es dann hoffentlich schön weiterverbreiten.«

Ich schaue mir die bunte Werbeseite an und bin beeindruckt.

INFERNO

Finde die Bombe! Rette deine Stadt!
Mach mit beim Reality Game:
Finde schnellstmöglich die Bombenattrappen, die wir in der Stadt versteckt haben. Alles ist erlaubt und möglich: unbeaufsichtigte Taschen, verdächtige Gegenstände …
Lass deiner Fantasie freien Lauf und geh den Dingen auf den Grund.
Wirst du fündig? Mach ein Foto und sende es uns.
Nach New York, Tokio und Paris jetzt auch in Hamburg: das sensationelle Game.
Folgende Preise warten auf die ersten Finder …

Es folgt eine Auflistung von hochwertigen Notebooks und Smartphones.

»Sehr gut!«, lobe ich Naomi. »Die Gamer denken, sie finden Attrappen.«

»Genau. Und es kommt noch besser«, erläutert Naomi.

»Heute Vormittag, während das Spiel schon läuft, werde ich noch programmieren, dass uns von jedem, der uns ein Foto schickt, die Koordinaten gesendet werden. Damit wissen wir sofort, wo die Bomben sind.«

»Genial«, sage ich anerkennend.

»Also los!«, spornt Naomi mich an. »Wir dürfen keine Zeit verlieren. Du verbreitest das Spiel, ich programmiere. In der nächsten Schulpause holt Charles dich mit der Drohne ab. Ihr fliegt zur Villa. Du besuchst Shiona und musst die gesamte Villa verwanzen.«

»Geht klar«, sage ich. Und wende mich an Charles. »Wo holst du mich ab?«

»Ich lande behind the bushes am Sportplatz«, sagt Charles. »Um elf Uhr.«

»Alles klar. Bis dann.«

Ich verabschiede mich von den beiden und gehe zurück auf den Schulhof, auf dem Abena mir bereits entgegenkommt.

Das kommt mir sehr gelegen. Ich glaube zwar nicht, dass sie selbst Interesse an dem Spiel hat, aber über sie bekomme ich vermutlich schon mal Gonzo dazu, mitzumachen. Wenn ich es ihm vorschlage, lehnt er es aus Prinzip ab, das ist klar. Gonzo ist aber mit Sicherheit einer der besten Multiplikatoren. Alles, was er gut oder blöd findet, posaunt er sofort durch die Gegend und teilt es jedem ungefragt mit. Ideal für unseren Plan.

»Und?«, fragt mich Abena. »Entschieden?«

Entschieden? Da fällt es mir wieder ein: Ich soll ja

heute Nachmittag zu ihr kommen, um ihr bei ihrem Referat zu helfen.

Da ich bereits in der nächsten Schulstunde zu Shionas Villa fliegen werde, könnte ich es sogar schaffen, mich anschließend mit Abena zu treffen. Und da ich gleich *ihre* Hilfe brauche, ist es wohl besser, ich sage erst mal zu.

»Ja«, antworte ich deshalb, »geht klar mit heute Nachmittag.«

Abena freut sich sichtlich.

»Schön!«, strahlt sie mich an. »Magst du etwas besonders gern?«

Ich stutze. Was meint sie?

»Ich meine, Obst oder etwas zu trinken?«

»Obst?«, rutscht es mir heraus. Wenn sie nach Süßigkeiten gefragt hätte. Aber *Obst?*

»Isst du keins?«, fragt sie verwundert nach.

»Äh, doch, klar«, stottere ich die Antwort heraus. »Apfel.«

Wie dämlich und einfallslos. Etwas Besseres fällt mir auf die Schnelle nicht ein.

»Gut«, sagt Abena, scheint mir aber ein wenig enttäuscht. »Ich hatte eher an etwas Besonderes gedacht wie Ananas, Papaya, Mango… Aber Apfel ist natürlich auch gut.«

»Ja, ja, ist mir alles recht«, sage ich schnell und komme zum Eigentlichen: »Hör mal, Abena, interessierst du dich für Spiele?«

Sie schaut mich fragend an.

»Ich hätte hier eines«, setze ich schnell fort. »Ein cooles Reality Game.«

Abena runzelt die Stirn und scheint nicht besonders angetan zu sein.

»Und weißt du, was das Coolste an diesem Game ist?«, füge ich eilig hinzu.

Abena schüttelt den Kopf.

»Damit kann man sich eine ganze Zeitlang Gonzo vom Hals halten. Man muss ihn nur überzeugen, das Spiel mitzuspielen. Dann hat er gar keine Zeit mehr, dir nachzulaufen. Gonzo liebt Spiele.«

Das Letztere vermute ich nur. Hauptsache, mein Plan geht auf. Und es sieht ganz danach aus. Abenas Gesichtszüge entspannen sich und zeigen nun ein vorfreudiges Lächeln.

»Zeig!«, fordert sie.

Ich leite ihr Naomis Werbeflyer gleich per WhatsApp weiter.

»Schick es Gonzo und sag ihm, du findest es cool«, fordere ich sie auf.

Kichernd folgt Abena meiner Anweisung und schickt es ihm sofort.

Keine Minute später kommt Gonzos Antwort:

Cool! Danke! Suchen wir gemeinsam?

Abena zeigt mir die Antwort und sieht mich fragend, aber auch ein bisschen vorwurfsvoll an.

»Keine Panik«, beruhige ich sie. »Schreib ihm: Erst mal sucht jeder allein. Ihr spielt gegeneinander. Ein Wettbewerb.«

Abena schaut skeptisch, zweifelt ein wenig, doch dann schreibt sie ihm auch das.

Wieder lässt die Antwort nicht lange auf sich warten:

Cool!

»Na also«, sage ich triumphierend und atme innerlich auf. »Hat doch geklappt.«

Abena grinst übers ganze Gesicht.

Und geklappt hat es wirklich. Unser Plan scheint aufzugehen: Als ich den Klassenraum zur nächsten Unterrichtsstunde betrete, sehe ich schon, wie mehr als die halbe Klasse eifrig ihre WhatsApp-Nachrichten liest und über das neue Game diskutiert. Gonzo ist wenigstens als Verbreitungsquelle wirklich Gold wert.

Abena und ich beobachten zufrieden unsere Mitschüler.

»Super«, sagt Abena und lacht herzlich.

Obwohl seit letzter Nacht bereits zwei Bomben explodiert sind, glauben die Schüler alle an ein »Spiel«. Niemand bringt es mit den echten Bombenanschlägen in Verbindung. Können sie auch gar nicht, denn bisher hat der Geheimdienst dafür gesorgt, dass in den Medien ausschließlich von »Feuer« und »Unfall« die Rede ist, dessen Ursachen noch ungeklärt seien. Nur wir YOUNG AGENTS wissen: Die Experten der Feuerwehr und des BKA wurden zur strikten Geheimhaltung angehalten. Sie dürfen nichts sagen. Eine allgemeine Angst und Panik sollen vermieden werden. Mir scheint, das ist sogar im Sinne der Erpresser. Zu viel öffentliches Aufsehen erhöht den Fahndungsdruck. Insofern dürfte ihnen *unser* Plan, öffentlich und massenhaft von Schülern nach den Bomben suchen zu lassen, offiziell als Reality Game getarnt, auch nicht schmecken.

Wir haben in unserem »Game« den Hinweis gegeben, dass die »Bomben« in unbeaufsichtigten Taschen oder in verdächtigen Gegenständen versteckt sein könnten. Für jede Entdeckung gibt es Punkte. Wenn alles klappt, wird es die umfassendste Überwachung, die die Stadt je gesehen hat, ohne dass es jemand als Überwachung mitbekommt. Niemand ahnt, dass es keineswegs ein »Spiel« ist, sondern bitterernste Realität, um Anschläge zu verhindern.

Nach der nächsten Unterrichtsstunde verabschiede ich mich von Abena, indem ich behaupte, ich würde heute schwänzen.

Anschließend steige ich am verabredeten Treffpunkt zu Charles in die Drohne, und wir fliegen zu Shionas Villa. Diesmal aber steige ich nicht heimlich übers Dach ein, sondern klingele am elektrischen Tor.

Und erlebe sofort eine Überraschung. Denn statt dass –

wie ich erwartet habe – Shiona mir öffnet, meldet sich eine tiefe Männerstimme in der Sprechanlage.

»Ja, bitte?«

Noch völlig verdutzt stottere ich meinen Namen und füge an:

»Ich bin der ... äh ... *ein* Freund von Shiona.«

Es dauert ein wenig, dann erst schiebt sich das große Stahltor automatisch zur Seite. Als ich hindurch bin, stoppt es mitten in der Bewegung und schiebt sich gleich wieder hinter mir zu.

Ich gehe den langen Weg zur Villa, steige die Stufen zum Eingang empor und stehe erneut vor verschlossener Tür. Als ich läute, weiß ich auch, wieso. Die Klingel ruft ein tiefes, dunkles Bellen hervor.

Ach, du lieber Himmel! Das riesige Vieh von Hund ist wieder da.

Ich höre das scharf gesprochene Kommando »Sitz!«

Dann erst wird die große, schwere Haustür geöffnet. Vor mir steht der »Gorilla« – so nennen wir YOUNG AGENTS einen der Leibwächter von Shionas Vater, weil er eine so mächtige und muskulöse Statur besitzt.

Wortlos zeigt er mir mit einer Geste an, dass ich eintreten soll. Etwa zwei Meter hinter ihm hockt der gewaltige Dobermann, der jede meiner Bewegungen beobachtet und dasitzt, als würde er nur auf den Befehl warten, mich zerfleischen zu dürfen.

Mir springt sofort das wichtigste Detail ins Auge: Der Hund hat ein neues Halsband.

In sein altes habe ich mal eine Abhörwanze geschmuggelt, sodass wir eine ganze Zeitlang alles mithören konnten, was sich in der Nähe des Hundes abspielte. Was sehr hilfreich war, weil der Hund der Liebling von Maffei, seinem Herrchen, ist und sich meist bei ihm aufhält.

Deshalb also haben wir so lange nichts mehr über das Halsband mitbekommen. Na, hoffentlich wurde es nur aus ästhetischen Gründen ausgetauscht und sie haben den Minisender nicht entdeckt.

»Shiona ist oben«, brummt mir der »Gorilla« zu und zeigt hinten durch zum Fahrstuhl.

»Du kennst dich ja aus.«

Besser als du denkst! denke ich. Der »Gorilla« kennt mich nur als Mitglied von Shionas Musikband. Als solches schickt er mich automatisch gleich nach oben ins Studio. Er ahnt natürlich nicht, dass ich schon mehrmals das gesamte Haus durchsucht habe und mich *tatsächlich* mittlerweile bestens auskenne.

In meiner Tasche habe ich fünf Abhörwanzen, die ich in der Villa verteilen soll. Da ich angenommen habe, Shiona sei immer noch allein zu Haus, habe ich mir das allerdings leichter vorgestellt.

Ich nicke dem »Gorilla« freundlich zu, gehe zum Fahrstuhl und frage mich, ob wohl nur der Leibwächter und der Hund zurück sind oder nicht auch das Herrchen in der Nähe sein könnte? Sollte Maffei sich tatsächlich in diesem Augenblick hier im Haus aufhalten?

Oben am Fahrstuhl, der sich direkt im Musikstudio

öffnet, begrüßt mich Shiona, indem sie mir gleich um den Hals fällt, mir einen Kuss aufdrückt und mich glücklich anstrahlt. Ihre gute Laune rührt nicht nur daher, dass ich da bin.

»Stell dir vor, sie haben meinen Vater freigelassen!«, teilt sie mir sofort mit.

»Was? Ja? Öh … toll!«, stottere ich überrascht.

»Total«, kiekst Shiona überglücklich. »Ich meine, es war eh nur eine Frage der Zeit, weil er unschuldig ist. Aber dass sie ihn so schnell rauslassen, hätte ich trotzdem nicht gedacht. Und ich wollte ihn eigentlich heute noch besuchen. Stattdessen besucht er sozusagen *mich.*«

»Wahnsinn«, sage ich. Und das meine ich auch so. Was hat Thorsten Maffei seiner Tochter bloß erzählt? Ich versuche, Shionas überschwängliche Freude zu nutzen, und frage gleich nach: »Ist er etwa hier?«

»Ja«, antwortet Shiona. »Unten in seinem Arbeitszimmer.«

»WAS?«, entfährt es mir aufgeregter, als ich es wollte.

Wir suchen ihn. Das ganze BKA, die Polizei, der Geheimdienst sind hinter ihm her. Und er sitzt seelenruhig in seinem Haus, wenige Etagen unter mir? Ich müsste sofort die Zentrale informieren, die augenblicklich ein Einsatzkommando schicken würde, das diesen Obergangster sofort wieder festnimmt, um damit die Bombendrohungen zu beenden und ihn hoffentlich nach wie vor als Kronzeugen nutzen zu können.

Aber wie soll ich das machen, ohne mich als Agent zu outen und meine Identität auffliegen zu lassen?

»Kann ich mal schnell auf Toilette?«, frage ich.

»Klar«, sagt Shiona. Sie gibt mir noch einen Kuss auf die Wange.

Ich öffne die Tür zum Flur.

Und da steht er vor mir: einer der größten Gangsterbosse Europas! Die rechte Hand des Bosses. Ein derzeit flüchtiger Sträfling. Ein gefährlicher, vermutlich schwer bewaffneter Gangster, der unsere Sicherheitsbehörden gerade mit Bombenanschlägen und Drohungen in Atem hält: Thorsten Maffei, Shionas Vater!

»Hallo«, begrüßt er mich freundlich und streckt mir die Hand entgegen.

»Hallo«, erwidere ich mit etwas zittriger Stimme vor Aufregung.

Hat er mich, als ich ihn im Elbtunnel verfolgte, vielleicht doch gesehen und erkennt mich jetzt wieder? Weiß er, wer ich wirklich bin?

»Du bist also Shionas neuer Freund?«, fragt er grinsend.

»Öhhh«, stammle ich verlegen. Das weiß ich ja selbst nicht so genau. Shiona und ich haben uns noch nicht gesagt, dass wir fest zusammen sind. Aber offenbar hat sie es ihrem Vater mitgeteilt. Ich wage mich mal vor, antworte mit: »Genau.« Und stelle mich vor: »Billy.«

»Ich weiß«, sagt Maffei.

Kann ich mir denken. Aber was weiß er noch alles?

»Na, dann will ich euch mal nicht länger stören. Ich wollte mich nur kurz verabschieden.« Er geht weiter und auf Shiona zu, mit ausgebreiteten Armen.

Er will fort? Das kann ich mir denken.

»Sie verreisen?«, ich drehe mich um und versuche, möglichst unbedarft zu klingen. Ich werfe dabei einen Blick zu Shiona.

»Keine Angst«, antwortet Maffei. »Shiona lasse ich hier.«

Er lächelt mir verschwörerisch zu, als würde er mir damit einen persönlichen Gefallen tun.

»Wie schön«, sage ich schnell, um die mir zugewiesene Rolle als verliebter Freund auszufüllen.

»Trotzdem blöd, dass du gleich wieder wegmusst«, schmollt Shiona. »Kaum, dass sie dich …« Sie stoppt und setzt neu an: »Kaum, dass du mal kurz Zeit hattest.«

Ich verstehe: Ihr Vater weiß nicht, dass Shiona mir von seinem Gefängnisaufenthalt erzählt hat. Aber weiß er denn nicht, dass ich zusammen mit seiner Tochter vom Boss entführt worden bin?

Ich überlege, ob ich ihn darauf ansprechen soll. Aber damit würde ich nur Gegenfragen provozieren. Und je weniger Maffei über mich weiß, desto besser. Deshalb halte ich lieber meinen Mund.

»Müssen Sie denn für lange Zeit weg?«, wage ich nachzuhaken und hoffe sogar ein bisschen, dass er mir vielleicht sein Reiseziel verrät, obwohl das natürlich unwahrscheinlich ist. Ich weiß nicht, was er Shiona erzählt hat, aber es wird mit Sicherheit gelogen sein.

»Nur ein paar Tage«, behauptet Maffei. »Ich muss nach New York. Geschäftsreise.«

»Wow!«, sage ich, weil wohl jeder Junge in meinem Alter das sagen würde.

In Wahrheit weiß ich natürlich, dass Maffei soeben gleich zweimal gelogen hat: Mit Sicherheit taucht er länger unter als »nur ein paar Tage«. Und ganz bestimmt reist er nicht nach New York. Weil er gemeinsam mit dem Boss die Erpressung mittels Bombenanschlägen hier am Laufen hat.

Die Frage, die durch meinen Kopf rattert, lautet: Wie kann ich verhindern, dass wir ihn wieder aus den Augen verlieren?

Mir fällt ein, was meine letzte Chance sein könnte.

»Entschuldigung«, sage ich. »Aber ich war ja gerade auf dem Weg zur Toilette.«

»Oh, ich wollte dich nicht aufhalten«, sagt Maffei lächelnd.

Während ich auf dem Weg zum Klo bin, verabschiedet sich Maffei innig von seiner Tochter. Aus dem Hintergrund höre ich noch, wie Shionas Handy piept, aber das kümmert mich nicht. Warum sollte es auch? Ich beeile mich lieber, in die Toilette zu kommen, schließe die Tür hinter mir ab und rufe sofort Charles an.

»Maffei ist hier!«, flüstere ich ihm durchs Mobiltelefon zu.

»What?«, reagiert Charles ebenso erstaunt wie ich. »Halte ihn auf! Ich alarmiere die Zentrale.«

»Aufhalten?«, frage ich zurück. »Wie soll ich ihn denn aufhalten?«

»Lass dir einfallen etwas«, beschwört mich Charles. »Wozu du bist Agent?«

Und legt auf.

Na super. Scheiße. Was soll ich tun?

Mich ihm in den Weg zu stellen, wird nicht funktionieren. Sofort wäre der »Gorilla« zur Stelle, vielleicht auch der Riesenhund. Auf jeden Fall wäre ich enttarnt.

Aber etwas anderes *kann* ich tun. Ich verlasse das Klo und mache das, was übermütige Jungs in meinem Alter gern tun. Ich renne den Flur entlang und hoffe, dass Maffei noch nicht gegangen ist.

Ich habe Glück. Ich reiße die Tür zu Shionas Zimmer auf, sehe Maffei, wie er gerade in den Fahrstuhl steigen will, und mache das, was man im Fußball eine Schwalbe nennt. Ich lasse mich fallen und markiere eine Verletzung, indem ich mir den Knöchel halte und laut jammere.

Shiona zuckt erschrocken zusammen.

»Billy, was ist mit dir?«

Maffei kommt aus dem Fahrstuhl zurück ins Zimmer. Genau das, was ich bezwecken wollte.

»Ich bin umgeknickt«, winsele ich. »Mein Knöchel. Verdammt. Hoffentlich nicht gebrochen.«

Maffei schaut mich besorgt an und sagt:

»Bleib ruhig liegen. Ich bin gleich zurück.«

Damit steigt er in den Fahrstuhl und fährt hinunter.

»Keine Angst«, versucht Shiona, mich zu beruhigen. »Mein Vater holt Hilfe.«

Holt Hilfe? Nein! Er soll keine Hilfe holen. Er sollte sich selbst um mich kümmern und damit Zeit vergeuden, bis das SEK zur Stelle ist. Nichts kann ich jetzt weniger brauchen als einen Arzt oder einen Sanitäter, der mich womöglich in ein Krankenhaus fährt, während mir Maffei durch die Lappen geht. Ich muss dafür sorgen, dass er zurückkommt.

»Wie ›Hilfe‹?«, frage ich. »Ich glaube, es ist nicht sooo schlimm. Etwas zum Kühlen wäre gut. Kannst du ihn fragen, ob er Eis holen kann?«

»Wir haben Kühlpads«, sagt Shiona. »Ich hab mir auch schon mal den Fuß verknackst.«

»Das wäre super«, sage ich dankbar.

Shiona, die sich zu mir gehockt hat, springt auf, rennt los. Und ist nach wenigen Minuten wieder zurück. Mit zwei Kühlkissen in den Händen.

»Ich hatte die zum Glück noch in meinem Kühlschrank«, strahlt sie.

Verdammt! An den Kühlschrank, den sie in ihrem Zimmer stehen hat, habe ich nicht gedacht. Und schon gar nicht damit gerechnet, dass sie neben Getränken darin auch Kühlkissen lagert. Wie kriege ich denn jetzt Maffei hierher zurück?

»Danke«, sage ich gezwungen lächelnd, nehme mir

ein Pad und lege es auf meinen rechten Fußknöchel, der natürlich total in Ordnung ist, weil ich den Sturz ja nur vorgetäuscht habe.

Plötzlich höre ich ein lautes, dröhnendes Motorengeräusch, das die gesamte Villa zum Vibrieren bringt.

Obwohl mir sofort völlig klar ist, was das bedeutet, rutscht mir die Frage dennoch heraus:

»Was ist das denn?«

»Ach, keine Sorge, nur mein Vater«, lacht Shiona. »Wenn er es eilig hat, nimmt er immer den Helikopter«, erläutert sie mir, was ich als Liam natürlich längst weiß, als Billy aber nicht wissen kann. Mir bleibt also nur, darauf zu hoffen, dass Charles richtig reagiert und mit seiner Drohne die Verfolgung aufnimmt.

»Das Coolpad tut gut«, schwindle ich Shiona vor, stehe auf und humple leicht. »Es ist schon viel besser.«

»Setz dich in meinen Sessel«, bietet mir Shiona an.

Ich folge ihrem Vorschlag, setze mich und überlege fieberhaft, wie ich meinen Auftrag, die Wanzen im Haus zu verteilen, noch erfüllen soll. Shiona ist bei mir und denkt, ich habe mir den Knöchel verstaucht, der »Gorilla« ist im Haus, außerdem der Dobermann.

Aber vielleicht muss ich die Wanzen gar nicht mehr verstecken. Vielleicht sind sie draußen erfolgreich? Charles verfolgt den Helikopter. Er teilt dem SEK mit, wohin Maffei fliegt oder wo er vielleicht in ein Auto umsteigt.

Möglicherweise ist es so, wie es gekommen ist, sogar

besser, weil uns Maffei mit ein bisschen Glück direkt zum Boss führt.

Ich muss irgendwie hinbekommen, dass Shiona mich eine Zeit lang allein lässt.

Sie lässt sich gerade auf die Lehne des Sessels nieder, in dem ich sitze. Sie hat ihr Smartphone in der Hand und hält es mir vor die Nase, um mir etwas zu zeigen.

»Sieh mal, hat mir Kati geschickt.«

Da unsere Band schon seit einiger Zeit nicht mehr geprobt hat, habe ich auch Kati länger nicht gesehen.

»Da ist ein verrücktes neues Spiel im Umlauf. Seit heute Morgen«, erklärt mir Shiona aufgeregt.

»Aha?«, sage ich beiläufig, denn es interessiert mich nicht sonderlich. Ich grüble noch darüber nach, ob ich nicht doch sicherheitshalber meine Handvoll Wanzen in der Villa verteilen sollte oder doch lieber versuchen, von hier fortzukommen, um an der Jagd nach Maffei teilzunehmen.

»Ist ein Reality Game«, fährt Shiona unbeirrt fort, weil sie nicht gemerkt hat, dass ich mit meinen Gedanken ganz woanders bin. »Man soll in der ganzen Stadt nach Bombenattrappen suchen. Finde ich ja fast ein bisschen geschmacklos. In der heutigen Zeit, meine ich, wo man es ja durchaus auch mal mit echten Anschlägen zu tun haben kann.«

Jetzt horche ich auf. Das klingt verdammt nach *unserem* Spiel.

»Zeig doch mal«, bitte ich Shiona. Und greife etwas zu

heftig nach ihrem Handy, sodass sie fast von der Lehne plumpst.

»Hey!«, ruft sie erst, freut sich dann aber, dass ich offenbar ebenso empört bin wie sie. »Findest du auch, oder? Ich meine, da hätte man doch eine normale Schatzsuche oder so machen können. Aber Bomben finden… Ich meine…Hallo?«

Ein Blick auf ihr Smartphone genügt. Es ist tatsächlich unser Game, das ich in Umlauf gebracht habe. Dass es so schnell die Runde macht, hätte ich mir nicht träumen lassen. Das ist ja fantastisch!

Bis auf…

Plötzlich fällt mir etwas ein!

»Sag mal«, beginne ich vorsichtig. »Hat dein Vater den Aufruf zu dem Game auch gesehen?«

»Ja«, antwortet Shiona. »Zufällig. Als er sich verabschiedet hat, piepte mich gerade Kati an. Da hat mein Vater kurz einen Blick auf mein Display geworfen. Er hat über die Headline noch den Kopf geschüttelt: ›Finde die Bombe! Rette deine Stadt!‹ Ich meine, klar, dass er da erst mal gestutzt hat. ›Das darf ja wohl nicht wahr sein‹, hat er gesagt.«

Das kann ich mir vorstellen. Doch er hat das sicher anders gemeint, als Shiona denkt.

»Aber echt«, sage ich nur kopfschüttelnd und versuche, möglichst empört zu wirken. »Meine Eltern hätten auch etwas gegen so ein Spiel.«

In mir drinnen brodelt es: Thorsten Maffei weiß jetzt,

dass die Kids dieser Stadt nach seinen Bomben suchen. Etwas, womit er und der Boss niemals rechnen konnten. Sie sind also vorgewarnt, dass sicherlich ein Teil ihrer versteckten Bomben gefunden wird. Sie werden als Reaktion darauf vermutlich weitere Sprengsätze verstecken, und zwar noch besser als vorher.

Verdammt! Das Game hat sich zu gut und zu schnell verbreitet. So schnell, dass Maffei es mitbekommen hat.

»Was ist los mit dir?«, fragt Shiona.

Meine schlechte Laune und mein Ärger über diese Panne sind mir wohl unschwer anzusehen. Ich muss mich zusammenreißen.

Da piept mein Smartphone.

»Du hast eine Nachricht bekommen«, sagt Shiona.

»Ja? Hab ich gar nicht gehört«, behaupte ich. Oje. Wieso piept denn das? Das habe ich normalerweise immer auf lautlos.

»Schau doch mal nach«, fordert Shiona mich auf.

»Mach ich gleich«, antworte ich ausweichend. »Sag mal, hast du Lust, dass wir noch ein bisschen an unseren neuen Songs üben? Du Gesang, ich Gitarre? Nur wir zwei?«

»Klar«, sagt Shiona freudig. Zum Glück vergisst sie die Themen, die sie anspricht, genauso schnell wieder, wie sie sie auf den Tisch bringt.

»Würdest du mir meine Gitarre aus dem Studio holen?«, bitte ich sie und zeige wehleidig auf meinen Knöchel.

»Na klar«, sagt Shiona, streicht mir noch einmal mitfühlend über die Wange zieht los.

Schnell ziehe ich mein Handy aus dem Gürtel, stelle es zuallererst auf lautlos und lese die Nachricht.

Naomi teilt mir mit, dass bereits die ersten Funde eingehen. *Das ging schnell,* denke ich. Natürlich wurden schon alle möglichen herrenlosen Gegenstände gemeldet: Taschen, Beutel, Knirpse, Reisekoffer, Schuhkartons und so weiter. Aber bisher stellten sich alle diese Gegenstände als harmlos heraus.

Ich informiere meinerseits Naomi darüber, dass Maffei von dem Spiel weiß.

»Shit«, schreibt sie nur. Und: »Charles und das SEK sind an ihm dran.«

Da kommt Shiona schon mit der Gitarre zurück.

Hastig drücke ich die Nachrichten weg und lasse das Handy zurück in die Geheimtasche gleiten.

»Und?«, fragt Shiona. »Hat dir wer geschrieben?«

»Du hattest recht. Es war meine Mutter«, schwindle ich. »Ob ich zum Mittag Spaghetti Bolognese essen will oder Carbonara.«

»Und?«, fragt Shiona.

»Und was?«

»Für was hast du dich entschieden?«

»Ach so, äh, Bolognese«, sage ich, wobei mir einfällt, dass das Mittagessen eine gute Ausrede ist, von hier abzuhauen. Dann schaffe ich's auch zu meinem Nachmittagstreff mit Abena.

»Eine halbe Stunde habe ich noch«, teile ich Shiona mit. »Dann muss ich nach Hause.«

»Wieso?«, fragt Shiona verwundert.

»Na, wegen der Bolognese«, entgegne ich.

Eine Stunde später bin ich bei Naomi in der Agentenwohnung, wo ich zu meiner Überraschung auch Charles antreffe. Ich weiß sofort, was das bedeutet: »Ihr habt Maffei verloren.«

Charles schaut bedrückt und nickt.

»Jetzt sag nicht wieder, der Akku«, warne ich ihn.

Charles schüttelt den Kopf. »Nein, im Gegenteil. Ich war perfectly an ihn dran.«

»Aber?«, will ich wissen. »Was ist schiefgegangen?«

»Du wirst es nicht glauben«, warnt Naomi mich vor. »Setz dich erst mal.«

Ich setze mich auf Charles' Bett, wo Naomi schon Platz genommen hat. Charles sitzt wieder auf seinem Schreibtischstuhl.

»Suddenly, ein second Hubschrauber tauchte auf, der verfolgte mich«, erzählt Charles.

Ich stutze. »Ein Komplize von Maffei, vielleicht sogar der Boss?«

Charles winkt ab. »No, no. Maffei nicht. Die police.«

Jetzt bin ich komplett verwirrt, ziehe meine Augenbrauen zusammen, denke nach, doch ich komme nicht drauf.

»Unsere Drohne gibt es offiziell nicht«, erklärt Naomi mir langsam. »Also ist sie nicht registriert. Also darf sie nicht fliegen, schon gar nicht bemannt. Die Polizei hat Charles aber entdeckt und ihn verfolgt, per Helikopter.«

»Maffei ist entwischt, weil ich musste vor der police fliehen«, fasst Charles verärgert zusammen.

So ein Ärger. Und wie paradox. Charles ist im Auftrag des Geheimdienstes unterwegs, um auszuspähen, wohin Maffei entkommt, und muss ausgerechnet vor der Polizei fliehen, weil weder Drohne noch Charles als YOUNG AGENT selbst enttarnt werden dürfen. Das läuft ja alles unter dem Radar.

»Scheiße«, kommentiere ich nur. »Das heißt: Maffei ist uns wieder mal durch die Lappen gegangen.«

BOMBENFUND

Zumindest schaffe ich es rechtzeitig zu Abena. Das bin ich ihr schuldig. Ohne sie hätte ich Gonzo nicht dazu bekommen, unser Game mitzuspielen. Und ohne Gonzo hätte sich das Game niemals so rasant verbreitet. Auch wenn mir der Termin mit Abena im Moment so gar nicht in den Kram passt. Ich habe gerade weder Zeit noch den Kopf frei für eine Präsentation. Aber gut. Wie gesagt, ich stehe in ihrer Schuld – auch wenn sie selbst nichts davon ahnt.

Pünktlich um drei Uhr klingle ich an ihrer Haustür.

Abena öffnet mir lächelnd: »Schön, dass du da bist. Komm rein. Aber zieh bitte die Schuhe aus.«

»Die …?« Ich breche meine Nachfrage ab, sehe, dass Abena barfuß ist. Also ziehe auch ich Schuhe und Strümpfe aus und folge ihr durch den Flur in ihr Zimmer, das nicht allzu groß, aber dafür sehr gemütlich eingerichtet ist. An der einen Wand hängen wunderschöne, bunte Tücher, an die – wie an einer Pinnwand – zahlreiche Fotos geheftet sind. Landschaften, Sonnenuntergänge, Mädchen ihres Alters – ihre Freundinnen aus Ghana, vermute ich.

Abena sieht, wie ich sowohl die Tücher als auch die Fotos bestaune, und erklärt: »Das sind Kente-Stoffe. Ghana ist bekannt für diese fein gewebten Schals, die zu großen Tüchern zusammengenäht werden.«

»Die sind echt schön«, sage ich, worauf Abena die Schublade einer kleinen Kommode öffnet, einen bunten Schal herauszieht und ihn mir um den Hals legt.

»Ein Geschenk«, sagt sie.

»Danke«, hauche ich.

Mein Blick fällt auf ein paar fein geschnitzte Holzfiguren.

»Auch aus Ghana«, erklärt mir Abena, die mich beobachtet. »Tiere und religiöse Figuren.«

Mein Agentensmartphone vibriert.

Ich entschuldige mich, drehe mich weg, sodass Abena nicht erkennen kann, wo ich das Smartphone herhole.

Ich sehe eine Meldung von Naomi.

Bombe gefunden!
Komm schnell

»Ach, du Scheiße!«, entfährt es mir.

»Was?«, Abena, die gerade die Holzfiguren zurechtrückt, schaut mich erschrocken an.

Ich überlege, was ich ihr sagen soll. Mit der schwachen Ausrede, meine Mutter hätte das Mittagessen auf dem Tisch, kann ich Abena nach meinem Gefühlsausbruch nicht mehr kommen.

Aber ich muss Naomis Ruf folgen.

Wir müssen die Bombe erst als solche identifizieren, bevor wir die Zentrale informieren und über sie die Sprengstoffspezialisten herbeirufen.

»Es geht um unser Game«, taste ich mich vorsichtig heran, um zu sehen, wie Abena es aufnimmt.

Abena weiß zunächst gar nicht, wovon ich spreche, bis ich sie erinnere: »Mit dem du immerhin Gonzo losgeworden bist.«

Abena scheint sich zu erinnern, sie verzieht das Gesicht. Das ist ein schlechtes Zeichen, denn es bedeutet, dass sie sich null dafür interessiert. Trotzdem fragt sie nach:

»Was ist damit?«

Mir ist klar, dass ich mit der Begründung, es wurde eine Spielbombe gefunden, nicht von hier wegkomme. Mir fällt nichts anderes ein, als es so zu versuchen: »Da glaubt jemand, er hätte eine echte Bombe gefunden. Also wirklich!«

Ich kichere künstlich und schüttle den Kopf.

Doch Abena bleibt ernst: »Und wenn es stimmt? Ich hoffe, die Leute, die die Bombe entdeckt haben, haben die Polizei informiert?«

»Ich weiß es nicht«, antworte ich ehrlich. Und erstarre innerlich. Daran haben wir – Naomi, Charles und ich – nämlich nicht gedacht, fällt mir jetzt siedend heiß ein. Wir sind davon ausgegangen, dass sich die Gamer, die etwas finden, bei uns melden, wie es auf dem

Flyer steht. Wir haben überhaupt nicht die Möglichkeit in Betracht gezogen, dass jemand die Polizei alarmieren könnte. Dann wäre der Fund sofort öffentlich bekannt. Denn etliche Reporter hören den Polizeifunk ab, um solche Sensationsmeldungen in die Presse zu bringen. Dabei soll die Öffentlichkeit doch gerade nichts von den Bomben mitbekommen.

Naomi hat nichts davon geschrieben, ob der Fund bei uns gemeldet wurde oder ob der Finder lieber gleich die Polizei gerufen hat.

Wie auch immer. Da Naomis Aufforderung recht eilig und dramatisch klang, muss ich da hin. Sofort.

»Weißt du was?«, sage ich. »Ich gehe zur Sicherheit mal nachschauen und ruf dann eben selbst die Polizei. Bevor das große Chaos ausbricht. Außerdem finde ich das superspannend. Was hältst du davon?«

Ich bin schon bereit, wieder aufzubrechen.

»Gute Idee«, sagt Abena. »Ich komme mit.«

»Wie bitte?«, frage ich mit großen Augen. Das war nun wieder überhaupt nicht mein Plan.

»Willst du etwa allein gehen?«, fragt mich Abena stirnrunzelnd.

Gute Frage, denke ich. Darauf gibt es nur eine ehrliche Antwort: Ja. Weil ich ein Geheimagent bin und sie nicht dabeihaben will und darf. Aber das kann ich ihr schlecht antworten. Deshalb bleibt mir nur ein hilfloses »Öhm …«

Sie grinst mich breit an. »Also los! Wohin müssen wir?«

»Es ist gar nicht weit von hier«, antworte ich perplex. »Ich bin mit dem Rad hier.«

»Wie sonst?«, fragt Abena lachend zurück. »Wir … äh … Heißt es wirklich ›wir radfahren‹?«

»Wir radeln«, korrigiere ich. »Oder einfach: Wir fahren mit dem Rad.«

»Genau, das tun wir«, sagt Abena und ist schon eifrig dabei, sich Socken und Schuhe anzuziehen.

Wir verlassen also gemeinsam die Wohnung. Und ich überlege, ob ich gleich versuchen sollte, Abena abzuschütteln. Ich bin mit meinem E-Bike hier. Wenn ich mich nicht ihrem Tempo anpasse, sondern Vollstrom gebe, hänge ich sie ab und … ich verwerfe den Gedanken wieder. Sie wäre vermutlich stinkwütend auf mich. Also muss ich da jetzt durch.

Abena schaut auf mein Rad und sagt anerkennend: »Ein teures E-Bike. Ist bestimmt schnell.«

Ich nicke. »Stimmt. Sehr schnell. Verrate es aber keinem. Ist eigentlich nicht erlaubt.«

»Nicht erlaubt, aber gut«, kommentiert Abena. »Los! Ich halte mich an dir fest und du ziehst mich.«

»Was? Äh, nein. Das geht nicht«, versuche ich mich herauszuwinden.

Doch Abena widerspricht. »Wetten, dass das sehr gut geht?«

Sie schwingt sich auf ihr Rad, ein Citybike, immerhin auch mit zwölf Gängen, rollt dicht an mich heran, schnallt sich ihren Helm auf und fasst mir – nachdem ich aufgestiegen bin und mir ebenfalls den Fahrradhelm aufgesetzt habe – mit einer Hand an die Schulter.

»So geht's. Fahr los!«

»Das ist zu gefährlich«, widerspreche ich. »Du hast nur eine Hand am Lenker. Du kannst im Zweifel gar nicht bremsen.«

»Fahr!«, befiehlt sie mir, ohne auch nur auf meine Bedenken einzugehen.

»Oh Mann«, stöhne ich und entscheide mich, auf gar keinen Fall Höchstgeschwindigkeit zu fahren. Das würde ich vielleicht mit Naomi machen, als gut ausgebildete und trainierte YOUNG AGENT, aber sicher nicht mit Abena.

»Schneller!«, fordert Abena, nachdem ich das Rad auf 25 Stundenkilometer beschleunigt habe.

»Geht nicht«, behaupte ich.

»Lügner«, ruft Abena mir lachend zu. »Ich sehe deinen Radcomputer.«

Mist! Der zeigt unter anderem die bisher mit diesem Rad gefahrene Höchstgeschwindigkeit an. Eine völlig nutzlose Funktion aus meiner Sicht. Wieso habe ich die nicht längst weggedrückt und den Computer neu konfiguriert? Eine Nachlässigkeit, die mir jetzt zum Verhängnis wird. Denn die Anzeige beweist, dass ich mit diesem Rad bereits eine Geschwindigkeit von 72 Stundenkilometern gefahren bin.

»Das war ganz steil bergab mit Rückenwind«, erkläre ich. »Außerdem war ich da allein.«

»Noch mal Lügner«, juchzt Abena vergnügt. »Schneller!«

»Du spinnst doch«, rufe ich ihr zu. Und beschleunige auf vierzig Stundenkilometer.

»Schneller!«

»Nein.«

»Doch.«

Ich erhöhe auf fünfzig Stundenkilometer. Aber nun ist Schluss. Abena ist zwar noch immer nicht zufrieden, das ist mir aber egal. Höher gehe ich nicht.

Zum Glück sind wir auch schon am Ziel.

Die erste Explosion fand nachts auf der Stadtparkbühne statt, wo weit und breit kein Mensch war; die zweite Bombe ging in einem leeren U-Bahn-Waggon hoch. Bühne und U-Bahn. Beides Orte, an denen es zu anderen Zeiten von Menschen nur so wimmelt. Beide Orte wurden gezielt ausgesucht, um mitzuteilen: *Noch nehmen wir Rücksicht, aber wir könnten auch anders. Und schon bald* wollen *wir auch anders.* Diese Bedeutung der Drohungen ist am dritten Ort nicht mehr zu übersehen oder falsch zu interpretieren. Denn wir halten direkt vor einem gut besuchten Burgerrestaurant.

»Wirklich hier?«, fragt Abena ungläubig.

»Ja«, bestätige ich. »Auf der Herrentoilette, hat Naomi mir geschrieben.«

»Die ist bestimmt nicht echt«, sagt Abena. Sie steigt vom Rad und tippt sich an die Stirn. »Ich meine, selbst im spannendsten Reality Game geht doch niemand einfach nur so aus Spaß das Risiko ein, eine echte Bombe zu verstecken, schon mal gar nicht in einem Restaurant. Die könnte doch schließlich versehentlich explodieren. Das ist viel zu gefährlich. Wer sollte denn so was machen?«

»Ja«, stimme ich ihr zu. »Normalerweise hättest du recht.«

Ich weiß natürlich, dass wir es hier ab-so-lut nicht mit irgendetwas »Normalem« zu tun haben, sondern mit den beiden gefährlichsten Profiverbrechern Europas: dem Boss und Thorsten Maffei, Shionas Vater. Aber ich nehme an, dass Abena mein »normalerweise« überhört hat.

Hat sie leider nicht.

»Normalerweise?«, wiederholt sie langsam. »Was meinst du damit?«

»Ach, nichts«, antworte ich schnell. »Komm.« Und gehe voran.

Am Eingang erwartet mich Naomi und schaut entsetzt auf Abena.

»Was macht *sie* hier?«, zischt sie mir zu.

Ich zucke mit den Schultern. »Ging nicht anders.«

»Hallo Naomi!«, begrüßt Abena sie freundlich. »Schön, dich mal wieder zu treffen.«

»Klar«, antwortet Naomi und zeigt ein kurzes Lächeln. »Finde ich auch.«

»Irres Game, das ihr euch da ausgedacht habt«, sagt Abena. »Aber blöd, dass es einer so ernst nimmt. Ist es nun eine echte Bombe? Was sagt denn das Personal?«

»Ernst nimmt?«, fragt Naomi nach und wirft mir einen vorwurfsvollen Blick zu, während sie weiter mit Abena spricht. »Wie kommst du denn darauf? Nein, es geht allein um das Game. Ums Punktesammeln.«

»Ach, komm«, Abena winkt ab. »Dann hättet ihr, du und Billy, doch gar nicht herkommen müssen.«

Sie schaut sich um. »Warum wurde denn noch gar nicht evakuiert?«

Dann arbeitet es hinter ihrer Stirn. Abena wendet sich mir zu. »Billy? Sind wir etwa echt nur wegen des blöden Games hier?«

Ich gehe auf Abenas Frage einfach gar nicht ein, sondern gehe ins Restaurant: »Ich gehe mal gucken. Bleibt ihr hier.«

»Was?«, fragt Naomi entsetzt.

Ich zucke entschuldigend mit den Schultern.

»Männerklo«, sage ich zur Begründung.

Naomi weiß, was das bedeutet: Sie steht allein mit Abena da und muss auf ihre Fragen antworten.

»Charles ist schon unten«, informiert Naomi mich noch, während ihr giftiger Blick mich trifft.

»Okay«, sage ich.

Und Abena spitzt die Ohren.

»Charles? Ach ja, klar. Der war damals auch mit auf dem Schulhof, als ich dich getroffen habe. Dein Freund?«

Naomi wiegt unentschlossen den Kopf hin und her.

»Manche sagen so, manche so.«

Abena kichert. »Verstehe.«

Ich hab das nur geradeso mitbekommen, denn ich bin zum Glück schon ein paar Schritte weiter, auf dem Weg runter in den Keller zur Toilette.

»Warte!«, ruft Abena plötzlich. »Ich komme mit runter, muss aufs Klo.«

Hat sie sich also doch nicht so einfach abspeisen lassen, wie ich gehofft hatte. Ich hab jetzt aber keine Zeit, mit ihr zu diskutieren. Und es hätte vermutlich auch wenig Sinn, wie ich eben schon auf dem Rad zu spüren bekomme habe. Also wehre ich mich nicht mehr, beschleunige meine Schritte und bin froh, dass die Toiletten sich im Keller befinden, weit weg vom Gästebetrieb. Ich eile also die Treppe hinunter und treffe vor der Männertoilettentür auf Charles, dessen erste Reaktion die gleiche ist wie bei Naomi:

»Was macht *sie* denn hier?«

»Hallo, Charles«, ruft Abena fröhlich.

Das gleiche Spiel wie oben. Ich kümmere mich nicht weiter darum.

»Wo?«, frage ich nur.

Charles öffnet die Tür und zeigt in eine der Kabinen, die offen steht.

»There. Hinter das Wasserkasten.«

»Scheiße!«

»Exactly«, sagt Charles.

»Und?«, frage ich.

Charles weiß, was ich meine. Er nickt nur, wohl in der Annahme, dass Abena nicht mitbekommt, worüber wir sprechen. Das Nicken bedeutet: Es ist tatsächlich eine der echten Bomben.

»Machst du etwa auch bei dem Game mit?«, fragt Abena mit vorwurfsvoller Stimme, während sie neugierig über meine Schulter ins Männerklo lugt.

»Äh. Yes. Of course. Es ist unser. Und es ist doch superspannend.«

Ich sehe mir die Bombe an, wende mich an Charles und frage nur:

»Und?«

Charles nickt erneut.

»Und was?«, will Abena wissen.

»Nichts«, antworte ich. Doch in Wahrheit habe ich Charles gefragt, ob wir wirklich die Sprengstoffspezialisten rufen müssen oder die Bombe so einfach konstruiert ist, dass Charles selbst sie entschärfen kann, ohne sich oder die Gäste in Gefahr zu bringen. Charles hat Letzteres mit seinem Nicken bestätigt.

Die Gefahr könnte also schnell gebannt sein, wenn nicht Abena bei uns stünde.

»Wolltest du nicht aufs Klo?«, versuche ich noch einen verzweifelten Vorstoß. Aber ich kenne die Antwort schon. Abena ist einfach zu abenteuerlustig.

»Ach was, ich halte noch aus«, antwortet sie auch tatsächlich leichthin.

Wir können darauf jetzt keine Rücksicht mehr nehmen.

Charles macht sich also schulterzuckend und seufzend

an die Arbeit, holt etwas Werkzeug hervor und beginnt, die Bombe hinter dem Spülbecken genauer zu untersuchen.

»Was tut er da?«, fragt Abena.

»Er baut die Bombe ab«, antworte ich. »Ist ja unverantwortlich, wenn jemand die für eine echte hält. Dann bricht doch Panik aus.«

Ich schiebe Abena ein Stück zurück.

Charles schneidet jetzt mit einem Kabelschneider ein paar Kabel durch. Dann dreht er sich zu uns um und hält die Bombe in der Hand.

»Das war's«, sagt er. »Entschärft.«

Ich rolle mit den Augen.

Und Abena hakt natürlich sofort nach: »Wie meinst du das: ›entschärft‹?«

»Er meint, jetzt kann sie niemanden mehr verwirren«, versuche ich, uns herauszureden.

Doch Abena ist nicht auf den Kopf gefallen.

»Ihr schwindelt doch.« Sie drängelt sich an mir vorbei und tritt auf Charles zu, der nicht ausweichen kann, weil er immer noch in der engen Kabine direkt vor der Kloschüssel steht, und reißt ihm die Bombe aus der Hand.

Für einen Moment bleibt mir das Herz stehen, ehe ich darauf vertraue, dass Charles das Ding wirklich entschärft hat und keine Gefahr mehr besteht.

»Die ist *doch* echt!«, ruft Abena mit weit aufgerissenen Augen. »Macht mir doch nichts vor! Charles, du hast eben gerade, direkt vor meinen Augen, eine *echte*

Bombe entschärft, statt die Polizei zu rufen? Bist du vollkommen übergeschnappt?«

Charles schaut verunsichert über ihre Schulter zu mir.

Ich rolle wieder nur mit den Augen. Da hat Charles uns mit seiner unbedachten Bemerkung schön reingeritten.

Abena lässt nicht locker.

»Was geht hier vor?«, fragt sie im scharfen Ton und dreht sich jetzt zu mir um. »Ihr verheimlicht mir doch was.«

»Nicht hier«, sage ich schnell, um uns zumindest für einen Moment aus der Affäre zu ziehen. »Lasst uns erst mal rausgehen.«

Ich lasse Abena keine Wahl, sondern gehe einfach voraus. Charles nutzt die Gelegenheit, zwängt sich an Abena vorbei und folgt mir.

Abena gibt nach und geht hinter uns her, die Treppe hoch, durchs Lokal, hinaus, wo Naomi uns bereits erwartet. Fragend schaut sie uns an.

»Alles erledigt?«

Charles und ich nicken.

»*Was* erledigt?«, hakt Abena sofort nach. »Die Bombe entschärft? Du hast auch davon gewusst?« Ein vorwurfsvoller Blick trifft Naomi.

»Wir … können dir nicht mehr sagen«, antworte ich ihr. Und ich hätte auch gar keine Gelegenheit dazu gehabt, denn Naomi ergreift das Wort, übergeht aber Abenas Frage.

»Wir müssen gleich weiter«, teilt sie absichtlich nur mir und Charles mit. »Noch ein Fund.«

Sie hält mir und Charles nacheinander das Display ihres Smartphones vor die Nase, sodass Abena es nicht sehen kann.

»Was …?«, setzt Abena an. »Kann ich bitte endlich mal erfahren, was hier los ist und was ihr drei verheimlicht?«

»Tut mir leid«, entschuldige ich mich bei ihr. »Wir müssen los. Wir holen das mit deinem Referat nach. Versprochen. Bis dann.«

»Mein Referat?«, wiederholt Abena im zickigen Ton. »Wen interessiert denn jetzt bitte mein Referat? Billy, ich möchte wissen, was ihr …«

Ich ignoriere sie einfach. Aber es tut mir wirklich leid, und ich habe ein richtig schlechtes Gewissen. Naomi, Charles und ich steigen ohne ein weiteres Wort auf unsere E-Bikes, winken der verdutzt dastehenden und immer noch schimpfenden Abena zu – und düsen los. Jetzt drehen wir alle drei unsere Bikes bis zur Höchstgeschwindigkeit auf.

Unser Ziel ist nicht weit entfernt. Dieses Mal ist es eine Tankstelle. Und zwar nicht irgendeine, sondern genau jene, unter der unsere geheime Zentrale liegt.

Ich kann nur hoffen, dass das Zufall ist.

ANSCHLAG AUF DIE ZENTRALE?

»Wo genau wurde die Bombe gefunden?«, frage ich Naomi.

»Du wirst es nicht glauben, an einer der Zapfsäulen«, antwortet sie, während wir mit fünfzig Stundenkilometern nebeneinander her rasen.

»Und das hat der Tankwart nicht bemerkt?«, wundere ich mich.

Der Pächter der Tankstelle, und gleichzeitig der Tankwart, weiß zwar nichts von uns YOUNG AGENTS und erst recht nichts von der unterirdischen Geheimdienstzentrale, dennoch ist er insoweit eingeweiht, als dass er die Tankstelle vom Staat (also vom Geheimdienst, aber das weiß er nicht) gepachtet hat und sich an ein paar Richtlinien zu halten hat. So fungiert er gewissermaßen als Pförtner für die Zentrale, ohne eine Ahnung zu haben, was er da eigentlich »bepförtnert«. Von ihm jedenfalls bekommen wir immer den Schlüssel, um mit dem getarnten Fahrstuhl abwärts in die Zentrale fahren zu können.

Der Tankwart hat zudem die Aufgabe, die Tankstelle und ihr Umfeld im Blick zu haben und zu überwachen. Es hätte also durchaus zu seinen Aufgaben gehört, zu bemerken, wer da wann etwas an einer Tanksäule ablegt. Mindestens werden wir den Bombenleger aber auf einem Überwachungsvideo haben.

Als wir ankommen, steht der Junge noch da, der die »Bombenattrappe« gefunden hat. Es ist – oh nein! – Gonzo.

Stolz steht er an der Zapfsäule und macht soeben einige Selfies, mit und ohne seinen Fund. Und sein Fund ist: die echte Bombe, von der er natürlich nicht ahnt, dass sie echt ist.

Als wir unsere Räder abstellen, ruft Gonzo sofort zu uns rüber:

»Hey, was wollt ihr denn hier? *Ich* hab die Bombe gefunden. *Ich* kriege die Punkte. Haut bloß ab!«

»Ja, schon gut«, antworte ich und gehe auf ihn zu. »Aber du solltest jetzt von dort weggehen.«

Gonzo tippt sich an die Stirn, um mir einen Vogel zu zeigen.

»Bei dir piept's wohl. Du willst dir nur die Punkte erschleichen. Aber ich habe die Arbeit gemacht.«

Um sie vor mir in Sicherheit zu bringen, beginnt er nun, an der mit dickem Klebeband an der Zapfsäule befestigten Bombe zu zerren und zu reißen. Damit riskiert er unwissentlich, uns und die gesamte Tankstelle in die Luft zu jagen. Aber das darf ich ihm natürlich so nicht sagen.

»Hör auf«, brülle ich ihn nur an. »Nimm die Finger weg! Ich will die Punkte gar nicht. Ich spiele überhaupt nicht mit.«

»Ha, ha«, kontert Gonzo. »Hältst du mich für blöd? Warum bist du denn dann hier? Du kannst mich nicht reinlegen.«

Er zerrt weiter an der Bombe.

Das wird Naomi zu viel. Schon einmal, bei ihrer ersten Begegnung, hat sie Gonzo klargemacht, dass sie nicht – wie ich – den Loser spielt.

Sie stampft energisch auf ihn zu. Ehe Gonzo bemerkt, was geschieht, hat sie ihn schon am Kragen, zieht ihn ruckartig von der Bombe fort, packt ihn am Arm und legt ihn mit einer schnellen Bewegung aufs Kreuz.

»Au revoir«, sagt sie.

»Das heißt so viel wie: Verpiss dich, Gonzo«, übersetze ich ihm.

Auf mich wäre er jetzt sicherlich losgegangen wie ein wilder Stier, aber vor Naomi hatte er irgendwie von der ersten Sekunde an Respekt. Oder man könnte auch sagen: totale Angst.

So rappelt er sich jetzt auf, weicht von Naomi zurück, schaut sie unterwürfig an wie ein gescholtener Hund, läuft dann rüber zu seinem Fahrrad, steigt aber nicht auf, sondern schiebt es und wechselt zur anderen Straßenseite.

»Gut gemacht«, lobe ich Naomi. »Das war knapp. Der Idiot hätte uns fast alle in die Luft gesprengt.«

Charles widmet sich nun vorsichtig der Bombe. Doch bevor er mit der Begutachtung beginnt, sagt er:

»Ich denke, es wäre gut, auszuschalten die Kameras. Wäre es nicht?«

Er zeigt auf die Überwachungskameras der Tankstelle.

Die Aufzeichnung wollten wir sowieso auswerten. Es wäre also ein Leichtes, sich den Speicherchip aushändigen zu lassen und bei der Gelegenheit gleich für die zehn Minuten, die Charles mit der Bombe beschäftigt ist, die Kameras auszuschalten. Einfach nur, damit es keinen gefilmten Beweis dafür gibt, dass Charles Bomben entschärfen kann. Aber so einfach ist es nicht. Der Tankwart weiß wie gesagt nichts von uns YOUNG AGENTS. Für ihn sind wir – fast – normale Kinder. »Fast« deshalb, weil er uns dreien den geheimen »Toilettenschlüssel« aushändigen darf, mit dem wir in die Zentrale gelangen. Aber das wird nicht ausreichen, um uns so mir nichts, dir nichts die Videoaufzeichnung auszuhändigen oder gar auf unsere Anweisung hin die Kameras auszuschalten.

»Wir müssen den Prof informieren«, schlägt Naomi eilig vor.

»Dafür haben wir keine Zeit«, widerspreche ich. »Außerdem hält sich der Prof doch aus allen operativen Aktionen möglichst heraus. Charles, ist es der gleiche Bombentyp wie im Burgerrestaurant?«

»Das ich muss mir genauer anschauen, first«, antwortet Charles.

Ich sehe mich um. Drüben auf der anderen Straßenseite sehe ich Gonzo, der uns nicht aus den Augen lässt. Er hält sein Rad mit einer Hand abfahrbereit fest. Das heißt, er ist einerseits zur Flucht vor Naomi bereit, andererseits will er uns aber so lange wie möglich beobachten.

»Wir stellen uns als Sichtschutz vor Charles«, schlage ich Naomi vor. »Und du, Charles, fang an.«

Naomi folgt meinem Vorschlag. Wir schirmen ihn ab, während Charles sich auf den Boden kniet und beginnt, die Bombe zu untersuchen.

Genau in dem Moment kommt Abena auf ihrem Rad die Straße entlang, genau auf uns zugefahren. Von der anderen Seite kommt der Tankwart aus seinem Laden auf uns zu.

»Hey!«, ruft er uns zu. »Was macht ihr da? Hier ist kein Spielplatz.«

Naomi dreht sich zu ihm. »Hallo, wir sind's.«

Der Tankwart bleibt abrupt stehen, weil er erkannt hat, wer wir sind. Weil es das Einzige ist, was er von uns weiß, fragt er:

»Braucht ihr den Schlüssel? Warum kommt ihr dann nicht zu mir rein?«

»Ja«, antwortet Naomi ihm. »Wir kommen gleich. Er …«, sie zeigt auf den knienden Charles hinter sich, »… ist mit dem Rad gestürzt, hat sich das Knie aufgeschlagen. Wir sehen nur kurz nach ihm.«

Gute Ausrede, denke ich.

Doch der Tankwart gibt sich leider nicht damit zufrieden. Im Gegenteil.

»Wartet«, sagt er. »Ich habe einen Verbandskasten, den hole ich schnell. Aber lasst mich erst mal gucken, wie schlimm es ist.«

Schon macht er einen Schritt auf Charles zu.

Naomi stellt sich ihm in den Weg.

»Vielen Dank, sehr freundlich. Aber es geht schon.«

»Dann seid doch so nett und hockt euch da vorn hin, neben die Eingangstür. Hier kommt ja gar kein Fahrzeug mehr ran zum Tanken.«

»Klar«, verspricht Naomi ihm. »Machen wir sofort.«

Der Tankwart zögert, deutet ein Nicken an, dreht sich dann um und geht wieder zurück in seinen Laden.

»Das war knapp«, pruste ich. »Beeil dich, Charles.«

»Womit beeilen?« Ich drehe mich um, Abena steht direkt hinter mir.

»Was macht er da?«, fragt sie. »Schon wieder eine Attrappe, die zu echt aussieht?«

Bevor ich oder Naomi antworten können, meldet sich Charles zu Wort.

»Leute«, sagt er. »Geht bitte schnell ganz weit weg. Das hier ist very dangerous.«

Naomi und ich schauen uns entsetzt an.

Und Abena will wissen:

»Sagt ihr mir endlich, was los ist? Ist das etwa schon wieder eine echte Bombe? An einer Tankstelle? Was habt ihr mit echten Sprengsätzen zu tun? Oder spielt ihr nur ein saublödes Reality Game? Ich finde das nicht mehr lustig.«

Von der anderen Straßenseite wagt sich Gonzo wieder näher heran und ruft:

»Das sind *meine* Punkte!«

Aus dem Tankstellenladen kehrt der Tankwart zurück.

»Kinder. Bitte. Kommt doch *hierher.*« Er zeigt auf den Platz neben der Tür.

Wir müssen handeln.

Ich sehe, wie Charles immer nervöser wird. Offenbar haben wir wirklich nicht mehr viel Zeit.

»Er hat aktiviert einen Zeitzünder«, zischt Charles mir zu.

»Was?« Im ersten Moment kann ich gar nicht glauben, was er mir da sagt.

Dann denke ich, Charles redet von Thorsten Maffei. Doch ich sehe, dass Charles mit einem Kopfnicken auf Gonzo zeigt, der uns auf die Pelle rückt.

»Wie?«

»Als Gonzo die Bombe hier wollte abreißen, er hat versehentlich den Zeitzünder aktiviert, der eigentlich ist ferngesteuert«, erklärt Charles leise und eindringlich.

Doch Abena hat es gehört. Sie öffnet den Mund, um etwas zu sagen. Mit einer Handbewegung bedeute ich ihr, ruhig zu sein. Abena folgt meiner stummen Anweisung, wohl weil sie spürt, dass es wirklich ernst ist.

»Wie lange haben wir noch?«, frage ich.

Charles streckt mir zwei Finger entgegen.

»Zwei Minuten?«

Charles nickt.

»Wie? Was? Zwei Minuten«, fragt Abena nun doch. »Zeitzünder? Was redet ihr da?«

Naomi und ich begreifen, dass wir handeln müssen.

Naomi geht auf den Tankwart zu, um ihn zurück in seinen Laden zu drängen.

Ich schnappe mir Abena und zische ihr im ernsten Tonfall zu:

»Abena, das ist kein Spaß. Frag nicht, aber tu mir den Gefallen: Schnapp dir Gonzo und bring ihn von hier weg. Mindestens hundert Meter, besser zweihundert. Und zwar schnell!«

Abena setzt an, dann besinnt sie sich, schaut mir tief in die Augen, vertraut mir offenbar, dreht ab, ohne ein weiteres Wort zu sagen, geht auf Gonzo zu und ruft:

»Gonzo. Komm mal mit!«

»Hä?«, fragt Gonzo und sieht sie verwundert an.

»Frag nicht, komm mit!«, befiehlt Abena.

Gonzo – froh, sich in Abenas Nähe aufhalten zu dürfen, mal ohne angemeckert oder fortgejagt zu werden – folgt ihr anstandslos.

Naomi hat es währenddessen geschafft, den Tankwart irgendwie wieder zurück in seinen Laden zu befördern.

»Und jetzt ihr«, ruft Charles uns zu. »Run!«

»Und du?«, fragt Naomi.

Sie weiß so gut wie ich, dass es jetzt zu spät ist, noch einen Sprengstoffräumdienst zu alarmieren. Entweder

Charles schafft es, den Zeitzünder zu stoppen und die Bombe zu entschärfen, oder es ist um ihn geschehen.

Naomi will ihn aber nicht allein lassen.

Charles widerspricht energisch:

»It's no time für eine Diskussion, Naomi. Go!«

Naomi stutzt für einen Moment, überlegt und willigt schließlich widerstrebend ein.

Wir beide verziehen uns um die Ecke des Tankstellenladens, wo wir einigermaßen geschützt sind und dennoch zu Charles rüberschauen können.

Ich kann sehen, wie Naomi nervös auf ihrer Unterlippe kaut. Wir beide wissen, dass Charles sich gut mit Sprengstoff auskennt. Besser als wir zwei. Besser als jeder, den wir kennen. Er war mit Abstand der beste Chemiker an unserer Agentenakademie.

Wir sind also beide guten Mutes, dass Charles es schaffen wird. Müssen wir auch sein. Nicht auszudenken …

Aber ein großes Risiko ist so eine Bombenentschärfung immer. Deshalb kommt das Sprengstoffräumkommando in aller Regel auch mit dem ganzen Gerödel an: dicke Sicherheitsanzüge, Straßenevakuierung, oft werden sogar Roboter benutzt, um die Bombe erst mal an einen sicheren, verlassenen Ort zu bringen.

Für all das fehlt uns die Zeit.

Da sitzt nun ein zwölfjähriger Junge und entschärft eine Bombe, die an eine Zapfsäule festgeklebt und mit einem Zeitzünder versehen ist, der mittlerweile in knapp einer Minute die Tankstelle in die Luft jagen wird.

Wenn Charles es nicht schaffen sollte.

»Wir müssen daran denken, hinterher den Kamerachip zu entfernen«, flüstere ich Naomi zu.

»Okay«, sagt sie und lächelt.

Ich weiß, was sie denkt: Wenn wir *daran* noch denken können, ist alles gut gegangen.

Ich schaue auf die Uhr. Charles hat noch fünfundzwanzig Sekunden. Eifrig hantiert er weiter an der Bombe. Ich bin zuversichtlich, dass er das kann. Meine Zuversicht sinkt allerdings in Bezug auf die Frage, ob er es auch *rechtzeitig* schafft.

Noch zwanzig Sekunden.

»Mach schon!«, flüstere ich leise vor mich hin.

Ich schaue rüber auf die andere Straßenseite. Abena und Gonzo stehen gute hundertfünfzig Meter entfernt und gucken zu uns rüber. Mich würde zwar interessieren, was Abena Gonzo erzählt hat, aber darum kann ich mich jetzt wirklich nicht kümmern. Vielleicht kümmert mich auch gleich überhaupt nichts mehr, weil es die Tankstelle und uns drei nicht mehr geben wird.

Noch zehn Sekunden.

Am liebsten würde ich zu Charles rüberrufen; ihn fragen, wie weit er ist. Aber wir dürfen ihn keine einzige verdammte Millisekunde ablenken.

Noch fünf Sekunden.

Charles hebt plötzlich seinen Oberkörper, streckt seinen Rücken durch, reckt sich, dreht seinen Kopf zu uns und ruft:

»Alles okay.«

Naomi und ich atmen laut und tief durch.

»Gott sei Dank!«, hauche ich.

»Dieu merci!«, sagt Naomi das Gleiche auf Französisch.

Charles baut die entschärfte Bombe von der Zapfsäule ab und trägt sie uns auf zwei Händen behutsam wie ein kleines Vögelchen, das aus dem Nest gefallen ist, entgegen.

»Ist sie noch gefährlich?«, frage ich.

»Bomben sind immer gefährlich, on principle«, klärt Charles mich auf. »Aber diese hier ich habe entschärft. Definitively.«

»Wir bringen sie zum Prof«, schlage ich vor.

Naomi geht in den Laden, holt den Schlüssel. Schnell begeben wir uns zur Toilette in die geheime Kabine und fahren mit dem Fahrstuhl hinunter in die Zentrale, noch ehe Gonzo und Abena von der anderen Straßenseite zurückkommen. Für sie werden wir buchstäblich wie vom Erdboden verschwunden sein.

Wie ich das später Abena erkläre, habe ich noch keine Ahnung. Aber irgendetwas wird mir schon einfallen.

Unten in der Zentrale erwartet uns der Prof bereits in seinem geheimen Büro. Seine Miene ist finster. Hoffentlich nicht unseretwegen. Ich checke es noch mal in Gedanken, mir fallen aber keine gravierenden Fehler ein, die wir gemacht hätten.

Wie meistens kommt der Prof ohne Umschweife zur Sache.

»Die Lage ist ernst«, sagt er. »Wir glauben nicht, dass die Platzierung oben an der Tankstelle ein Zufall war.«

Ich merke, wie mir heiß und kalt zugleich wird. Auch Naomis und Charles' Mienen verfinstern sich. Uns allen schießt offenbar gleichzeitig derselbe Gedanke in den Kopf. Naomi spricht ihn aus:

»Sie meinen, der Boss und Maffei haben unsere Zentrale ausfindig gemacht?«

»Fast«, präzisiert der Boss. »Wir denken, sie wissen nach wie vor nichts von den YOUNG AGENTS. Das ist die gute Nachricht.«

Wir drei atmen kurz erleichtert auf.

»Aber wir glauben, sie wissen, dass es eine Sondereinheit geben muss, die hinter ihnen her ist. Und dass diese Sondereinheit irgendetwas mit der Tankstelle über uns zu tun hat, weshalb sie die Bombe exakt dort platziert haben. Sie haben außerdem mitbekommen, dass zwei ihrer drei Sprengsätze bereits gefunden wurden.«

»Es gibt drei?«, hakt Charles ein. »Woher wissen Sie dieses? Und wo Maffei hat das letzte versteckt?«

»Der Sprengsatz oben an der Zapfsäule *war* der dritte«, erläutert der Prof. »Der zweite Fund fand eine Stunde vor eurem statt. In der Tiefgarage des Bürogebäudes einer großen Versicherung. Es war ein Zufallsfund des Hausmeisters, der mit eurem Game gar nichts zu tun hatte. Wir haben zwei Sprengstoffspezialisten von uns, getarnt als normale Polizisten, hingeschickt.«

Der Prof ruckelt auf seinem weichen Chefsessel ein

wenig hin und her. Genau wie Naomi und Charles weiß ich, was jetzt kommt.

»Das mit dem Game war übrigens eine clevere Idee«, sagt der Prof. Er räuspert sich. »Gut gemacht.«

Dachte ich es mir doch. Dem Prof fällt es schwer, ein Lob über die Lippen zu bringen. Deshalb das nervöse Hin- und Herruckeln auf seinem Sessel. Womit er auch schon wieder aufgehört hat, was bedeutet: Er kommt zu unseren nächsten Aufgaben.

»Dank eurer guten Arbeit haben wir dem Boss ein entscheidendes Druckmittel genommen. Wir wissen zwar nicht mit Sicherheit, ob es noch mehr solcher Sprengsätze gibt, gehen aber davon aus, dass fünf bereits eine stattliche Zahl ist, um der Erpressung Ausdruck zu verleihen.

Der Staat wird natürlich nicht auf die Forderungen eingehen. Schon gar nicht, nachdem die Sprengsätze gefunden und entschärft sind. Die Erpresser werden sich damit aber nicht abfinden und zu einem Gegenschlag ausholen. Da sind wir ganz sicher. Oberste Priorität hat also nach wie vor, die beiden Köpfe endlich zu fassen: den Boss und Thorsten Maffei.«

Der Prof schaut streng in meine Richtung.

»Liam, bist du weitergekommen bei deinen Annäherungsversuchen an Shiona?«

Ich spüre, wie mein Kopf rot anläuft. Naomi und Charles kieksen vor sich hin.

»Öh … äh …«, stottere ich.

»Und wie«, feixt Charles.

Doch der Prof versteht nur wenig Spaß. Genauer gesagt: überhaupt keinen.

Er schlägt verärgert mit der Faust auf den Tisch.

»Wir machen hier keine Comedy!«, schimpft er. »Ihr wisst genau, was ich meine: Gibt es neue Hinweise auf den Aufenthaltsort von Thorsten Maffei?«

Naomi und Charles hören sofort auf zu kichern und werden wieder ernst. Die Röte in meinem Gesicht aber bleibt.

»Leider nein«, sage ich und schaue auf den Boden.

»Was ist mit dem Hund?«, fragt der Prof nach.

»Der ist bei Shiona, aber er hat ein neues Halsband, in dem keine Abhörwanze mehr steckt«, beichte ich.

Der Prof runzelt nachdenklich die Stirn.

»Bleib an dem Hund dran. Maffei hängt an ihm. Wo immer er steckt, er wird seinen Hund nachholen. Über den kommt ihr an ihn heran. Liam, sorg dafür, dass in dem neuen Halsband ein GPS-Sender und eine Abhörwanze installiert werden.«

»Mache ich«, verspreche ich.

»Gut«, sagt der Prof. »Soweit für heute. Ich melde mich, sobald wir etwas Neues von den Erpressern wissen. Euch toi, toi, toi.«

Wir erheben uns von unseren Plätzen und verlassen das geheime Büro.

Bevor wir aber aus der Tür treten, ruft uns der Prof noch mal zurück.

»Ach«, sagt er. »Bevor ich es vergesse: Gewarnt durch den Sprengsatz oben an der Zapfsäule werden wir unsere Zentrale verlegen.«

»Wohin?«, fragt Naomi.

»Das teile ich euch rechtzeitig mit.«

Das war's dann wirklich. Wir drei fahren mit dem Fahrstuhl wieder hoch in die Toilettenkabine und verlassen das Klo. Als wir um die Ecke biegen, um zu unseren Rädern zu gehen, bleibt Naomi, die vorangeht, abrupt stehen.

»Merde!«, flucht sie.

Und ich sehe sofort, was sie meint: Bei unseren Rädern steht – Abena.

Naomi dreht sich um und raunt mir zu:

»Du und deine Mädchengeschichten werdet allmählich zum Problem.«

Mädchengeschichten? Ich? Was kann denn ich dafür, wenn …?

Naomi lässt mir keine Zeit, weder, meinen Gedanken zu Ende zu führen, noch, mich zu rechtfertigen.

»Geh hin und kläre das«, verlangt Naomi von mir. »Ich bringe den Schlüssel zurück. Wenn ich wieder rauskomme, ist Abena hier weg. D'accord?«

»Ich regle das«, verspreche ich. Und gehe sogleich beherzt auf Abena zu.

Naomi steuert das Tankstellenlädchen an, Charles bleibt an der Hausecke der Toilette stehen, und Abena empfängt mich mit den Worten:

»Wo wart ihr denn? Ich hab euch überall gesucht.«

»Auf Toilette«, antworte ich, was ja nicht einmal gelogen ist.

»Stimmt nicht«, widerspricht Abena. »Ich bin euch nachgegangen, aber weder auf der Männer- noch auf der Damentoilette war jemand. Alles leer. Und jetzt plötzlich taucht ihr von dort wieder auf. Wo wart ihr also?«

»Vom Erdboden verschluckt«, witzle ich. »Komm mit. Erst mal von hier fort. Dann erkläre ich es dir.«

Abena reckt den Hals, um über meine Schulter zu sehen.

»Und was ist mit Charles und Naomi? Kommen die nicht mit?«

»Nein, heute nicht mehr. Die haben noch etwas anderes vor. Wollen wir?«, versuche ich sie abzulenken.

Es gelingt nur mäßig. So richtig zufrieden gibt sich Abena nicht mit meiner Antwort, aber immerhin geht sie mit mir.

Wir wollen uns gerade auf unsere Räder setzen, da piept mein Schülerhandy.

Eine Meldung von Shiona:

> Wo steckst du?
> Noch immer beim Essen bei
> deiner Mutter?

Eigentlich käme mir ihre Nachricht wie gerufen. Denn ich hab den Auftrag, Maffeis Dobermann neu zu verwanzen. Und zwar möglichst schnell, weil wir damit rechnen, dass er den Hund bald abholen wird. Aber noch habe ich Abena bei mir, die nun sicher von mir erwartet, dass ich ihr endlich Rede und Antwort stehe.

»Wer ist das?«, fragt Abena, als ich auf mein Handy schaue.

»Meine Mutter«, schwindle ich. »Ich soll nach Hause kommen.«

Die Ausrede, um mir Luft und Zeit zu verschaffen, kam so reflexartig aus mir heraus, ich habe gar nicht wirklich drüber nachgedacht. Und sie passt irgendwie. Zum Glück. Denn es geht auf die Uhrzeit zu, zu der die meisten normalen Familien zu Abend essen.

Zumindest bei Abena scheint das wohl auch der Fall zu sein. Sie schaut auf ihre Uhr und sagt erschrocken:

»Ui, ja! So spät schon? Bei uns gibt es auch bald Essen. Meine Eltern bestehen darauf, dass wir wenigstens abends gemeinsam am Tisch sitzen. Heute kocht mein Vater: Obe ata und Akara mit Suya.«

»Bitte was?«, frage ich nach.

Abena lacht: »Nigerianische Küche. Übersetzt etwa: Pfeffersuppe, Bohnenbällchen und Suya – ein Schaschlik, sagt ihr, glaube ich … Mmmmhhhh, ich sag's dir, danach würdest du dir – wie heißt das auf Deutsch? – die Zehen ablecken.«

Ich muss erst lachen, weil es zu komisch klingt, dann denke ich drüber nach und schließlich kapiere ich, was Abena meint.

»Die Finger!«, korrigiere ich immer noch lachend. »›Alle zehn Finger ablecken‹, wenn einem etwas besonders gut schmeckt.«

»Ja, das meinte ich.« Abena merkt, was sie stattdessen gesagt hat, und muss nun auch lachen.

»Es klingt *allerdings* superlecker«, gestehe ich.

»Schade, dass du nach Hause musst«, bedauert Abena. »Ich hätte dich gern dazu eingeladen. Und Glück gehabt, dass es schon so spät ist. Morgen erzählst du mir aber genau, was hier heute Nachmittag los war. Versprochen?«

Es piept erneut.

Wieder Shiona:

Hallोooo????
Wo steckst du?????

»Wieder deine Mutter?«, fragt Abena.

»Ja. Ich muss echt los, sorry«, flunkere ich.

»Alles klar. Also: versprochen?«

»Versprochen«, sage ich. Und weiß natürlich, dass ich genau das *nicht* tun werde.

Ein recht langes Stück des Wegs fahren wir zusammen. Dieses Mal aber tritt Abena selbst in die Pedale, statt sich von mir ziehen zu lassen. Und ich fahre im gemächlichen Tempo neben ihr her, bis wir zur Kreuzung kommen, an der sich unsere Wege trennen. Abena muss nach rechts, ich geradeaus. Eigentlich. Geradeaus geht es zu mir nach Hause, zu Shiona aber muss ich links herum.

Ich verabschiede mich von Abena, fahre ein Stückchen besonders langsam geradeaus, halte nach ungefähr hundert Metern an, warte ein bisschen, kehre dann um und biege in die Straße ein, die Richtung Shiona führt.

Etwa zwanzig Minuten später komme ich bei ihr an.

Wie gewohnt wird mir das Gartentor automatisch geöffnet. Und an der Haustür öffnet mir glücklicherweise nicht der »Gorilla«, sondern Shiona selbst.

»Schön, dass du noch mal herkommen konntest«, empfängt sie mich freundlich. »Und schade, dass du meinen Vater verpasst hast. Ich glaube, er mag dich. Jedenfalls soll ich dich schön grüßen. Komm doch rein.«

Die brandheiße Information, die Shiona mir so beiläufig mitteilt, knallt mir entgegen wie ein Faustschlag mitten auf die Nase.

»Dein … Vater?«, stammle ich, »… war … hier?«

»Ja«, antwortet Shiona ganz unbekümmert, während sie hinter mir die Haustür schließt und dann voraus zum Fahrstuhl geht, der sowohl hinauf in ihre Zimmer als auch eine Etage höher ins Musikstudio führt.

»Er hat Dobby abgeholt.«

»Dobby?«

»Na, unseren Dobermann«, antwortet Shiona.

Sie steigt in den Fahrstuhl ein und drückt den Knopf. Heute scheinen wir in ihr Zimmer zu fahren. Ich folge ihr.

»Eben gerade?«, frage ich scheinheilig. »Er ist mir gar nicht entgegengekommen. Wann kommen die beiden denn zurück?«

Mir ist schon klar, dass Maffei mit dem Hund nicht nur Gassi gegangen ist, sondern ihn in seinen Unterschlupf geholt hat. Aber vielleicht verrät Shiona etwas, ohne es zu ahnen.

»Du weißt doch, mein Vater hat immer zu tun.«

Die Fahrstuhltür schließt sich, wir fahren hinauf. Und bevor ich weiterfragen kann, drückt Shiona schon wieder ihre Lippen auf meine.

Ich lasse es zu. Und frage erst weiter, als sie von mir ablassen muss, weil wir angekommen sind und sich die Fahrstuhltür öffnet.

»Also länger weg?«, frage ich.

Shiona hat schon wieder vergessen, worüber wir geredet haben.

»Was? Wer ist länger weg?«

»Dein Vater. Mit Dobby.«

»Ach so, ja, ja. Eine Woche oder so. Er sagte irgendwas von seiner Jacht. Ich weiß aber nicht, ob er jetzt dahin wollte oder erst, wenn er das Geschäftliche erledigt hat.«

»Aha«, sage ich, seufze innerlich und frage mich, ob ich schon jemals auf irgendeine Frage von Shiona eine konkrete und hilfreiche Antwort bekommen habe.

Aber beim Stichwort »Jacht« klingelt es natürlich bei mir im Kopf. Eine Jacht haben Naomi und ich schon einmal verfolgt. Diese Information muss ich schnellstens an Naomi und Charles weitergeben. Die müssen prüfen, ob Maffeis Jacht oder die vom Boss im Hafen liegt oder irgendein anderes Schiff, auf das sie Zugriff haben könnten.

Sollten wir tatsächlich so viel Glück haben und die beiden größten Berufsverbrecher Europas einfach so von einer Luxusjacht im Hafen pflücken können?

»Willst du etwas trinken?«, fragt Shiona und hüpft schon zu ihrem Kühlschrank.

»Ja, gern!«, antworte ich. »Cola mit zwei Eiswürfeln, wenn du hast. Und einer Scheibe Zitrone vielleicht?«

»Aber sicher«, flötet sie mir vom Kühlschrank aus zu.

Das kostet erst einmal ein wenig Zeit. Ich ziehe mein Smartphone heraus und tippe Naomi blitzartig eine Nachricht.

Plötzlich klingelt es an der Haustür.

Shiona wendet sich um, sieht mich dadurch auf dem Smartphone tippen.

»Oh nein, wer ist das denn?«, fragt sie in den Raum hinein.

Ich habe natürlich keine Ahnung und bin auch davon ausgegangen, dass der »Gorilla« zur Tür gehen wird.

Doch Shiona klärt mich auf.

»Wir sind allein im Haus. Das kann also eigentlich niemand für meinen Vater sein.«

»Vielleicht jemand, der ihn spontan besuchen will und nicht weiß, dass er weg ist?«, frage ich.

»Machst du Witze?«, fragte Shiona lachend zurück. »Mein Vater hat nie spontanen Besuch. Jeder muss sich anmelden. Er will Beruf und Privates trennen. Find ich auch gut.«

»Klar«, sage ich und denke: *Wieder so eine Lüge.* In

Wahrheit dient es seiner Sicherheit als Obergangster, niemanden ungefragt an sich heranzulassen.

»Kommst du mit runter zur Tür?«, fragt Shiona. »Wenn es für mich ist, kann es eigentlich nur jemand aus der Band sein. Passt mir jetzt gar nicht.«

»Das glaube ich nicht«, widerspreche ich. »Also, Naomi und Charles sind es bestimmt nicht. Die müssen heute etwas für die Schule tun, soweit ich weiß.«

»Dann Kati?«, wundert sich Shiona. »Die ruft doch auch vorher an.«

Wir fahren also wieder hinunter, Shiona öffnet die Tür, und mir wäre bestimmt vor Erstaunen meine Cola aus der Hand gefallen, wenn ich mein Glas schon in Händen gehalten hätte.

Vor der Tür steht – Gonzo!

»Was machst du denn hier?«, rufe ich entsetzt aus.

»Wer ist das?«, fragt Shiona mich.

»Der größte Idiot unserer Schule«, antworte ich, woraufhin Gonzo sofort rot anläuft, den Kopf senkt und auf mich losgehen will.

Doch Shiona stellt sich ihm in den Weg, stemmt ihm ihre flache Hand gegen die Brust und sagt: »STOPP! Hast du sie nicht mehr alle? Wie bist du überhaupt aufs Gelände gekommen?«

Gonzo bleibt tatsächlich stehen, was er bei mir nicht gemacht hätte. Ich muss mir für die Zukunft im Umgang mit Gonzo echt mal was anderes überlegen.

»Ich weiß, dass du mit ihr hier bist«, faucht Gonzo.

»Mit wem?«, fragt Shiona nach.

Jetzt erst dämmert mir, auf welchen Ärger mit Shiona das hier hinauslaufen könnte.

»Na, mit Abena«, antwortet Gonzo. »Ich hab euch doch zusammen wegfahren sehen.«

»Wir haben uns auf dem Weg getrennt. Sie ist nach Hause gefahren«, erkläre ich ihm.

»Ha! Stimmt doch gar nicht«, sagt Gonzo.

»Moment mal«, wirft Shiona ein, wobei sie jetzt *mich* ansieht. »Wer ist Abena? Wieso wart ihr zusammen? Und wo? Ich denke, du musstest nach Hause zum Essen?«

»Von wegen«, behauptet Gonzo. »Er will mir meine Freundin ausspannen.«

»Hä?« Jetzt ist Shiona restlos verwirrt.

»Sie ist nicht deine Freundin«, stelle ich Gonzo gegenüber klar.

Shiona faucht mich an: »Aber deine oder wie?«

»Nein«, verteidige ich mich. »Natürlich nicht.«

»Ach nein?«, hakt wieder Gonzo ein. »Und wieso hängt ihr dauernd zusammen rum?«

»Wie bitte?«, fragt Shiona drohend.

Verflucht noch mal! Dieser Gonzo versaut mir, dem YOUNG AGENT, noch den freien Zugang zur Mafiavilla. Das darf ja wohl nicht wahr sein.

Zu allem Überfluss meldet sich in dieser Sekunde schon wieder mein Schülerhandy mit einem lauten Piepen.

»Da.« Gonzo zeigt auf mich. »Wetten, das ist sie? Wetten, das ist Abena? Ich wette, das ist sie. Los, zeig!«

Gonzo kommt so nah an mich heran und streckt die Hand schon aus, als wolle er mir das Handy aus der Tasche ziehen.

»Hey«, stoppe ich ihn. »Spinnst du jetzt komplett?«

»Vielleicht«, schaltet sich Shiona ein, »hat er ja recht. Wenn du nichts zu verbergen hast, kannst du es uns ja auch zeigen.«

»Das geht nicht«, wehre ich ab, erreiche damit aber natürlich das Gegenteil.

»Ich will das jetzt sehen«, verlangt Shiona.

Unwillig und zögernd ziehe ich das Handy aus meiner Hosentasche und kann nur hoffen, dass es eine harmlose Nachricht ist. Am besten auch keine von Abena. Vielleicht eine von Charles oder Naomi, von der ich behaupten kann, es beträfe unsere Musikband.

Ich habe Pech.

Ich schaue auf das Display und sehe, dass die Nachricht zwar von Naomi ist. Aber sie ist keineswegs harmlos. Da Naomi weiß, dass ich bei Shiona bin, hat sie an mein normales Schülerhandy gesendet.

Es geht los.
Komm schnell!
Der Countdown läuft ab jetzt.
Naomi

Shiona und Gonzo rücken neben mich und schauen mit aufs Display.

»Naomi?«, wundert sich Shiona.

»Wer ist Naomi?«, will Gonzo wissen. Er hat offenbar ihren Namen vergessen.

Shiona überhört Gonzos Frage und fragt stattdessen mich: »Was meint sie damit?«

Dieses Mal habe ich Glück, dass Gonzo mir zuvorkommt.

»Das Game!«, brüllt er. »Es geht ums Finale. Ich habe auch schon viele Punkte und 'ne reelle Chance auf den Gewinn.«

Er reißt sein Handy aus der Hosentasche und – schaut enttäuscht drauf.

»Wieso habe ich keine Nachricht? Wieso bekommst du einen Zeitvorsprung zum Finale? Das ist unfair«, klagt er.

»Wovon quatscht der?«, will Shiona von mir wissen.

Wieder brauche ich nicht zu antworten. Gonzo plappert los, erklärt ihr begeistert das Spiel, erzählt natürlich auch von unserer Auseinandersetzung an der Tankstelle und so weiter. Somit präsentiert Gonzo, ohne es zu wissen, Shiona mein komplettes Alibi.

»Es geht um dieses bescheuerte Reality Game?«, fragt Shiona fassungslos. »Dafür der ganze Aufriss?«

»Das ist überhaupt nicht bescheuert!« Gonzo rattert nun die Preise herunter, die man gewinnen kann.

Das rettet mich gerade vor weiteren unbequemen Fragen von Shiona. Das erste Mal in meinem Leben bin ich Gonzo dankbar. Und nutze die Gelegenheit, um noch eins draufzusetzen.

»Na ja«, erkläre ich Shiona nun kleinlaut, »meine Eltern haben so wenig Geld …« Das ist ja nicht mal gelogen. »Und ein Notebook zu gewinnen, wäre schon was.«

Überraschenderweise zeigt Shiona Verständnis.

Und Gonzo drängt mich: »Also, was sagt das Game? Geht's los? Was soll man suchen? *Wo* soll man suchen? Ist jetzt wirklich schon bald Schluss?«

INFERNO

Gonzo hat recht. Das Finale hat begonnen. Natürlich völlig anders, als Gonzo es vermutet. Denn es handelt sich keineswegs um ein Spiel, sondern der Boss und Thorsten Maffei haben die finale Bedrohung ausgerufen – natürlich anonym. Aber wir wissen genau, wer hinter der Erpressung steckt.

Ich sitze mit Naomi und Charles in deren Agentenwohnung und lese hochkonzentriert und angespannt den neuesten Erpresserbrief. Übermorgen um 22.30 Uhr wird eine Bombe explodieren, wenn bis dahin das Geld nicht auf ein anonymes Onlinekonto überwiesen worden ist. Ich spare mir die Frage, ob man nicht über die angegebene Kontoverbindung an die Täter herankommen könnte. Ich weiß, dass eine solche Online-Überweisung über etliche Länder bis ans Ende der Welt und wieder zurück hin- und hergeleitet wird, bis ihr Weg nicht mehr nachzuvollziehen ist. Und ehe man eine Spur ausfindig gemacht hat, haben die Erpresser das Geld längst unsichtbar gemacht, indem sie es auf ihre diversen Konten und Tarnfirmen verteilt haben. Also konzentriere ich mich auf eine andere Frage:

»Warum *übermorgen* um *22.30 Uhr*?«

Ich überlege eine Weile fieberhaft und habe dann eine Idee:

»Ist nicht gerade Dom?«

»What?«, fragt Charles. »Dom? Du meinst a church, eine Kirche?«

Ich winke ab.

»Nein, nein. Der ›Dom‹ in Hamburg ist ein großer Jahrmarkt«, erkläre ich den beiden. »Der Name hat allerdings mit einem echten Dom zu tun. Im 11. Jahrhundert gab es den nämlich noch in Hamburg, den Alten Mariendom, in dem und um ihn herum haben Händler, Handwerker, Schausteller und Gaukler regelmäßig einen großen Markt veranstaltet. 1804 wurde der Dom leider abgerissen. Der Markt wurde schließlich aufs Heiligengeistfeld verlegt und mit den Jahrzehnten natürlich immer moderner: mit Achterbahn, Geisterbahn, Loopings, Riesenrad, vielen Essensständen und so weiter. Mittlerweile ein großes Volksfest mit Millionen Besuchern, das dreimal pro Jahr stattfindet. Nur der Begriff ist geblieben: *Hamburger Dom.*«

»Oh, Shit!«, kommentiert Charles, weil er Böses ahnt. »You mean, der Anschlag ist geplant an diese Ort mit so viele Menschen?«

»Möglich«, antworte ich, während ich per Smartphone im Internet nachschaue, ob der Dom gerade tatsächlich stattfindet. Und finde heraus, dass der »Sommerdom« tatsächlich bis Ende August geht. Bingo. Er hat also derzeit geöffnet.

»Besonders interessant ist: Jeden Freitag um 22.30 Uhr gibt es auf dem Dom ein großes Feuerwerk. Damit hätten wir auch die Erklärung für den so exakt gewählten Zeitpunkt.«

»Krass!« Naomi schlägt sich mit der flachen Hand vor die Stirn. »Ich verstehe. Da fällt eine zeitgleiche Bombenexplosion zunächst gar nicht auf. Alle, die was mitbekommen, denken, der Knall gehöre zum Feuerwerk.«

»Ganz genau«, stimme ich Naomi zu. »Dabei muss die Explosion nicht mal direkt auf dem Dom stattfinden. Vielleicht auch auf der Reeperbahn, die liegt immerhin unmittelbar nebenan. Und dort ist freitags abends die Hölle los. Und nur einen Katzensprung entfernt liegt auch der Hafen.«

»Shit!«, sagt Charles wieder. »Die Explosion kann sein überall. Und überall auch sind many, many people.«

»Das stimmt«, stellt Naomi mit ernster Miene fest. »Es handelt sich hier wirklich um eine extrem große Gefährdung für die Bevölkerung. Es könnte ein riesiges Inferno werden, mit Hunderten Toten und Verletzten. Die meinen es offenbar wirklich ernst.«

»You really think, Thorsten Maffei ist fähig zu so etwas?«, fragt Charles in die Runde. »Ich meine, bisher Maffei hat keine Menschen getötet, oder?«

Naomi und ich schauen uns an und haben garantiert den gleichen Gedanken, beziehungsweise dieselbe Erinnerung: Als wir dem Boss und Maffei wegen eines illegalen Waffengeschäfts auf ein Containerschiff gefolgt waren, entdeckten wir dort eine versteckte Leiche, von der wir bis heute nicht wissen, wer sie war und weshalb die Person umgebracht wurde, geschweige denn, wo sie gelandet ist. Fest steht für uns, dass beide – sowohl der Boss als auch Maffei – nicht davor zurückschrecken, im Zweifelsfalle auch zu töten, wenn es ihren Zwecken dient. Und hundert Millionen Euro zu verdienen, dürfte für die beiden als Zweck ausreichen.

»Also«, versuche ich zusammenzufassen, »die schlechte Nachricht ist, dass der Boss und Maffei offenbar zum großen, furchtbaren Schlag bereit sind, der Hunderte Menschen das Leben kosten könnte. Die gute Nachricht ist, dass wir den Zeitpunkt des Anschlags kennen und ab jetzt noch genau 48 Stunden Zeit haben, ihn zu verhindern und die beiden Gangsterbosse zu schnappen.«

Naomi stimmt mir zu. »Dazu läute ich jetzt das große Finale unseres Fake-Games ein«, verkündet sie. »Ich denke, wir sollten den Siegerpreis hochsetzen, um möglichst viele Jugendliche zu mobilisieren. Und die Suche eingrenzen: Hamburger Dom, Reeperbahn inklusive der Seitenstraßen und – den Hafen?«

»Der ganze Hafen ist viel zu groß«, werfe ich ein. »Eher das Gebiet, in dem die Touristen herumlaufen, gerade am Wochenende: Landungsbrücken, Anleger der Kreuzfahrtschiffe, Elbphilharmonie.«

»Okay«, sagt Naomi, während sie das eifrig in den »Aufruf zum Game-Finale« eintippt.

»Und was ist the price für die Gewinner?«, fragt Charles.

»*Den* Gewinner«, präzisiert Naomi. »Nur einer soll den Hauptpreis bekommen. Dann strengen die Teilnehmer sich mehr an.«

»Gut«, sage ich. »Und was *ist* der Hauptpreis?«

»Eine Million Euro«, antwortet Naomi.

»WAS?«, rufen Charles und ich gleichzeitig.

»Was habt ihr denn?«, fragt Naomi verwundert. »Wenn das Ganze funktioniert, *spart* der Staat immerhin neunundneunzig Millionen.«

»Wenn man das so sieht …«, räume ich ein.

Doch Charles kann es noch immer nicht glauben.

»Ist das abgesprochen mit den Prof?«, fragt er zweifelnd.

Naomi grinst ihn an. »Ja, wirklich! Er hat zugestimmt. Allerdings hat er gleich hinzugefügt, dass *wir* gefälligst den Sprengsatz finden sollen.«

»Weil …«, setze ich an. Ich ahne es schon.

»Weil wir, wenn wir die Bombe finden, natürlich *nichts* bekommen«, bestätigt Naomi schulterzuckend meine Vermutung. »Ist doch logisch, weil es nun mal unser Job ist als YOUNG AGENTS.«

»Ne, is klar«, murre ich. Wäre ja auch zu schön gewesen, dafür, dass wir unser Leben aufs Spiel setzen, Millionär zu werden.

»So«, beschließt Naomi, »der Aufruf ist fertig. Ich sende ihn ab. Okay?«

»Okay«, stimmen Charles und ich zu.

Dann füge ich hinzu: »Wir sollten uns ja auch wirklich nicht auf die faule Haut legen, uns darauf verlassen und abwarten, dass einer von den Gamern die Bombe findet.«

»Selbstverständlich nicht«, stellt Naomi klar. »Wir müssen *jetzt* loslegen.«

Ich nicke. Dann muss ich doch nachfragen:

»Und wie?«

Die Antwort kommt überraschenderweise weder von Naomi noch von Charles, sondern von meinem Smartphone, das sich genau in diesem Moment mit einem kurzen Vibrationsalarm meldet. Am Signal erkenne ich sofort, worum es sich handelt. Es ist weder eine Nachricht von Shiona noch von Abena, auch nicht von meinen Eltern oder überhaupt irgendeinem Menschen, sondern – aus dem Halsband von Dobby, Thorsten Maffeis Dobermann.

Aufgeregt ziehe ich das Smartphone hervor.

»Wartet mal!«, sage ich und starre aufs Display, weil ich gar nicht glauben kann, was ich da sehe. »Tatsächlich. Das *alte* Halsband ist wieder aktiviert.«

Auf dem Bildschirm hat sich die entsprechende App geöffnet, weil die Abhörwanze, die ich in dem Halsband versteckt habe, eine Stimme wahrgenommen und identifiziert hat: Maffeis Stimme.

Sofort stelle ich auf Lautsprecher, damit die anderen mithören können.

»Dann benutzt Maffei das alte Halsband wieder? Why?«, fragt Charles.

»Psssst! Leise!«, fauche ich ihn an. Und spitze die Ohren, ebenso wie Naomi und jetzt auch Charles.

Wir hören Schritte. Und auch Maffei, der aber nur mit seinem Hund spricht.

»Er geht Gassi«, mutmaße ich.

»Allein?«, fragt Naomi.

Wir lauschen. Es wäre natürlich zu schön, um wahr zu sein, wenn der Boss Maffei bei seinem Spaziergang begleiten würde und die beiden darüber plauderten, wo sie den letzten Sprengsatz versteckt haben. Träum weiter, Billy.

»Moment«, sage ich. »War das nicht eine Wagentür, die da zugeklappt ist?«

Naomi nickt mir stumm zu.

Wir hören, wie ein Motor gestartet wird. Maffei gibt seinem Hund Befehle, sich ruhig zu verhalten, und redet ihm gut zu, dass sie gleich da seien und nachher noch mal um den Block gehen würden. Das Übliche, was man seinem Hund so erzählt.

»Der fährt irgendwo hin«, sage ich.

Aber das haben Charles und Naomi selbst schon mitbekommen.

»Vielleicht sie haben den Sprengsatz noch nicht versteckt?«, mutmaßt Charles. »Vielleicht sie tun es jetzt.«

»Na, das wäre ja wirklich ein glücklicher Zufall«, kommentiert Naomi.

»Lasst uns mal hören, ob wir bekannte Geräusche erkennen«, fordere ich die anderen auf und lege selbst mein Ohr dicht an den Lautsprecher meine Smartphones.

Charles reicht mir ein dünnes Kabel.

Wortlos nehme ich es und stecke es in die Kopfhörerbuchse des Handys, während Charles seinen Laptop aufklappt und ein entsprechendes Programm aufruft.

Jetzt hören wir die Geräusche über den Laptop, auf dem wir nun ein Programm zur Verfügung haben, mit dem sich einzelne Geräusch herausfiltern, andere herunterdimmen oder – wie störende Hintergrundgeräusche – völlig ausschalten lassen.

Charles räumt seinen Platz am Schreibtisch und überlässt ihn Naomi, die sich mit Tonmischungen am besten von uns auskennt.

Im Moment hören wir aber nur Motorgeräusche und das belanglose Gerede von Maffei mit seinem Hund. Doch dann läutet Maffeis Smartphone. Er nimmt das Gespräch über die Freisprechanlage an. Volltreffer!

Dann hören wir – Shionas Stimme.

»Schnell!«, sage ich zu Naomi. »Kannst du Maffeis Telefon orten?«

»Nein«, antwortet sie, »weil wir seine Nummer nicht kennen.«

»Please, be quiet!«, bittet Charles. »Lasst uns hören, was sie haben zu sagen.«

Naomi und ich schweigen. Und hören zu.

Doch Shiona fragt nicht, wo ihr Vater gerade ist. Das

tut sie nie, weil ihr Vater ihr einfach schon vor langer Zeit untersagt hat, solche Fragen zu stellen. Shiona fragt nur, wie es ihm geht, was aber auch eher eine Begrüßungsfloskel ist und ebenso beantwortet wird. Mit einem schlichten »Gut« nämlich.

Ebenso wenig fragt Shiona nach den Geschäften ihres Vaters. Und so erfahren wir durch dieses Gespräch nichts, was uns in unserem Fall und bei unserer Jagd nach Maffei voranbringen wird.

Noch schlimmer: Jetzt fangen sie an, über *mich* zur reden. Maffei fragt seine Tochter: »Und? Was macht dein neuer Freund? Er scheint mir noch sehr jung zu sein.«

Ich spüre, wie mein Kopf rot anläuft.

Aber Naomi und Charles verzichten dieses Mal darauf, über mich zu feixen, dafür ist die Sache zu ernst. Und auch sie wissen, dass uns das belanglose Gespräch zwischen Vater und Tochter nicht weiterführt.

Und trotzdem gibt es eine neue Spur.

»Shiona hat *ihn* angerufen«, betont Naomi. »Das heißt, sie hat seine Handynummer. Vermutlich in ihrem Smartphone eingespeichert. Wenn wir die herausbekommen, können wir Maffeis Telefon orten.«

Naomi schaut mich erwartungsvoll an, und ich weiß, was sie damit sagen will.

»Ich soll zu Shiona gehen und die Nummer herausfinden?«

Naomi nickt.

»Aber ich komme gerade von ihr. So leicht lässt sie

mich das nächste Mal nicht wieder weg. Dafür haben wir keine Zeit. Ich kann doch nicht wieder Stunden bei ihr verbringen«, wende ich ein.

»Natürlich nicht«, stimmt Naomi mir zu. »Sag ihr einfach, du hast dein Handy bei ihr vergessen. Du gehst rein und nimmst Shionas Handy mit. Hinterher sagst du, es war ein Versehen.«

»Gute Idee«, finde ich.

»Also los, Beeilung. Nimm die Drohne. Charles und ich bleiben hier und hören ihn weiter ab«, sagt Naomi. »Und nehmen entgegen, was die Gamer uns an Fundorten schicken.«

»In Ordnung« Schon springe ich auf, renne die Treppen hinauf aufs Dach, klettere in die dort geparkte Drohne und starte.

Erst als ich schon in der Luft bin, komme ich auf die Idee, auf die Akkuladung der Drohne zu schauen. Nur halb voll, aber das reicht, um zu Shiona und zurück zu kommen. Mit der Drohne brauche ich nur wenige Minuten bis zur Villa. Wenn ich dort parke, wo Charles sie in der Regel versteckt, in einem kleinen Waldstück hinter der Villa, ist es zu weit zum Eingang. Das dauert mir zu lange.

Es ist mittlerweile Mitternacht. Die Straße hier draußen ist leer. Ich wage es, unmittelbar in der Nähe des Eingangstores zu landen und die Drohne dort abzustellen. In die Büsche schieben kann ich sie nicht allein. Dafür ist sie mit dem Akku zu schwer. Ich kann also nur hoffen, dass niemand um diese Uhrzeit hier entlangkommt und womöglich auf die Drohne aufmerksam wird.

Shiona ist entsprechend überrascht, als es am Eingangstor läutet und sie *meine* Stimme durch die Sprechanlage hört. Ich sage ihr, ich hätte mein Handy bei ihr vergessen. Sie lässt mich rein. Wartet an der Haustür auf mich und empfängt mich mit den Worten:

»Wo denn? Ich habe schon mal geschaut und konnte es nirgends entdecken.«

»Nein?«, frage ich betont erstaunt. »Seltsam. Auch nicht auf dem Sofa oder zwischen den Kissen?«

Ich stelle die Frage extra so, weil ich weiß, dass Shiona in ihrem Zimmer gern auf ihrem Sofa sitzt, mit dem Handy chattet und oft gleichzeitig Netflix-Filme schaut. Wenn ich Glück habe, liegt ihr Handy also dort in der Nähe.

Doch meine Hoffnung wird sogleich zerstört. Kaum, dass ich die Villa betreten habe, sehe ich, dass Shiona ihr Smartphone in der Hand hält.

Mist! Wie komme ich jetzt an ihr Handy heran?

Genau genommen brauche ich es ja gar nicht, sondern nur die Nummer ihres Vaters, die hoffentlich darin gespeichert ist. Noch während ich darüber nachgrüble, wie ich an Shionas Telefon herankomme, hat Naomi offenbar mitgedacht.

Als wir dabei sind, das Sofa zu durchsuchen und mein Handy natürlich nicht finden können, klingelt Shionas Telefon.

Sie nimmt das Gespräch an, hört kurz zu und überreicht es dann mir.

»Es ist Naomi«, teilt sie mir mit. »Sie kann dich nicht erreichen, sagt sie, darum hat sie es nun bei mir versucht. Da hat sie aber Glück gehabt.«

»Oh«, sage ich. »Danke.«

Mir ist Naomis Trick sofort klar. Denn nun halte ich Shionas Handy in der Hand.

Während ich scheinbar zuhöre und Naomi und ich über Belangloses reden, gehe ich unauffällig einige Schritte im Zimmer umher. Shiona setzt sich aufs Sofa und wartet.

Ich gehe noch weiter von ihr fort, gebe ihr mit einem Kopfnicken und Augenzwinkern kurz ein Zeichen, dass ich gleich wieder für sie da bin, drehe ihr den Rücken zu, neige meinen Kopf. Auf diese Weise kann Shiona von ihrer Position aus nicht sehen, dass ich gar nicht mehr mit Naomi telefoniere, sondern blitzschnell das Telefonverzeichnis durchgehe und auch gleich fündig werde. Shiona war da nicht besonders einfallsreich. Die Nummer ihres Vaters ist unter »Daddy« gespeichert. Aber leider ist es nicht *eine* Nummer, sondern es sind fünf verschiedene. Ich drücke auf »Kontakt kopieren« und »Weiterleiten« und sende damit Naomi alle Nummern. Anschließend rede ich weiter laut mit ihr: »Nein; Naomi, die Mathearbeit schreiben wir nicht *morgen*. Bestimmt nicht. Erst am Montag. Ja, du hast noch das ganze Wochenende zum Üben. Wir sehen uns … Ciao.«

Ich beende das Gespräch, wende mich wieder Shiona zu und sage:

»Ach, Naomi. Sie bringt immer die Termine durcheinander. Na ja, mein Handy habe ich dann wohl doch bei A…« Um ein Haar hätte ich »Abena« gesagt. Das wäre aber eine ganz schlechte Ausrede und würde sicher gleich eine ganz andere unangenehme Debatte auslösen. Also beende ich den Satz schnell mit: »…Arnd, einem Freund von Charles, liegen gelassen. Ich muss los. Du weißt ja, Finale des Games. Dazu muss ich aber erst mal mein Handy wiederfinden.« Ich wische mir scherzhaft mit dem Handrücken über die Stirn und puste in die Luft.

»Oje«, sagt Shiona und lacht. »Und das um diese Uhrzeit. Du Ärmster. Na, viel Glück dabei.«

Wir verabschieden uns. Wieder mit Küssen, aber dieses Mal nur kurz.

Und schon wenige Minuten später bin ich wieder draußen vor dem Tor bei meiner Drohne.

Gerade als ich einsteige, piept mein Handy.

Eine Nachricht von Naomi.

> Wir wissen jetzt, wo Maffei
> ist.
> Hier die Koordinaten

Mir ist klar: Das bedeutet, ich soll sofort hinfliegen.

Ich starte die Drohne in Windeseile, steige auf und fliege Richtung Innenstadt.

Als ich hinunter auf die Straßen schaue, erlebe ich eine große Überraschung.

Naomis Aufruf zum Finale des Games, bei dem nun eine Million Euro als Preisgeld ausgelobt sind, wirkt wie ein Lauffeuer. Überall aus den Wohnhäusern strömen die Jugendlichen, um sich auf die Suche zu machen. Und das um *diese* Zeit. Es ist kurz nach Mitternacht!

Unfassbar! Es kommen immer mehr.

Offenbar ist diese Million ein derart großer Anreiz, dass sich nicht nur die Nachricht blitzartig verbreitet hat, sondern auch die Eltern nichts mehr dagegen haben, dass ihre Kinder nachts ausschwärmen, um den Millionenfund zu machen. Oder die Kids haben sich heimlich vom Acker gemacht.

Wie es von hier oben aussieht, haben sich viele Dreier- und Vierergruppen gebildet, vermutlich mit der Strategie, in der Gruppe schneller fündig zu werden und sich den Riesengewinn hinterher gerecht aufzuteilen.

Ich melde mich per Funk bei Naomi und berichte ihr, was ich sehe, während ich gleichzeitig die Koordinaten von Maffeis Aufenthaltsort ins Navigationssystem eingebe.

»Wir haben da eine Lawine losgetreten«, sage ich zu Naomi. »Hoffentlich geht das gut. Wenn du sehen könntest, was da auf den Straßen los ist. Meine Güte! Hoffentlich war das kein Fehler mit der Million, und wir haben eine Massenhysterie ausgelöst.«

»Zumindest machen sich jetzt eine Menge Leute auf die Suche. Das erhöht die Chance, dass wir den Sprengsatz rechtzeitig finden. Es kann für die Sicherheit nur gut sein«, entgegnet Naomi überzeugt.

Die Drohne dreht ab und fliegt tatsächlich Richtung Heiligengeistfeld, dorthin, wo der Hamburger Dom aufgebaut ist. Der schließt um elf Uhr abends, darum ist dort jetzt alles dunkel und verlassen.

Ideale Voraussetzungen also, um einen Sprengsatz zu verstecken, denke ich.

Ob Maffei genau den gleichen Gedanken hat? Soweit ich das von hier oben erkennen kann, laufen viele Jugendliche, die die »Bombe« finden wollen, Richtung Hafen und dann über die Reeperbahn zum Heiligengeistfeld. Vielleicht rechnen sie damit, dass die »Bombe« doch eher dort versteckt sein könnte. Denn die Reeperbahn ist, obwohl es mitten unter der Woche ist, noch voll belebt. Und auch der Hafen blinkt und leuchtet geschäftig. Da vermutet man einen Millionenfund wohl eher als auf einem dunklen und verlassenen Jahrmarkt. Wie auch immer …

Doch was ist das? Brennt es dort hinten? Das muss in der Nähe der Landungsbrücken sein.

Und dort! Ach, du Scheiße! Da hinten ist doch gerade etwas explodiert, oder spinn ich? In der Simon-von-Utrecht-Straße, eine Parallelstraße zur Reeperbahn. Ich gehe mit der Drohne etwas tiefer und kann nun erkennen, dass dort ein Müllcontainer brennt. Schon zwei Brandherde also. Und damit ist für mich klar, dass es sich um ein Ablenkungsmanöver handelt.

Ich melde mich wieder bei Naomi und Charles.

»Maffei und seine Komplizen zünden gerade mehrere kleine Brandsätze«, berichte ich. »Offenbar, um Verwirrung und Chaos zu stiften. Die werden bestimmt den großen Sprengsatz deponieren wollen und hoffen, so unbemerkt zu bleiben.«

»Maffei ist weg«, ist Naomis überraschende Antwort.

»Was meinst du mit *weg?*«, frage ich hektisch nach.

»Er hat sein Handy komplett ausgeschaltet«, erklärt Naomi dumpf. »Also auch den Akku entfernt. Ich kann ihn nicht mehr orten.«

»Du meinst, er weiß, dass wir ihm auf der Spur sind?«, frage ich.

»Nein, das glaube ich nicht«, erklärt Naomi. »Das sind vermutlich reine Sicherheitsvorkehrungen. Ich nehme mal an, er hat das Handy sowieso nur, damit Shiona ihn erreichen kann. Wenn er schlau ist – und das ist er, wie wir wissen –, wird er es immer deaktivieren, wenn er seine Geschäfte macht. Wir hatten Glück, dass wir ihn im Visier hatten, genau in dem Augenblick, als er mit Shiona telefoniert hat.«

»Aber hört ihr ihn nicht über die Wanze im Hundehalsband?«, hake ich aufgeregt nach.

»Nein«, antwortet Naomi. »Er muss den Hund unterwegs irgendwo abgesetzt haben. Wir hören ab und zu nur einige Anweisungen einer anderen Stimme. Ich nehme an, es ist der ›Gorilla‹, der auf den Hund aufpasst.«

»Oh Mann«, sage ich. »Dann ist Maffei jetzt wohl wirklich unterwegs, um den Sprengsatz zu deponieren. Jetzt muss ich ihn nur finden. Ich tippe auf den Hamburger Dom, der ja jetzt dunkel und verlassen ist.«

»Gute Idee«, sagt Naomi. »Charles wird dich unterstützen. Trefft euch am Riesenrad.«

»Alles klar.« Damit beende ich erst mal die Funkverbindung und ... wow! Diesmal explodiert etwas genau unter mir. Ich fliege so tief, dass ich die Detonation sogar spüre. Die Drohne wackelt, ich ziehe sie hoch und kontrolliere gleichzeitig sämtliche Kontrollleuchten und Funktionen, schaue mich um, ob die Drohne etwas abbekommen hat. Wie es aussieht, habe ich Glück gehabt. Es scheint alles unbeschädigt zu ...

Du meine Güte! Was ist das?

Einer der Rotoren steht in Flammen. Zum Glück fliege ich einen Multicopter, der insgesamt von 16 Rotoren getragen und angetrieben wird. Die Drohne hält es also aus, wenn ein oder zwei der Propeller ausfallen. Aber ich weiß nicht, ob und, wenn ja, wie schnell sich das Feuer auf die Drohne ausbreiten kann. Auf der anderen Seite ist auch ein Rotor ausgefallen, sehe ich jetzt. Zwei Signallampen leuchten rot und geben Alarm. Wenn mein Akku Feuer fängt, ist es zu spät. Ich sollte zusehen, dass ich irgendwo lande.

Da geht der vierte Brandsatz hoch. Dieses Mal vor

dem U-Bahn-Eingang Feldstraße, direkt vor einer Imbissbude.

Kein Zweifel, Maffei und der Boss richten ein Inferno an, um Feuerwehren und Polizei der ganzen Stadt zu beschäftigen. Gleichzeitig dient das weiterhin als Warnung vor ihrem angekündigten Riesenbrandsatz. *Der Staat soll endlich zahlen!* soll das unmissverständlich heißen.

Ich steuere eine Rechtskurve, ziehe über die Häuser und schwebe über den Buden und Karussells des Hamburger Doms. Wenn ich schon notlanden muss, warum nicht gleich auf dem Domgelände, vor dem Riesenrad? Erstens ist hier der Treffpunkt mit Charles und zweitens hält sich dort niemand auf, sodass ich ungesehen landen kann. Ich setze meine brennende Drohne also genau zwischen dem Autoscooter und der Geisterbahn ab.

Da sehe ich noch während meines Landemanövers etwas entfernt von mir Maffeis schwarzen Van parken! Mein Instinkt hat mich nicht betrogen.

Maffei ist hier.

Aber wo? Etwa in der Geisterbahn? Das wäre natürlich ein perfektes Versteck. Ich muss meinen Impuls unterdrücken, sofort hineinzulaufen und nachzusehen. Vorher muss ich zum Riesenrad und Charles treffen. Außerdem darf ich nicht zulassen, dass meine Drohne abbrennt. Ich hole also den Feuerlöscher unter dem Sitz hervor und beginne erst mal, die beiden Rotoren zu löschen. Aus einiger Entfernung sehe ich, wie eine Gruppe von vier

Jugendlichen auf mich zukommt. Die wollen aber sicher gar nicht zu mir, sondern zum Hafen, und nehmen nur den kürzesten Weg dahin über den dunklen Dom. Als sie auf meiner Höhe sind, bleiben sie stehen und starren ungläubig auf die vor sich hin kokelnde Drohne.

»Wow!«, sagt einer. »Ist das ein Flugtaxi?«

»Nein, nein«, widerspreche ich lachend. »Das gehört zu einem Karussell und wird gleich abgeholt, weil es kaputt ist. Hat irgendwie einen Kurzschluss, zwei Rotoren sind durchgebrannt. Wir checken hier nach Feierabend immer noch mal alle Fahrgeräte«, füge ich noch hinzu, damit sie gar nicht erst auf die Gelegenheit kommen, sich über die Uhrzeit zu wundern.

Die vier Jugendlichen haben sich um die Drohne herum gruppiert und ich bekomme eine dunkle Vorahnung, was gleich passieren wird.

»Ein Mechaniker kommen gleich mit dem Lkw«, behaupte ich schnell, bevor die auf die Idee kommen, einem Jungen wie mir mal eben die Drohne zu klauen. Wahrscheinlich würden sie damit gar nicht weit kommen. Aber ich habe weder Lust noch Zeit, mich mit denen anzulegen.

»Seid ihr auch unterwegs wegen des Inferno-Games?«, versuche ich abzulenken.

»Logisch!«, antwortet einer. »Du auch?«

»Wie gesagt, ich muss hier auf den Mechaniker warten. Ich hab auch schon einige Gamer in die Geisterbahn laufen sehen.«

»In die Geisterbahn?«, fragt ein anderer. »Wieso das denn?«

»Wieso wohl, Hohlkopf«, pflaumt ihn einer seiner Kumpels an. »Ist doch ein super Versteck. Da hätten wir auch drauf kommen können. Los, gehen wir rein!«

»Ist die Bahn nicht geschlossen?«, fragt der Erste wieder. »Wie sollen wir denn da reinkommen?«

»Die anderen sind hinten rum«, sage ich.

Und schon bin ich die vier los. Sie spurten um die Geisterbahn herum, um den Hintereingang zu suchen. Entweder sie finden wirklich einen Eingang – denn wenn Maffei da drinnen ist, muss es einen solchen geben –, und der Verbrecher wird dabei gestört, den Sprengsatz zu verstecken. Oder es gibt gar keinen Eingang – dann ist auch Maffei nicht dort. Trotzdem wäre ich die Jugendlichen erst mal los, weil sie sicherlich eine ganze Weile mit der Suche beschäftigt sein werden.

Ich habe das Feuer unter Kontrolle bekommen. In diesem Augenblick kommen Naomi und Charles mit den E-Bikes angeradelt.

»Naomi?«, begrüße ich sie erstaunt. »Ich dachte, du wolltest am Computer bleiben.«

»Bin ich doch«, antwortet sie grinsend und zieht ein iPad mini aus ihrer Tasche.

»Auch von hier hab ich alles im Blick.«

»Dann los!«, sage ich und informiere die beiden über den aktuellen Stand der Dinge. »Maffei muss irgendwo hier sein.«

Charles zieht die Stirn kraus und schaut skeptisch rüber zur Geisterbahn.

»Wenn ich wäre Maffei, ich würde nicht deponieren die Sprengstoff dort.«

»Wieso nicht?« Ich fand, es sei das ideale Versteck.

»Der Effekt ist zu klein«, sagt Charles. »Wenn die Bombe explodiert, es wird brennen dort innen. Außen es bekommt vielleicht niemand mit. Oder irgendwann es brennt die Fassade. So what? Das könnte auch passieren durch eine kurze Schluss.«

»Durch einen ›Kurzschluss‹, meinst du«, korrigiere ich.

Charles nickt.

»Wo würdest du denn die Bombe verstecken?«, fragt Naomi ungeduldig.

Charles zeigt nach oben, aufs Riesenrad.

»Dort.«

Dann dreht er sich in die andere Richtung, zeigt auf die Achterbahn und sagt:

»Oder dort. Und zwar below. Die Explosion würde stürzen das gesamte riesige Gerüst.«

»Wow!«, sage ich. »Das wäre allerdings ein Effekt, der dem Boss und Maffei gefallen dürfte.«

»Exactly«, nickt Charles.

»Dann sehen wir uns dort mal um«, schlage ich vor.

In dem Augenblick gibt Naomis Smartphone ein Signal.

»Merde!«, flucht sie, als sie einen Blick drauf wirft. Dann schaut sie Charles und mich an und teilt uns mit:

»Die Jugendlichen in der Geisterbahn haben die Bombe tatsächlich entdeckt.«

»WHAT?«, fragt Charles, überrascht, dass seine Vermutung sich offenbar als falsch herausstellt. »Im ghost train?«

Naomi nickt. »Du hast dich getäuscht, Charles.«

»Ich kann nicht glauben das! Warum in die Geisterbahn? Es ist vollkommen … wie sagt man … crazy … verrückt. Wer sich interessiert für die kleine Geisterbahn?«

»Nein, es ist Tatsache«, widerspricht Naomi und hält ihm das Display vors Gesicht. »Also los!«

Wir starren auf die Geisterbahn.

»Wo sind die Jugendlichen jetzt?«, frage ich.

»Ich weiß nicht«, antwortet Naomi. »Entweder, sie erscheinen jeden Moment. Oder sie warten innen, dass jemand kommt und ihnen den Gewinn bestätigt. Hier Sie haben ein Foto von der Bombe geschickt.«

»Dann lasst uns reingehen«, schlage ich vor. »Hinten muss irgendwo ein Eingang sein. Hier vorn ist alles dicht.«

»Alle drei?«, fragt Naomi. »Sollte nicht einer von uns hier vorn warten?«

»Gute Idee«, stimme ich ihr zu. »Charles?«

»Okay«, sagt Charles. »Ich warte hier.«

Noch immer sieht er sehr nachdenklich aus. Offenbar kommt er nicht darüber hinweg, dass er sich getäuscht hat.

Da diese finale Bombe erheblich größer und gefährlicher sein dürfte als die, die wir bereits gefunden haben, wird nicht Charles sie entschärfen. Sobald wir sie sichergestellt haben, rufen wir die Sprengstoffspezialisten über die Zentrale. Anordnung vom Prof.

Naomi und ich wollen nun also endlich loslaufen, um von hinten in die Geisterbahn zu kommen, doch Charles hält uns noch einmal auf.

»Naomi? Please … can I see the bomb, noch mal?«

Naomi stutzt, zögert, dann begreift sie, dass Charles das Foto meint, das die Jugendlichen geschickt haben.

»Ist ein bisschen dunkel und unscharf«, sagt sie, während sie Charles das Display hinhält. »Aber wir gehen ja jetzt rein und schauen uns …«

»No!«, unterbricht Charles sie.

Naomi ist verwirrt. »Was *no?*«

»Es ist nicht die bomb, die wir suchen«, behauptet Charles.

»Was meinst du damit?« Auch ich komme nicht mehr mit.

»Ist das nur eine Attrappe, die zur Geisterbahn gehört, oder wie?«

Charles schüttelt den Kopf. »No, no, es ist eine echte bomb.«

»Also doch?« Naomi wird ungeduldig. »Bitte, Charles, was denn nun?«

»Es ist eine Bombe, aber nicht der große Sprengsatz, den wir haben erwartet. Es ist die gleiche Typ wie an die Tankstelle.«

»Du meinst…«, setze ich meine Frage an, doch Charles schneidet mir das Wort ab.

»Es ist wieder eine Ablenkung. Ich denke, diese bomb in die Geisterhalle soll explodieren. Es gibt Panik, die Feuerwehr kommt, sperrt alles ab. Die Menschen drängen und flüchten nach dort und nach dort. Und dann dort ist…«

Charles zeigt zur…

»Achterbahn!«, rufe ich aus.

»Exactly«, bestätigt Charles. »Wenn alle Leute dort laufen entlang, wird kommen die ganz große Knall.«

»Das ist ja voll widerlich!« Naomi rümpft die Nase und schüttelt sich sogar.

»Dann hattest du wahrscheinlich recht, Charles, und der große Sprengsatz befindet sich an der Achterbahn«, sage ich.

»Yes«, antwortet Charles. »Das war, worüber ich hatte geknobelt.«

»Also gut.« Naomi klatscht voller Tatendrang in die Hände. »Dann müssen wir alle drei jetzt dort hinein.« Sie zeigt auf die Geisterbahn. »Charles entschärft die Bombe, denn es ist ja die gleiche Bauart wie an der Tankstelle. Und wir beide, Liam, holen die Jugendlichen da raus.«

»Klar«, stimme ich zu. »Los!«

Wir laufen um die Geisterbahn herum und finden auf der Hinterseite sofort einen Durchschlupf, den bestimmt auch die Jugendlichen genommen haben.

Naomi geht als Erste, ihr folgt Charles, ich komme als

Letzter. Dann bleibt Naomi mit einem Mal stehen, ruft »Merde!« und rennt los.

»Was ist los?«, will ich wissen.

»I don't know«, antwortet Charles. »Hinterher!«

Wir beide haben genug Vertrauen in Naomi, um zu wissen, dass eine solche Reaktion von ihr niemals unbegründet wäre. Also rennen wir ihr nach, ohne zu wissen, weshalb und wohin. Das Problem ist nur, dass es hier drinnen stockfinster ist. Das ist es in einer Geisterbahn immer, aber in einer, die nicht in Betrieb ist, erst recht. Man sieht seine Hand vor Augen nicht. Und so sehe ich auch nichts mehr von Charles vor mir und erst recht nicht von Naomi.

Da wir aber im Einsatz sind, haben wir natürlich unsere Agentenrucksäcke dabei. Ich bleibe kurz stehen, und wenn ich die Geräusche richtig interpretiere, machen es Naomi und Charles genauso wie ich. Wir kramen unsere Nachtsichtgeräte hervor, setzen sie auf. Und schon können wir drei uns nicht nur gegenseitig sehen, sondern auch die Umgebung.

»Da!«, ruft Naomi plötzlich.

Ich schaue in die angezeigte Richtung. Vor mir läuft alles wie ein unscharfer, uralter Schwarzweißfilm ab, aber ich kann gut genug erkennen, worauf Naomi gezeigt hat. Nur wenige Meter von uns entfernt huscht jemand vorbei. Soweit ich es in dem sekundenkurzen Augenblick erkennen konnte, könnte es ein Mann gewesen sein. Von den vier Jugendlichen war es jedenfalls keiner. Denn trotz des kurzen Moments und der schlechten Sicht habe ich eines deutlich erkannt: Der Typ trug ebenfalls ein Nachtsichtgerät auf dem Kopf. Und solche Geräte haben die Jugendlichen bestimmt nicht dabei.

Aber Thorsten Maffei vielleicht oder einer seiner Handlanger. Oder etwa der Boss?

Möglicherweise werden wir es gleich wissen, denn Naomi zeigt wieder die Richtung an: »Dort entlang. Ihm nach!«

Wir drei hetzen durch die Geisterbahn. Schemenhaft sehe ich die Figuren links und rechts von mir. Denn wir haben uns entschieden, auf den Schienen entlangzulaufen, auf denen normalerweise die Wagen mit den Fahrgästen herumgondeln. Denn die Schienen sind frei, da gibt es keine Gefahr, irgendwo gegenzurennen.

Mit einem Mal fällt etwas riesiges Schwarzes von oben auf mich herab. Ich schrecke zurück, zucke kurz zusammen, aber statt aufzuquieken oder zu kreischen, habe ich sofort meine Hand an meiner Luftdruckpistole und bin für den Kampf bereit. Fast hätte ich schon abgedrückt und dem schwarzen Etwas eine Hartgummikugel gegen den Pelz geschossen, doch gerade noch rechtzeitig erkenne ich, dass eine riesenhafte, zottelige Spinnenfigur vor meinem Gesicht baumelt, die mich mit leuchtend roten Augen anstarrt und dabei hämisch lacht.

Moment mal! Wie geht das? Die Geisterbahn ist doch gar nicht in Betrieb.

Im selben Moment, in dem ich das denke, fängt es an, um mich herum zu blinken und zu blitzen, zu rattern und zu quietschen, zu brüllen und zu kreischen und …

»AAAAAACHTUNG!«, brüllt Naomi mir zu.

Blitzartig wende ich mich um und sehe, wie eine Gondel mit grellem Scheinwerferlicht auf mich zurollt.

Ich schreie auf, weil das gleißende Licht durch mein Nachtsichtgerät in meinen Augen brennt wie Feuer. Ich reiße mir das Gerät vom Kopf, springe zur Seite und schaffe es gerade noch so, nicht überrollt zu werden.

Auch Charles und Naomi hinter mir sind in Deckung gegangen.

Charles ruft uns zu, was wir selbst begriffen haben.

»Jemand hat angeschaltet die Geisterhalle.«

»Das war bestimmt Maffei«, höre ich Naomi. »Weil wir ihm auf den Fersen sind.«

»Wo ist er hin?«, frage ich.

»Na, wohin wohl?«, fragt Naomi zurück. »Zumindest eben war er dort, wo der Hauptsicherungskasten steht. Sonst hätte er ja nicht …«

»Schon klar«, unterbreche ich sie. »Wo ist dieser Kasten?«

»Das weiß ich doch nicht«, ruft mir Naomi zu.

Und dann ist es mit einem Schlag wieder stockfinster.

»Auf jeden Fall ist Maffei *immer* noch dort«, ergänzt Naomi.

»Dann müssen wir uns zwischen ihm und dem Ausgang befinden, sonst wäre er ja einfach rausgelaufen«, kombiniere ich. »Er muss an uns vorbei, deshalb versucht er, uns zu verwirren.«

Und er muss uns für ganz normale Gamer halten wie die vier Jugendlichen, die vor uns in die Geisterbahn gekommen sind. Denn von der Existenz der YOUNG AGENTS kann er nichts wissen. Insofern ist die einzige Angst die, dass wir ihn erkennen und später identifizieren könnten.

Diese Vermutung flüstere ich Naomi und Charles nur ins Ohr, damit Maffei mich auf keinen Fall hören kann. Denn in diesem Überraschungsmoment liegt unsere Chance.

Charles und Naomi stimmen mir zu.

Doch dann tauchen statt Maffei plötzlich die Jugendlichen vor uns auf. Ich erkenne es daran, dass alle vier die Taschenlampenfunktion ihrer Smartphones angeschaltet haben und sich selbst anleuchten, als gehörten sie zu den Gespenstern dieser Bahn.

»Hey«, ruft uns einer zu, der uns bestimmt nur schemenhaft erkennen kann. Naomi, Charles und ich haben unsere Nachtsichtgeräte wieder aufgesetzt.

»Haut ab! Wir haben die Bombe schon gefunden. Wir bekommen die Million. Also verschwindet.«

Alle vier stimmen ein Freudengeheul an.

»Yoooooh meeeen«, ruft ein anderer. »Ey, Leute. Eben war doch die Geisterbahn an. Wollen wir nicht eine Siegesfahrt unternehmen?«

Bloß nicht! denke ich.

Naomi reagiert besser und schlagfertiger als ich.

»Herzlichen Glückwunsch!«, ruft sie den Jugendlichen zu. »Draußen warten sie schon mit der Urkunde. Wenn ihr wollt, gehen wir natürlich zuerst raus. Dann gelten wir allerdings als die Sieger.«

»Was?«, empört sich der dritte. »Nein. Wehe! *Wir* haben die Bombe gefunden. Wir haben ja auch das Bild geschickt.«

»Ach ja?«, setzt Naomi ihnen weiter zu. »Wo ist sie denn, eure angebliche Bombe?«

»Na, dort hinten, in dem Sarg, aus dem immer Dracula aufsteigt«, antwortet ein anderer.

Danke, denke ich. Denn diese Information hatten wir bislang nicht.

»Na, dann geht raus und holt euren Preis«, sagt Naomi.

Das lassen sich die vier nicht zweimal sagen.

»Weg da! Beiseite!«, grölen sie und rennen nach hinten zu dem Spalt in der Wand, durch den sie auch hineingekommen sind.

Kaum sind sie draußen, kann ich nur den Kopf schütteln.

»Wie kann man nur so leichtgläubig sein?«

Naomi lacht. »Das ist das richtige Wort dafür. Denn sie haben mir nur geglaubt, weil sie es glauben *wollten.*«

»Also los jetzt! Charles muss die Bombe entschärfen.«

»I'll do. Ich sehe schon das Sarg. Stay here, um abzupassen Maffei.«

»Wir brauchen nicht zu warten«, ruft Naomi plötzlich. »Da ist er schon. Hinter dir!«

Für einen Moment weiß ich nicht, ob Naomi mich oder Charles meint. Das ist *der* Moment, den ich zu lange zögere. Schon ist Maffei an mir vorbei.

»Schnapp ihn dir!«, ruft Naomi, und dieses Mal weiß ich, dass *ich* gemeint bin, denn ich bin am nächsten dran.

Möglich, dass Maffei immer noch denkt, wir wären spielende Jugendliche. Allerdings hat er schon einmal, als ich dicht an ihm dran war, auf mich geschossen. Deshalb gehe ich kein Risiko ein, ziehe meine Luftdruckpistole, ziele durch mein Nachtsichtgerät – doch da leuchtet mir Maffei mit einer grellen LED-Taschenlampe direkt ins Gesicht.

Wie ein weißer Blitz durchfährt es meine Netzhaut. Ich schreie auf, drehe meinen Kopf weg, kann für einen Moment überhaupt nichts mehr sehen und höre nur beiläufig das dumpfe Ploppen einer Luftdruckwaffe. Meine war es nicht.

Ich spüre, wie Naomi an mir vorbeiläuft und nochmals ihre Luftdruckwaffe abfeuert, dieses Mal gefolgt von einem Aufschrei. Naomi hat Maffei getroffen.

Instinktiv ducke ich mich weg, denn ich rechne mit Gegenfeuer, das auch augenblicklich folgt. Zwei Schüsse peitschen durch die stockfinstere Geisterbahn.

Irgendetwas kracht zu Boden. Aber ich höre keinen Aufschrei und hoffe also, dass weder Naomi noch Charles getroffen wurden.

»Ihm nach!«, ruft Naomi.

Daraus entnehme ich, dass Maffei jetzt flieht, statt weiter auf uns zu schießen. Allmählich sehe ich auch wieder etwas. Zwar nach wie vor nur schwarz-weiß und relativ unscharf durch das Nachtsichtgerät und durch die Blendung zusätzlich gespickt mit bunten Punkten, die vor meinen Augen tanzen und flimmern wie leuchtendes Konfetti, aber ich erkenne doch, wie Naomi die Verfolgung aufgenommen hat, erneut mit der Luftdruckpistole auf den flüchtenden Maffei zielt, abdrückt und – trifft.

Mit einem Aufschrei stürzt Maffei zu Boden. Naomi springt ihm mit einem Satz auf den Rücken. Mit einem gezielten und auf der Agentenakademie oft geübten Schlag auf die Schläfe macht Naomi Maffei für eine kurze Zeit bewusstlos und setzt ihn damit schachmatt. Dann dreht sie dem bewusstlosen Maffei die Arme auf den Rücken. Schon bin ich zur Stelle, um seine Handgelenke, die Naomi nun festhält, mit Kabelbinder zu fixieren.

Ich drehe mich um und rufe nach Charles.

»Wie lang brauchst du noch für die Bombe?«

»Fertig«, antwortet Charles.

Naomi zieht ihr iPad hervor, um die Zentrale und den Prof zu informieren.

Wir fesseln noch Maffeis Füße. Dann können wir ihn hier liegen lassen. Die Einsatzkräfte des BKA werden bald hier sein und ihn abholen.

Wir müssen weiter zum großen Sprengsatz und das heißt – hoffentlich – zur Achterbahn, ehe ein großes Unglück geschieht.

FINALE KOPFÜBER

Charles hatte recht. Der finale Sprengsatz soll tatsächlich die Achterbahn in die Luft sprengen. Zwar haben wir die Bombe noch nicht gefunden, aber als wir dort ankommen, sehen wir, wie eine dunkel gekleidete Person gerade das Gerüst hinaufklettert. Es ist übrigens nicht die klassische Achterbahn, die seit Jahrzehnten nahezu unverändert auf dem Hamburger Dom steht, sondern eine moderne, mit zweifachem Looping. Statt des alten roten Gerüstes, das an ein Baugerüst erinnert, ist es eines aus langen, glatten, weiß lackierten Metallpfosten. Extrem schwierig, ohne Hilfsmittel an denen hochzuklettern, vielleicht sogar unmöglich. Deshalb versucht der Mann es auch erst gar nicht, sondern klettert wie ein Bergsteiger mithilfe eines langen Seils, an dessen Ende ein Enterhaken befestigt ist, hinauf. Er wirft es hoch, der Haken verfängt sich in den oberen Schienen, dann hangelt er sich am Seil hinauf und nimmt die nächste Ebene in Angriff. Kurz unterhalb der höchsten Stelle der Achterbahn hat er offenbar sein Ziel erreicht.

Wir brauchen weder genauer hinzuschauen noch uns

darüber zu verständigen, was wir dort sehen; es ist sofort klar: Der Mann ist soeben dabei, einen Sprengsatz zu befestigen.

»Merde!«, flucht Naomi und fragt Charles:

»Hattest du nicht gesagt, der Sprengsatz würde am Fuß des Gerüstes montiert werden?«

»Yes«, antwortet Charles. »Und ich bin noch immer überzeugt von dies. Aber ich habe nicht gesagt, dass es geben wird nur die eine bomb.«

Naomi schaut Charles entsetzt an, und auch ich bin überrascht. Mit mehreren großen Sprengsätzen haben wir nicht gerechnet.

»Wir müssen auf jeden Fall dort hoch«, sage ich. »Let's go!«

Meine Einschätzung bestätigt sich. Als wir nahe an die Achterbahn herantreten, sehe ich: Es ist nahezu unmöglich, nur mit Händen, Armen und Beinen an den glatten Stahlstangen emporzuklettern. Wir YOUNG AGENTS bevorzugen aber die »Batman-Methode«. Wir besitzen ähnliche Geräte wie Batman im Film: ein kleiner Kasten am Gürtel, aus dem per Knopfdruck ein Stahlseil mit Widerhaken herausschießt, das sich oben in einer der Schienen verfängt. Ein weiterer Knopfdruck, und das Seil rollt sich von selbst wieder ein, mit einer solchen Kraft, dass es uns mit einer Geschwindigkeit hinauf in die Lüfte zieht, als würden wir fliegen. Genauso eben wie Batman im Film. Das Interessante: Im Film ist es Fiktion, die in Wirklichkeit technisch nicht oder zumindest nicht ohne Weiteres machbar wäre. Der Kraftaufwand wäre schlicht zu hoch, um einen erwachsenen, muskulösen Mann von vielleicht hundert Kilo Körpergewicht hochzuhieven. Anders bei uns YOUNG AGENTS. Wir sind leicht genug, dass es *tatsächlich* funktioniert.

Charles und ich lassen uns auf diese Weise parallel hochkatapultieren, während Naomi unten bleibt. Sie soll die Gesamtübersicht behalten und uns gegebenenfalls warnen. Dreimal müssen wir unsere Widerhaken lösen und erneut in die Höhe schießen, um auf die Ebene des Täters zu gelangen. Als wir zu unserer letzten Höhenfahrt ansetzen, entdeckt der Mann uns, wirft seinerseits sein Seil hoch zur Spitze und erklimmt die letzte Ebene.

»Ich folge ihm, übernimm du die Bombe!«, rufe ich Charles zu.

Charles krabbelt auf die Schiene, um das letzte Stück zur Bombe zu laufen, während ich mich am Seil weiter hochhangle, um die 16 Meter hohe Spitze zu erreichen. Ich habe natürlich keinen Gurt um, mit dem ich mich per Karabinerhaken am Gerüst befestige, um gesichert zu sein. Das Einzige, was mich hält, ist das extrem stabile Drahtseil aus meinem Gürtelkästchen. Deshalb sehe ich auch mit Entsetzen, wie plötzlich direkt über mir der Täter auf der Schiene steht und versucht, meinen Widerhaken zu lösen. Jetzt rächt es sich, dass ich leicht genug für mein Seil bin. Denn dem Mann bereitet es offenbar keine Mühe, mich mit purer Armkraft am

Seil ein Stückchen weiter nach oben zu ziehen. Dadurch verliert es an Spannung, und der Widerhaken lässt sich leicht aus der Schiene lösen. Genau das versucht der Typ da oben jetzt. Da er aber beide Hände braucht, um dem Seil die Spannung zu nehmen, versucht er nun mit dem Fuß, den Widerhaken zu lösen, was länger dauert. Genug Zeit für mich, mich rüberzuschwingen auf die Schienenebene direkt unter ihm. Als der Mann das sieht, lässt er von mir ab und rennt los. Ich rolle mein Seil wieder ein und laufe ebenfalls los. Eine Ebene darunter, aber in die gleiche Richtung. Übereinander laufen wir auf dieselbe Kurve zu; ich von unten in eine Linkskurve, er von oben in die entsprechende Rechtskurve.

In der Mitte der sehr steilen Kurve werden wir aufeinanderstoßen, so wie es aussieht. In seiner rechten Hand sehe ich etwas aufblitzen. Ich kann nicht erkennen, ob es ein Messer ist oder eine Pistole; auf jeden Fall eine Waffe, mit der er mich gleich angreifen wird.

Jetzt erkenne ich es: Es ist eine Pistole, mit der er jetzt auf mich zielt.

Er schießt!

Ich ducke mich weg.

Er trifft nicht.

Doch unter mir höre ich am metallischen Klang, wie die Kugel vom Gerüst abprallt. Ich schaue hinunter und begreife, dass er gar nicht auf mich gezielt hat, sondern auf Charles, der noch damit beschäftigt ist, die Bombe zu entschärfen.

Über Knopf im Ohr höre ich Naomi.

»Was ist los bei euch da oben?«

»Er versucht, Charles abzuschießen«, gebe ich durch.

»Halt ihn auf!«, ruft Naomi mir zu.

Gute Idee. Was glaubt sie wohl, was ich hier vorhabe?

Blitzartig schieße ich mein Stahlseil erneut ab, schnelle nach oben und klettere dieses Mal aber nicht *auf* die Schienen, sondern klammere mich von unten an ihnen fest. Ich klebe nun an ihnen wie ein Insekt und krabbele und klettere kopfüber weiter in Richtung Täter. Hier kann er mich nicht treffen, weil die Schienen mir Deckung geben. Aber Charles dort unten hockt völlig ungedeckt auf einer der Schienen, um an die Bombe, die darunter montiert ist, heranzukommen.

Ich sehe, wie der Mann auf ihn zielt. Ich darf das nicht zulassen, auf gar keinen Fall.

Doch ich bin zu weit entfernt, um ihn hindern zu können.

Er drückt ab.

Der Schuss peitscht gegen das Stahlgerüst, keinen halben Meter von Charles entfernt.

Charles zuckt zusammen, rutscht ab und – fällt!

Doch gerade noch schafft er es, sich mit einer Hand an den Schienen festzuhalten. Jetzt baumelt er da wie ein Affe an einem Ast. Nur dass es Charles nicht so leicht gelingt, sich wieder hinaufzuschwingen. Stattdessen wirft er sein Stahlseil aus, um es als Halteseil zu nutzen. Denn natürlich kann man mit dem Batman-Seil auch zurück auf den Boden abseilen. Genau das macht Charles jetzt.

Doch der Verbrecher zielt wieder auf ihn.

Um Charles schützen zu können, muss ich meine Deckung aufgeben. Also seile auch ich mich ab, halte dabei aber meine Luftdruckpistole im Anschlag.

Ich nehme mir fest vor: Sowie ich aus der Deckung der Schienen raus bin und freie Sicht auf den Täter habe, drücke ich sofort ab. Ich nehme ihn schon mal so gut es geht ins Visier.

Jetzt!

Ich drücke ab.

Verfehle ihn. Mein Hartgummigeschoss prallt vom Gerüst ab, auf dem er steht.

Jetzt zielt er auf mich. Ich muss meine Luftdruckpistole aber erst wieder nachladen. Im Moment hänge ich hilflos wie eine Schießbudenfigur freischwebend am Faden, zum Abschuss freigegeben.

Der Täter zielt. Will abdrücken. Doch da…

Er zuckt zurück, taumelt.

Irgendetwas scheint ihn am Kopf getroffen zu haben.

Charles kann das nicht gewesen sein, der seilt sich immer noch ab. Auch Naomi hat nicht von unten auf ihn geschossen. Ich sehe jedenfalls keine Luftdruckwaffe in ihrer Hand. Im Gegenteil: Naomi ist mit ihrem iPad beschäftigt, warum auch immer. Wer hat dann aber…?

»Hierher!«

Ich drehe mich um. Suche. Sehe nichts.

»Hier! Unter dir. Andere Seite.«

Ich schaue in die Richtung und traue meinen Augen nicht! Auf den Schienen der Innenbahn, nur zwei, drei Meter unter mir, steht – Abena!

»Was machst du denn hier?«, frage ich atemlos.

Sie streckt mir ihre Hand hin.

»Frag nicht! Komm!«, ruft sie mir zu.

Ich erkenne, dass sie eine Steinschleuder in ihrer linken Hand hält.

Damit hat sie geschossen?

Ich schaue wieder hinauf zu dem Täter. Der muss taumelnd ins Leere getreten sein, denn im Moment hängt er, wie Charles eben, nur mit einer Hand am Gerüst und erklimmt mühsam wieder die Schienen. Ich fange währenddessen an zu schwingen wie auf einer Schaukel, um zu Abena hinüberzugelangen.

Es gelingt. Nach ein paarmal hin- und herschaukeln, erreicht Abena meine ausgestreckte Hand und zieht mich zu sich rüber. Als ich bei ihr lande, kann ich sehen, dass sie von ihrer Position aus einen freien Blick auf den Täter hat. Das bedeutet: umgekehrt aber auch. Noch aber ist er mit Klettern beschäftigt. Das muss ich nutzen. Ich lade blitzartig meine Luftdruckpistole nach, ziele, drücke ab und treffe den Mann genau an der Stirn. Er fällt zurück, drei bis vier Meter tief, und bleibt in der Luft an seinem Bergsteigerseil hängen. Er hatte sich angegurtet, was ihm jetzt sein Leben rettet. Er baumelt an seinem Seil wie an einem Kran. Noch scheint er benommen zu sein, denn zumindest im Augenblick unternimmt er nichts, um sich zu befreien oder aufs Gerüst zurückzuklettern. Wie bewusstlos hängt er regungslos im Seil.

Ich widme mich wieder Abena: »Wie bist du hier raufgekommen?«

Abena zeigt durch die Gerüststäbe hindurch auf ein langes, herunterhängendes Bergsteigerseil.

»Ich hab einfach das benutzt, das er hat hängenlassen, um wieder runterzuklettern.«

»An *dem* Seil bist du hier raufgeklettert?«, frage ich und schätze ab, auf welcher Ebene wir stehen. »Das sind gut zwölf Meter.«

»Kein Problem«, antwortet Abena und zwinkert mir zu.

»Aber wieso bist du überhaupt hier?«

»Ich wusste die ganze Zeit über, dass ihr mir etwas Wichtiges verheimlicht. Da habe ich das Game ein bisschen intensiver verfolgt. Und als dann der Aufruf kam, eine Million gewinnen zu können, da dachte ich, ich schau auch mal nach, wie all die anderen Hunderte von Jugendlichen. Ich habe doch mitbekommen, dass ihr keine Spielbomben entschärft habt.«

»Wow«, staune ich. Für mehr verschlägt es mir die Sprache.

»Wer seid ihr?«, hakt Abena jetzt nach. »Superhelden oder so was? Agenten? Gehört ihr zu einer Spezialeinheit?«

»Öh …« Mehr bringe ich nicht heraus.

»Du willst mir nicht antworten?« Abena lässt nicht locker. »Nachdem ich dir eben gerade vielleicht sogar das Leben gerettet habe?«

Demonstrativ hält sie mir ihre Steinschleuder entgegen.

»Womit hast du da eigentlich eben geschossen?«, frage ich, auch um nicht antworten zu müssen.

»Womit wohl, wenn es ›Steinschleuder‹ heißt?«, fragt sie zurück, greift in die Tasche und zeigt mir eine Handvoll glatt geschliffener Steine in Walnussgröße.

In dem Moment meldet sich Naomi in meinem Knopf im Ohr.

»Liam, was ist los? Wer ist das da oben bei dir? Doch nicht etwa Abena? Ihr müsst von dort weg. Schnell!«

Abena steht so dicht bei mir, dass sie mithören konnte.

»Liam?«, fragt sie. »Ich denke, du heißt Billy?«

»Wir müssen runter«, sage ich nur.

»Damit eines klar ist«, betont Abena, »was immer ihr seid, ich will mitmachen.«

»Was?«

»Du hast mich schon verstanden. Los jetzt, wir müssen runter!« Abena geht vor, läuft über die Schienen hoch zur nächsten Kurve, über die wir die Schienen auf der anderen Seite erreichen, wo das Seil unseres Widersachers herunterhängt. Abena schwingt sich gekonnt an das Seil und lässt sich elegant daran heruntergleiten wie ein Feuerwehrmann an der Rutschstange in der Feuerwache.

Ich sehe ihr für einen Moment verblüfft hinterher. Dann springe auch ich ans Seil und folge ihr, bis wir unten bei Naomi und Charles landen.

»Was gibt's?«, frage ich sofort.

Naomi schaut zu Abena. Ihr Blick fordert stumm, dass sie verschwinden soll.

»Schon okay«, sage ich. »Sie weiß fast Bescheid und hat mir das Leben gerettet.«

Zwar immer noch nicht ganz einverstanden, überwindet Naomi sich aber doch und gibt einen kurzen Lagebericht: »Maffei haben wir. Den Komplizen, der auf der Achterbahn herumgeturnt ist, auch. Aber noch immer nicht den Boss.«

»Verflucht«, sage ich. »Habt ihr wenigstens den großen Sprengsatz gefunden?«

»Ja«, antwortet Naomi. »Aber der ist noch scharf und geht bald hoch.«

»WAS?????«

»Der ist very complicated«, sagt Charles. »Den kann ich nicht entschärfen. Aber wir haben noch a little time. Die experts sind unterwegs«.

Das kann doch nicht wahr sein! Wir sind so weit gekommen.

Doch Naomi hat eine Idee.

»Vielleicht können wir die Sprengung doch verhindern«, sagt Naomi auf einmal.

»Und wie?«, frage ich.

»Per Internet«, antwortet Naomi. »Es ist kein Zeitzünder, sondern eine Fernzündung. Der Boss kann die Sprengladung vom Handy oder vom Computer aus zünden.«

»Dann kann die Bombe ja wirklich jederzeit explodieren!«, werfe ich ein.

Naomi nickt. »Wenn er das will, ja. Es sei denn, es gelingt mir, die Verbindung zu unterbrechen. Ich bin da schon dran.«

»Echt?«, frage ich erstaunt und irgendwie bewundernd. Ich wusste nicht, dass sie *so* etwas kann. Naomi und ich haben zwar die gleiche Ausbildung auf der Agentenakademie genossen, aber sie hat sich für Technik und Elektronik viel mehr interessiert als ich und sich richtig darauf spezialisiert. Naomi tippt wieder konzentriert auf ihrem iPad herum, auf dem ich nur endlose Zahlen- und Zeichenkolonnen erkennen kann.

Bis sie plötzlich stoppt und ausruft: »Ich hab ihn!«

»Was? Wie? Hast du die Sprengladung schon deaktiviert?«

»Noch nicht ganz«, räumt Naomi ein. »Aber vermutlich gleich. Ich weiß auf jeden Fall schon mal, wo der Boss sich aufhält.«

Charles und ich gaffen Naomi verblüfft an.

»Wirklich? Wo ist er?«

»Im Umkreis von vierhundert Metern«, lautet Naomis überraschende Antwort.

Ich drehe mich sofort auf der Stelle im Kreis und schaue mich um.

»So nah? Dann hat er uns vermutlich im Blick und beobachtet uns.«

»Kann sein«, stimmt Naomi mir zu.

»Wo wäre das optimale Versteck, von dem aus man alles steuern und überblicken kann und dennoch sicher und versteckt genug ist? Hier sind doch nichts als Buden, Fahrgeschäfte und…« Ich drehe mich um die eigene Achse.

»Wohnwagen!«, ruft Abena dazwischen.

Wir drei schauen sie fragend an.

Dann begreifen wir. Hinter fast jeder Bude steht mindestens ein großer Wohnwagen, in dem die Schaustellerfamilien wohnen. In einem von denen soll der Boss hocken?

»Nein, das glaube ich nicht«, widerspricht Naomi. »Sondern wir suchen eher nach einem… vielleicht privaten Wohnmobil. Das ist etwas anders als so ein Schaustellerwohnwagen.«

Charles zeigt auf eine etwas weiter entfernt liegende Losbude.

»Yes! You're right! Dahinter eines steht. You see?«

Tatsächlich. Sollte darin wirklich der Boss sitzen und seinen Finger am roten Knopf haben, mit dem er die gesamte Achterbahn in die Luft jagen könnte?

»Wir sollten sicherheitshalber über die Zentrale dem Einsatzkommando Bescheid geben«, schlägt Naomi vor. »Mach du das, Charles. Ich hab hier noch mit der Bombe zu tun.«

Wieder widmet sie sich konzentriert ihrem iPad, während Charles die Nachricht an die Zentrale weitergibt.

Bis vor wenigen Minuten hätte die Explosion der Bombe nur einen Materialschaden verursacht, weil der Hamburger Dom geschlossen und menschenleer war.

Wie gesagt: bis eben.

Der Superfund der vier Jugendlichen hat sich aber wie ein Lauffeuer verbreitet und dann, dass es sich doch nicht um die gesuchte Superbombe handelte. Was bedeutet: Alle sind wieder im Spiel, oder Game. Und jetzt auf der Suche nach dem Millionending. Und zwar auf dem Hamburger Dom. Die Jugendlichen, die zuvor am Hafen und auf der Reeperbahn gesucht haben, strömen alle hierher, und der Strom reißt nicht ab.

Während Charles, Naomi, Abena und ich zusammenstehen und beraten, ob der Boss wirklich in dem nahestehenden Wohnmobil hockt, füllt es sich um uns herum. Bestimmt zwei-, dreihundert Jugendliche sind schon da und beginnen, alles abzusuchen.

»Mist«, ärgert sich Naomi. »Eigentlich müssten wir alles absperren, aber dazu haben wir keine Befugnis und keine Möglichkeit. Hoffentlich ist das Einsatzkommando gleich hier.«

Zu allem Überfluss kommt aus der Menge jetzt auch noch ausgerechnet Gonzo auf uns zugelaufen.

»Abena!«, ruft er aufgeregt. »Komm, such mit mir! Wir teilen uns dann die Million.«

»Verschwinde!«, rufe ich Gonzo zu, noch ehe er überhaupt ganz bei uns ist. »Wir haben jetzt wirklich keine Zeit.«

»Ja, ja«, lacht Gonzo. »Das kann ich mir vorstellen, Bratzbirne.« Er nähert sich uns weiter, doch da stellt sich ihm Naomi in den Weg.

Sofort bleibt Gonzo stehen und traut sich nicht weiter. An ihr vorbei aber ruft er Abena zu: »Abena, was ist? Suchst du mit mir zusammen?«

Zu meiner Überraschung sagt Abena zu.

»Gut, Gonzo. Lass uns aufteilen! Fang du in der Geisterbahn an. Ich hab gehört, dass die große Bombe auch dort versteckt ist. Ich guck zur Sicherheit da vorn beim Autoscooter. Okay?«

Natürlich okay. Alles, was Abena vorschlägt, ist für Gonzo okay.

Sofort rennt er los.

»Zur Geisterhalle gleich schon muss kommen die BKA und holen Maffei«, kommentiert Charles.

»Eben«, antwortet ihm Abena augenzwinkernd. »Die werden alles absperren. Und wir sind Gonzo damit erst mal los.«

Ich lächle Abena an. »Nicht schlecht«, lobe ich sie.

»Wir dürfen das Wohnmobil erst angreifen, wenn ich die Verbindung zur Bombe gekappt habe«, kommt Naomi zurück auf unser eigentliches Problem.

Wir wollen dem gerade zustimmen, doch es scheint zu spät zu sein.

Denn in dem Augenblick sehen wir, wie das Spezialeinsatzkommando der Polizei anrückt und das Wohnmobil umstellt.

»Oh nein!«, klagt Naomi. »Was machen die denn? Wieso rennen die gleich zum Wohnmobil? Das ist zu früh! Wenn der Boss jetzt ernst macht, wird er hier alles in die Luft sprengen, mitsamt der Hunderten Jugendlichen!«

Von Weitem sehen wir zwar schon so viel Blaulicht durch die Nacht zucken, dass wir davon ausgehen müssen, dass mehrere Polizeieinheiten hierher unterwegs sind, aber um alles zu räumen und abzuriegeln könnte es zu spät sein.

Schon tritt der Boss vor die Tür seines Wohnmobils.

»Da ist er!«, sage ich sofort.

Ich habe den Boss bei einem früheren Einsatz schon mal gesehen. Ich war auf der Jagd nach ihm und ihm ganz dicht auf den Fersen. Ich weiß, wie er aussieht, und kann ihn identifizieren.

Auch er hält, wie Naomi, ein iPad in der Hand. Er ruft den Beamten des Spezialeinsatzkommandos etwas zu. Wir sind noch zu weit entfernt, um ihn hören zu können, aber wir wissen auch so, was er sagt. Dass die Polizei abhauen solle, weil er sonst die Achterbahn in die Luft jage.

Hektisch fängt Naomi wieder an, auf ihrem iPad herumzutippen.

»Ich hab ihn gleich«, verspricht sie.

Aber ich sehe, dass sich die Lage zwischen dem Boss und dem Einsatzkommando zuspitzt. Offenbar nehmen die Polizisten die Drohung nicht ernst, dass der Boss tatsächlich den Knopf drücken würde, bei so vielen Jugendlichen, die hier auf dem Platz herumwuseln. Mittlerweile dürften es an die fünfhundert sein. Jedenfalls rücken die Einsatzkräfte näher. Der Boss brüllt ihnen etwas zu, was so klingt wie:

»Stehenbleiben! Ich meine es ernst!«

Die Luft ist zum Zerreißen gespannt. Jede Bewegung kann *die* eine Bewegung zu viel sein, der Tropfen, der das Fass zum Überlaufen bringt.

»Was ist?«, frage ich atemlos bei Naomi nach.

»Hetz mich nicht«, antwortet sie hoch konzentriert. »Gleich. Da hakt noch etwas. Einen Moment noch.«

Ich sehe, wie sich Schweißperlen auf ihrer Stirn bilden.

Diesen Moment, den Naomi noch braucht, haben wir aber möglicherweise nicht mehr.

Mein Blick geht zu Abena.

Sie merkt, dass ich handeln will, und sie scheint meine Gedanken lesen zu können. Jedenfalls nickt sie mir kaum merklich zu und zieht ihre Steinschleuder aus der Tasche. Ich lade meine Luftdruckwaffe.

»Was ihr habt vor?«, fragt Charles.

»Bei drei«, flüstere ich zu Abena. »Eins, zwei, drei. Attacke!«

Abena und ich spurten los. So nah, wie wir an den Boss herankommen. Dann feuern wir gleichzeitig Steinschleuder und Waffe ab.

Zwei Treffer!

Wie sein Komplize auf der Achterbahn wird der Boss am Kopf getroffen. Er taumelt zurück, lässt das iPad aus der Hand fallen und stürzt rücklings zu Boden.

»Ich hab's!«, brüllt Naomi von hinten. »Deaktiviert!«

Das Sondereinsatzkommando nutzt ohne jegliche Verzögerung die Gunst der Sekunde, stürmt auf den Boss zu und hat ihn blitzschnell fixiert und in Gewahrsam genommen. Die restliche Polizei räumt derweil den Dom.

Abena und ich klatschen uns ab, dann drehen wir uns zu Naomi um und rufen ihr zu:

»Gut gemacht, Naomi!«

»Ebenso!«, ruft diese jetzt erleichtert lachend zurück.

Wir haben es tatsächlich geschafft.

Die Sprengung verhindert, Hunderte Menschenleben gerettet und vor allem: Maffei und den Boss hinter Gitter gebracht.

Zufrieden verlassen wir den Hamburger Dom.

»Halt!«, sagt Naomi plötzlich. »Ich muss das Game noch offiziell für beendet erklären.«

Sie greift wieder zum iPad.

»Und?«, fragt Charles. »Wer ist the winner of the Million?«

Naomi schaut kurz vom iPad auf und schmunzelt: »Leider niemand. Die Zeit ist abgelaufen. Niemand hat die Bombe gefunden. So schreibe ich es jedenfalls.«

»Wie bei echten Games«, kommentiere ich lachend. »Da gewinne ich auch nie was.«

Naomi hat die Nachricht an alle Gamer versendet. Wir ziehen weiter, da kommt uns auf dem Weg noch einmal Gonzo entgegen.

»Ey, ihr!«, ruft er. »Stellt euch vor, ich kam nicht mehr aus der Geisterbahn raus, alles abgesperrt mit Polizei überall und so. Voll krass. Was ist denn hier draußen passiert? Wieso gehen denn alle? Ist das Game etwa schon zu Ende? Wer hat denn jetzt die Million gewonnen?«

»Ich!«, rufe ich ihm entgegen.

»WAS?« schreit Gonzo entsetzt auf. »WIESO DAS DENN?«

Abena steigt sofort mit ein. »Tja. Billy ist jetzt Millionär.«

»Ich fasse es nicht!«, jammert Gonzo. Und trollt sich.

Wir schauen ihm hinterher, warten, bis er weit genug entfernt ist, und fangen schallend an zu lachen.

»Der arme Gonzo!«, ruft Abena aus. »Jetzt tut er mir fast leid.«

Aber Naomi winkt ab. »Ach, auch er wird gleich meine Nachricht lesen, dass niemand gewonnen hat.«

»Und merken, dass ich ihn mal wieder geleimt habe«, füge ich grinsend an.

Wir gehen weiter, bis Abena nach einigen Metern plötzlich sagt: »Liam-Billy, das war vorhin übrigens ganz ernst gemeint. Ich will unbedingt bei euch mitmachen. Immerhin dürfte ich den Aufnahmetest doch schon bestanden haben, oder?«

Sie grinst uns breit an.

»Wir sind die YOUNG AGENTS«, antwortet Naomi ihr feierlich und lächelt Charles und mich der Reihe nach stolz an. »Und wir werden dich gern dem Prof vorstellen.«

Ende

Der Autor

Andreas Schlüter wurde 1958 in Hamburg geboren, machte dort auch Abitur und eine Kaufmannslehre. Er leitete mehrere Jahre Kindergruppen in sozialen Brennpunkten und gründete 1989 ein Journalistenbüro, über das er Reportagen für Zeitungen schrieb und später als Nachrichtenredakteur fürs Fernsehen arbeitete.
Mit »Level 4 – Die Stadt der Kinder« gelang Schlüter 1994 der Durchbruch als Schriftsteller. Er hat mittlerweile über hundert Kinder- und Jugendbücher geschrieben und arbeitet seit 2003 immer wieder auch als Drehbuchautor.